La Maldición del Castillo

TERESA MEDEIROS

LA MALDICIÓN DEL CASTILLO

Titania
ARGENTINA - CHILE - COLOMBIA - ESPAÑA
ESTADOS UNIDOS - MÉXICO - URUGUAY - VENEZUELA

Título original: *The Bride and The Beast*
Editor original: Bantam Books
Traducción: Amelia Brito

© 2001 *by* Teresa Medeiros
© de la traducción: 2003 *by* Amelia Brito A.
© 2003 *by* Ediciones Urano, S. A.
   Aribau, 142, pral. - 08036 Barcelona
   www.titania.org
   atencion@titania.org

ISBN: 84- 95752-37-9
Depósito legal: B- 19.369 - 2003

Fotocomposición: Ediciones Urano, S. A.
Impreso por Romanyà Valls, S. A. - Verdaguer, 1 - 08786 Capellades (Barcelona)

Impreso en España - *Printed in Spain*

*A la memoria de Debbie Dunn, que no sólo disfrutaba
leyendo novelas sino que además vivió una de las más
dulces que he conocido. Y a su fiel y constante héroe Phil.
Mantén organizados a esos ángeles, cariño,
hasta que lleguemos allí.*

*A Michael y al buen Señor,
por amarme, sea yo una bella o una bestia.*

Prólogo

Highlands, 1746

Gwendolyn tenía nueve años el día en que casi mató al futuro jefe del clan MacCullough.

Estaba en lo alto de un robusto roble, comprobando la resistencia de cada rama para ver si aguantaba su peso, cuando lo divisó montado en su peludo poni.

Acomodó la espalda en un bien usado hueco del tronco y observó a través de la cortina verde menta de las hojas, con el corazón casi detenido. Sí, era él. Era imposible confundir el majestuoso porte de Bernard MacCullough ni el mechón de pelo oscuro que le caía sobre la frente. Llevaba una manta de tartán escarlata con negro cruzada sobre su camisa color azafrán. El broche de plata en que estaba grabada la figura de un dragón, el blasón de los MacCullough, le atrajo la atención a sus hombros, que parecían ensancharse un poco más cada día. Su corta falda dejaba ver sus largas piernas bronceadas abrazadas a los flancos del poni.

Gwendolyn apoyó el mentón en la mano y suspiró, contentándose con observarlo dirigir su poni por el sendero rocoso con una elegancia y pericia propia de un joven mayor de quince años, que eran los que él tenía. Aunque lo veía pasar por ese sendero todos los días, jamás se cansaba de mirarlo, jamás se cansaba de soñar con que algún día él miraría hacia arriba y la vería. «¿Quién está ahí?», preguntaría, deteniendo a su poni. «¿Podría ser un ángel caído del cielo?» «Sólo soy yo, milord», respondería ella. «La hermosa lady Gwendolyn». Entonces él enseñaría sus blancos dientes en una tierna sonrisa, y ella descendería al suelo flotando (en sus sueños siempre tenía un bonito par de alas de gasa). Entonces, con una sola mano él la levantaría del suelo y la subiría a su poni, y cabalgarían por la aldea, ante las orgullosas sonrisas de su mamá y su papá, las caras boquiabiertas de los aldeanos, y las envidiosas miradas de sus dos hermanas mayores.

—¡Mirad! Ahí está Gwennie, arriba de ese árbol. ¡Y luego dicen que los cerdos no vuelan!

Chillonas carcajadas sacaron a Gwendolyn de su ensoñación. Miró hacia abajo, vio el círculo de niños riendo y empezó a erizársele la piel con un muy conocido miedo. Tal vez si no se daba por aludida de sus burlas, se marcharían.

—No sé para qué pierdes el tiempo ahí arriba, cuando todas las bellotas están en el suelo —gritó Ross, el fornido hijo del herrero, palmoteándose la rodilla, muerto de risa.

—Ay, Ross, calla —rió Glynnis, la hermana de doce años de Gwendolyn, cogiéndose de su brazo y agitando sus rizos castaño rojizos—. Si dejas en paz a esa pobre cría te dejaré robarme un beso después.

La hermana de once años, Nessa, de cabellos más dorados que rojizos, se cogió del otro brazo de Ross torciendo el morro coquetamente.

—Guárdate tus labios para ti, muchacha. Ya me ha prometido sus besos a mí.

—No os preocupéis, muchachas —dijo Ross, apretándolas hasta hacerlas chillar—. Tengo besos para todas. Aunque me costaría más besos de los que tengo para bajar a esa hermana vuestra.

—¡Vete, Ross y déjame en paz! —gritó Gwendolyn, sin poder contenerse.

—¿Y qué harás si no me voy? ¿Tirarte sobre mí?

Todos se desternillaron de risa, aunque Glynnis y Nessa medio se taparon la boca para disimularla.

—Habéis oído a la dama, dejadla en paz —dijo una voz desconocida, por encima de las risas.

La voz de Bernard MacCullough era más suave y profunda de lo que había imaginado Gwendolyn. ¡Y la llamó dama! Pero la maravilla ante eso dio pronto paso a la humillación, al comprender que él lo había oído todo. Mirando a través de las ramas, lo único que veía de su defensor era la coronilla de su cabeza y las brillantes puntas de sus botas.

Ross se giró hacia el intruso.

—¿Y quién diablos eres tú para…? —La voz se le perdió en un

graznido, se puso rojo, luego blanco, y fue a hincar una rodilla al pie del hijo de su jefe—. N-no s-sabía que era usted, m-milord —tartamudeó—. P-perdóneme.

Bernard le cogió la camisa y lo puso de pie. Ross era mucho más corpulento que Bernard, lo sobrepasaba en bastantes kilos, pero tuvo que estirar el cuello para mirarlo a los ojos.

—No soy tu señor todavía, pero lo seré algún día —le dijo Bernard—. Y debo advertirte que jamás olvido una injusticia hecha a uno de los míos.

Gwendolyn se mordió el labio para que dejara de temblarle, sorprendida de que los insultos de los muchachos no la hicieran llorar y en cambio la amabilidad de él sí.

Ross tragó saliva.

—Sí, milord. No olvidaré esa advertencia.

—Procura no olvidarla.

Aunque Ross se llevó mansamente a los demás del claro, Gwendolyn captó la mirada furiosa que dirigió a la copa del árbol, lo que significaba que después la haría pagar su humillación.

Enterró las melladas uñas en la corteza del árbol, comprendiendo que habían hecho exactamente lo que les había pedido; la habían dejado en paz.

Y sola con él.

Apoyó la mejilla en el tronco, rogando a Dios que la hiciera desaparecer dentro de él, como un tímido trasgo del bosque. Pero una flemática voz le aplastó la esperanza.

—Se marcharon. Ya puedes bajar.

Ella cerró los ojos, temiendo el desprecio que le oscurecería la cara si ella aceptaba su invitación.

—Estoy muy cómoda aquí —dijo.

Él suspiró.

—No todos los días tengo el privilegio de rescatar a una doncella en apuros. Habría pensado que querrías darme las gracias.

—Gracias. ¿Ahora podría marcharse y dejarme sola?

Desafiarlo fue su primer error.

—No me iré. Ésta es mi tierra y por lo tanto ese árbol es mío. Si no bajas, subiré a por ti.

Puso la bota en el hueco más bajo del tronco y se cogió de una rama.

Imaginándose con qué rapidez treparía él con esas largas y ágiles piernas, Gwendolyn cometió su segundo error. Empezó a trepar más alto; pero en su prisa se olvidó de comprobar la firmeza de cada rama antes de poner su peso en ella. Se oyó un crujido, luego un crac, y empezó a descender como plomo. Su último pensamiento consciente fue: «Dios mío, que caiga de cabeza y me rompa el cuello». Pero nuevamente las débiles ramas la traicionaron, obstaculizando la caída.

Sólo alcanzó a ver por un instante misericordiosamente breve la horrorizada cara de Bernard antes de caer encima de él, arrojándolo de espaldas.

Tardó un momento en recuperar el aliento. Cuando abrió los ojos, Bernard estaba tendido en el suelo debajo de ella, con la cara a solo un centímetro de la de ella.

Tenía los ojos cerrados, y sus pestañas parecían pequeños abanicos oscuros sobre las curvas masculinas de sus mejillas bronceadas por el sol. Gwendolyn estaba tan cerca que incluso le vio un asomo de la barba que muy pronto le oscurecería las mandíbulas.

—¿Milord? —susurró.

Él no se quejó ni se movió.

—¡Ay, Dios, lo he matado! —gimió ella.

Ojalá la caída la hubiera matado a ella también. Entonces los aldeanos los encontrarían a los dos ahí, el cuerpo de ella cubriéndolo protector, unidos en la muerte como no lo estarían jamás en vida. Sin poder resistirse al conmovedor patetismo de la imagen, hundió la cara en su esternón y ahogó un sollozo.

—¿Te has lastimado, muchacha? —oyó decir, en un tenue susurro.

Lentamente levantó la cabeza. Bernard tenía los ojos abiertos, pero no con la mirada fija de la muerte, como había temido. Eran unos ojos verdes, del color de esmeraldas destellando sobre un tesoro escondido.

Él le quitó suavemente una hoja del pelo, y ella se bajó de encima de él.

—Sólo me he lastimado el orgullo —le dijo—. ¿Y tú? ¿Te has hecho daño?

—Yo diría que no —repuso él, levantándose de un salto y limpiándose de hojas y polvo el trasero—. Tendría que caerme encima algo más que una niña para herirme.

¿Una niña? Gwendolyn casi sintió que se le erizaban las trenzas.

Él se quitó una ramita del pelo, mirándola por debajo de ese rebelde mechón que le caía sobre la frente.

—Te he visto en el castillo, ¿verdad? Vives en la casa principal del pueblo. Eres la hija del administrador de mi padre.

—Una de las hijas —dijo ella secamente.

No quería que él llegara a sospechar que ella vivía para esos días en que su padre la llevaba al castillo cuando él iba a hacer su trabajo, simplemente porque entonces tenía la ocasión de verlo bajando la escalera o jugando al ajedrez con el jefe del clan, o acercándosele por detrás a su madre para darle un beso en la mejilla. Para ella, el castillo Weyrcraig siempre había sido un castillo de ensueño, un lugar de encantamiento donde se podían hacer realidad incluso los deseos más extravagantes.

—Tienes una hermanita bebé, ¿verdad? Y otra en camino. He visto a tus dos hermanas mayores. Son unas frescas, ¿verdad? Siempre batiendo las pestañas y meneando las caderas que todavía no tienen. —Una sonrisa desconcertada le suavizó la cara al verle la túnica arrugada y las descoloridas calzas hasta la rodilla que había hurtado de la ropa para lavar de su padre—. Tú no eres como ellas, ¿verdad?

Gwendolyn se cruzó de brazos.

—No. Yo soy gorda.

Él la miró de arriba abajo, en franca evaluación.

—Tienes un poco de carne extra en los huesos, pero eso no le sienta mal a una niña de tu edad.

¡Una niña! La fastidió más que la llamara niña que el que estuviera de acuerdo en que era gorda. ¿Cómo pudo ocurrírsele que amaba a ese muchacho arrogante? Vamos, lo odiaba. Se irguió en toda su estatura (de un metro veinte).

—Supongo que porque vives en un grandioso castillo y montas un bonito poni te crees un hombre grande.

—Todavía tengo que crecer un poco más. Como tú. —Se enrolló una de sus trenzas rubias en la mano para acercarla y le susurró—. Pero mi padre me considera lo bastante hombre para acompañar a nuestro castillo a un huésped muy estimado esta misma noche.

Gwendolyn se soltó la trenza de su mano y se la echó atrás por encima del hombro, pensando aterrada que él le iba a pellizcar la nariz o darle una palmadita en la cabeza, como si ella fuera un cachorro baboso.

—¿Y quién será ese huésped?

Él se irguió, se cruzó de brazos y sonrió muy engreído.

—Ah, ese es un secreto que jamás le confiaría a una niñita.

Niño antipático, horrendo.

—Entonces será mejor que me vaya, ¿verdad? para que puedas atender a tus deberes de «hombre».

Echó a andar colina arriba, contentísima de que él se hubiera desconcertado por su abandono.

—Si quieres, puedo darte una pista —le gritó él.

Ella decidió no halagarlo con una respuesta. Se limitó a detenerse y esperó en pétreo silencio.

—¡Es un verdadero héroe! —exclamó Bernard—. Un príncipe entre los hombres.

Puesto que ella había pensado lo mismo de él sólo hacía unos minutos, no se impresionó demasiado. Reanudó la marcha.

—Si ese muchacho vuelve a molestarte, me lo harás saber, ¿verdad?

Gwendolyn cerró los ojos para combatir una oleada de anhelo. Sólo hacía un rato lo habría dado todo por el privilegio de decir que él era su defensor. Pero recogiendo los trocitos rotos de su orgullo, se giró fríamente a mirarlo.

—¿Eso es una petición o una orden?

Al verlo ponerse en jarras, comprendió que había vuelto a cometer el error de desafiarlo.

—Considéralo una orden, muchacha. Después de todo, algún día seré tu amo y señor, como también de él.

Gwendolyn levantó la nariz.

—Ahí es donde te equivocas, Bernard MacCullough, porque ningún hombre será jamás mi amo y señor.

Acto seguido, giró sobre sus talones y echó a andar hacia la aldea con paso firme, sin ver la sonrisa que se dibujó en la boca de él al decir en voz baja:

—Yo en tu lugar no estaría tan segura de eso, muchacha.

Primera Parte

El hombre no es ángel ni bestia,
y la desventura es que aquel
que quiere representar al ángel
representa a la bestia.

Blaise Pascal

No existe una bestia tan feroz
que no sienta una pizca de piedad.

William Shakespeare

Capítulo 1

*P*aseándose por los parapetos de su derruida guarida, el Dragón de Weyrcraig reprimía el intenso deseo de echar atrás la cabeza y lanzar un feroz rugido. Llevaba demasiado tiempo prisionero, oculto de la luz del día. Sólo cuando las sombras de la noche envolvían Weyrcraig podía echar a un lado sus cadenas y merodear libremente por el laberinto de corredores del castillo.

Ahora su dominio era la oscuridad, el único reino que le quedaba.

Contemplando el mar, el aire salobre le hacía arder los ojos; pero la fría punzada del aire no le penetraba la armadura de su piel. Desde que llegara a ese lugar, se había hecho insensible a casi todas las provocaciones más difíciles de resistir. Una palabra de cariño susurrada, una tierna caricia, el sedoso calor del aliento de una mujer en su piel ya le eran tan remotos y agridulces como el recuerdo de un sueño.

En el horizonte se estaba desatando una tormenta. Se había levantado un fuerte viento, que azotaba las aguas del Mar del Norte, dándoles la apariencia de espuma hirviente, y empujando gigantescas olas contra los acantilados. Los relámpagos tejían su red de un nubarrón a otro, arrojando un poco de luz, pero dejando más negra e impenetrable la oscuridad después.

La inminente tormenta le reflejaba su salvajismo como trozos de un espejo roto. Los distantes retumbos de los truenos podrían haber sido el fantasmal rugido de cañones o el gruñido atrapado en su garganta. Buscó en su alma, pero no logró encontrar ni un solo vestigio de humanidad. Cuando niño había temido a la bestia que dormía debajo de su cama, y al llegar a ese lugar había descubierto que era él la bestia.

Eso era lo que habían hecho de él.

Enseñó los dientes en una expresión que pocos habrían tomado por sonrisa, y se los imaginó acobardados en sus camas, temblando al imaginarse su ira. Lo creían un monstruo, sin conciencia ni piedad. Les había dejado claro que sus peticiones eran la ley, su voluntad tan irresistible como la canción de sirena del viento que ululaba por los valles solitarios y escabrosos pasos de montaña.

La cobarde rendición debería producirle cierta satisfacción, pero sólo le agudizaba el hambre, un hambre que le roía el vientre, perforándole un quemante agujero, y amenazaba con devorarlo de dentro hacia fuera. Siempre que estaba atrapado en sus garras, deseaba arrojarles a las caras sus magras ofrendas y reducirlos a cenizas con la abrasadora llama de su aliento.

Eran ellos los que debían sentirse maldecidos, pero era él el que sentía las llamas de la maldición lamiéndole el alma. Era él quien estaba condenado a vagar por esa desmoronada ruina de sus sueños sin siquiera una compañera con la que aliviar su soledad.

Contemplando los agitados nubarrones el estómago se le apretó con un hambre nueva, más aguda, más punzante que cualquier otra anterior. Nunca podría lograr calmar su insaciable apetito. Pero esa noche no se negaría el placer de un sabroso bocado para quitarse el gusanillo. Esa noche procuraría satisfacer ese deseo primordial que acecha en el vientre de toda bestia, incluso la humana.

Esa noche, el Dragón iría de caza.

Gwendolyn Wilder no creía en los dragones.

Así pues, cuando sonó un desesperado golpe en la puerta de la casa, seguido por el angustiado grito «¡El Dragón ha vuelto al ataque, va a matarnos a todos en nuestras camas!», simplemente emitió un gemido, se puso boca abajo en la cama y se tapó la cabeza con la almohada. Casi prefería que la asesinaran en la cama antes que ser despertada de sus sueños por los desvaríos de un cretino.

Se tapó los oídos con los dedos, pero siguió oyendo los fuertes pasos de Izzy por el corredor de abajo, acompañados por una letanía de maldiciones y blasfemias, invocando diversas partes de la anatomía de Dios, algunas menos sagradas que otras. Un feo ruido fue seguido por un lastimero quejido, que la hizo hacer un gesto de dolor; sin duda Izzy se había tropezado con el desventurado perro que se atrevió a echarse en su camino.

Se sentó en el colchón relleno con brezo y consternada comprobó que estaba sola. Habría preferido que la despertara Kitty enterrándole el codo en la oreja antes que enterarse de que la pequeña andaba de ronda.

Echó atrás la sábana, desparramando por el suelo de madera un montón de boletines de la Royal Society. La sábana estaba llena de marcas de quemaduras, por las muchas horas que pasaba leyendo a la luz de una vela abrigada con ella. Izzy siempre juraba que algún día las haría morir a todas en la cama al provocar un incendio.

Miró hacia la otra cama y no se sorprendió en lo más mínimo al verla vacía. Incluso el Dragón tendría dificultades para asesinar a Nessa en su cama, porque lo más frecuente era que se hallara en la cama de otra persona. No siempre era muy exigente Nessa respecto a la necesidad de una cama. Varios robustos muchachos del pueblo susurraban que a cierta bonita muchacha Wilder le iba bien cualquier montón de paja o musgosa ribera de un río.

Echándose un chal sobre el camisón, Gwendolyn sólo pudo rogar que su hermana no encontrara un horrible destino a manos de una rolliza esposa celosa.

Llegó a la astillada baranda de lo que en tiempos mejores fuera la galería de los trovadores, y alcanzó a ver a Izzy abriendo la puerta principal. En el umbral estaba Ham, el aprendiz de hojalatero, con los ojos redondos y brillantes de miedo.

—¡Que el diablo te lleve, muchacho! —rugió Izzy—. ¡Qué es esto de venir a golpear así la puerta de cristianos decentes a esta hora!

Aunque amilanado por la imponente vista de la maciza criada con el pelo envuelto en trapos harapientos, Ham se mantuvo firme.

—Si no despiertas a tu señora, vieja vaca, el diablo nos va a llevar a todos. Va a incendiar el pueblo hasta dejarlo en cenizas si no le damos lo que desea.

—¿Y qué será lo que se le ofrece esta vez? ¿Tu flaca molleja en una bandeja?

Ham se rascó la cabeza.

—Nadie lo sabe. Por eso me mandaron a buscar a tu señora.

Gwendolyn puso los ojos en blanco. Nunca se le había pasado por la mente la idea de que tendría motivos para lamentar su amor por la lectura. Pero estando ausente el reverendo Throckmorton, ella era la única capaz de descifrar la escritura del Dragón.

Podría haberse vuelto a la cama y dejado a Ham a merced de Izzy si su padre no hubiera elegido ese momento para entrar en el vestíbulo. Salió de la oscuridad de su habitación como un fantasma del hombre apuesto y vibrante que ella recordaba de su infancia, su camisón color marfil colgando sobre su flaca figura y sus hermosos cabellos blancos erizados por toda la cabeza como las esporas de una mata de diente de león. Sin pensarlo dos veces, comenzó a bajar la escalera con el corazón oprimido. No sabía qué le dolía más, si la impotencia de él o la suya propia.

—¿Gwennie? —dijo él, quejumbroso.

—Aquí estoy, papá —lo tranquilizó, cogiéndole el codo antes que se cayera encima del perro como le ocurriera a Izzy.

El perro la miró agradecido.

—Oí una conmoción terrible —dijo él, mirándola con sus legañosos ojos grises—. ¿Son los ingleses? ¿Ha vuelto Cumberland?

Alastair Wilder podía olvidarse de su nombre a veces, pero jamás había olvidado al cruel duque inglés que le robara la cordura hacía casi quince años.

—No, papá —lo tranquilizó, alisándole un mechón de cabellos grises—. Cumberland no volverá. Ni ahora ni nunca.

—¿Están tus hermanas seguras en sus camas? No soportaría que les quitaran su virtud esos malditos soldados ingleses.

—Sí, papá están seguras en sus camas.

Era más sencillo mentirle que explicarle que debido a que muchos de los jóvenes del clan se habían marchado del pueblo a buscar fortuna en otra parte, Glynnis recibiría a un regimiento de rijosos soldados ingleses con los brazos abiertos, y Nessa con las piernas abiertas. La apenaba pensar que Kitty se estaba extraviando por esa misma senda.

—No te procupes por Cumberland ni por sus casacas rojas —le aseguró—. Esto no es otra cosa que ese tonto dragón otra vez, haciendo travesuras a costa nuestra.

A él se le colorearon las mejillas con un rubor febril, y movió un dedo delante de ella.

—Debes decirles que hagan cualquier cosa que ordene. Si no, va a ser la ruina para todos.

—Eso es lo que trataba de decirle a esta tozuda viej… —Ham se interrumpió al ver a Izzy entornar los ojos—. Mmm, a vuestra criada. Si le da su venia a Gwendolyn, señor, puede venir conmigo para que lea la nota que nos dejó el Dragón. Hay quienes dicen que no está escrita con tinta sino con sangre.

Su padre le enterró los dedos en el brazo.

—Debes ir con él, muchacha. ¡Y date prisa! Podrías ser nuestra última esperanza.

—Muy bien, papá —suspiró Gwendolyn—. Pero sólo si dejas que Izzy te meta en la cama, con una taza de leche de cabra y un buen ladrillo caliente envuelto en franela.

Él arrugó la cara en una sonrisa y le apretó la mano.

—Siempre has sido mi niña buena, ¿verdad?

Era un dicho conocido, el que ella aprendió de memoria cuando sus hermanas andaban retozando a la luz del sol y robando besos a ruborosos muchachos. Ella era la niña buena, la niña sensata, que había mantenido unida a la familia después que su padre se volvió loco y su madre murió quince días después al dar a luz a un niño muerto. Ninguno de los dos hablaba jamás de esa noche fría y lluviosa, muy poco después, en que ella, a sus nueve años, lo encontró arrodillado en el extremo del patio tratando de excavar la tierra, con solo las manos, en el lugar donde estaba enterrada su madre.

—Sí, papá —le dijo, dándole un beso en la mejilla—. Sabes que haría cualquier cosa por ti. Incluso matar un dragón —añadió en voz baja.

Sobre el soñoliento pueblo llamado Ballybliss estaba a punto de desencadenarse una tormenta. Aunque las escarpadas paredes montañosas la protegían de lo más recio de su furia, se respiraba una tensa expectación. El olor de la inminente lluvia se mezclaba con el sabor salino del aire que soplaba del mar. Cuando Gwendolyn iba a toda prisa hacia la fogata encendida en el centro de la plaza, el viento le sacaba mechones de pelo rubio de la redecilla de lana y le hacía vibrar la nuca de malos presentimientos.

Se arrebujó el chal cuando una ráfaga de viento azotó la fogata haciendo volar en remolino una cascada de chispas.

No la sorprendió ver a sus hermanas en la periferia del tumulto formado por los aldeanos. Nada les gustaba más que el alboroto, y cuando no lo había se las ingeniaban para montarse melodramas propios con su incesante serie de escándalos, pataletas y angustias sentimentales.

Glynnis estaba colgada del brazo del hojalatero de cabellos plateados, con las mejillas encendidas y los labios brillantes, como si acabaran de besárselos bien besados. A diferencia de Nessa, Glynnis jamás permitía que la «comprometieran» antes de la boda. Ya había enviado a dos maridos a una tumba prematura, quedando heredera de sus casitas y magras pertenencias.

Nessa estaba sentada sobre un fardo de heno junto a Lachlan el

Negro, el hijo menor del herrero del pueblo. Por la perezosa calma con que él le mordisqueaba la oreja y las briznas de heno prendidas en sus cabellos castaño rojizos, Gwendolyn dedujo que ese no era el primer encuentro de la noche de la pareja.

Fueron los ojos de lince de Catriona los que primero la vieron. De un salto bajó de las rodillas de un muchacho pecoso y se abrió paso por entre la multitud para llegar a su lado.

—Ay, Gwennie, ¿lo has oído? —exclamó, agitando sus rizos negros azabache—. El Dragón ha enviado otra petición.

—Sí Kitty, lo he oído. Pero no lo creo. Y tampoco deberías creerlo tú.

El apodo Kitty [gatita] siempre le había ido bien a su hermana menor. Cuando era una niñita de cabeza rizada nada le gustaba tanto como dormir largas siestas y beber crema fresca en uno de los platos Staffordshire que pertenecieran a su madre. Lo que consternaba a Gwendolyn era su costumbre más reciente de sentarse en las rodillas de desconocidos.

—Nadie sabe lo que dice el mensaje —le dijo Kitty—, pero la madre de Maisie teme que al Dragón podría desarrollársele un gusto por la carne humana. Y Maisie cree que desea casarse con una de las muchachas del pueblo. —Se rodeó con los brazos como para reprimir un delicioso estremecimiento—. ¿Te imaginas cómo será ser violada por una bestia?

La mirada de Gwendolyn se desvió hacia Lachlan, al que le estaba saliendo tanto pelo de las orejas como tenía en la cabeza.

—No, cariño, no me lo imagino. Será mejor que eso se lo preguntes a Nessa.

A las dos las distrajo el sonido de voces elevadas.

—Digo que le demos lo que sea que quiera —estaba diciendo en tono mimoso Norval, el panadero. Incluso a la luz de la fogata, su cara estaba tan pálida como un pan con levadura sin hornear—. Tal vez entonces se vuelva al infierno y nos deje en paz.

—Y yo digo que vayamos al castillo y lo quememos hasta que se desmorone entero —rugió Ross. El hijo mayor del herrero y eterno torturador de Gwendolyn, golpeó el suelo con el mango de madera de su martillo—. ¿O nadie aquí tiene las pelotas?

A su desafío sólo respondieron un incómodo silencio y miradas hacia otro lado.

Ailbert el herrero dio un paso adelante. Mientras Ross era famoso por sus bravatas y Lachlan por su experto galanteo al bello sexo, su padre era un hombre de acción. Su figura larguirucha y su semblante severo imponían respeto a todos.

Sostenía en alto la hoja de papel vitela zarandeada por el viento. La encontraron en el mismo lugar donde habían encontrado todos los demás mensajes, clavada por una sola flecha emplumada al tronco del viejo y nudoso roble que dominaba la aldea como un centinela.

—¿Cuánto más permitiremos que nos arrebate este monstruo? —dijo, y su voz sonó como el tañido mortuorio de una campana—. Nos exige lo mejor de nuestras cosechas, nuestros animales, nuestros mejores whisky y lana. ¿Qué ofrendas nos exigirá luego? ¿Nuestros hijos? ¿Nuestras hijas? ¿Nuestras mujeres?

—Mejor mi mujer que mi whisky —masculló uno de los gemelos Sloan, llevándose una jarra de barro a la boca.

La señora aludida le enterró un codo en las costillas haciéndolo arrojar la mitad del whisky sobre su camisa. Un murmullo de risas nerviosas se propagó por la muchedumbre.

—Ah, pues le daremos tu whisky, muchacho.

Se apagaron las risas al adelantarse el viejo Tavis arrastrando los pies. El encorvado enano ya era viejo hacía quince años; ahora era viejísimo. Apuntó un nudoso dedo hacia Ailbert.

—Y si quiere acostarse con tu mujer, se la entregarás también, y le darás las gracias cuando haya acabado —cacareó, enseñando sus arrugadas encías—. Le darás lo que sea que se le antoje, porque sabes condenadamente bien que esto os lo buscasteis vosotros y no es más de lo que merecéis.

Algunos se mostraron avergonzados, otros desafiantes, pero todos sabían exactamente a qué se refería con esas palabras. Casi al mismo tiempo, todos levantaron la vista hacia el castillo Weyrcraig, la antigua fortaleza que arrojaba una sombra en sus vidas desde que muchos tenían memoria.

Sintiendo a Kitty apretarse más contra ella, Gwendolyn también elevó la vista hacia el castillo. La destruida ruina asentada sobre el acantilado dominando el pueblo parecía la obra de un loco; torreones derrumbados se alzaban hacia al cielo; tortuosas escaleras de caracol descendían al infierno, la antigua torre del homenaje estaba herida en el corazón por enormes agujeros irregulares. Desde hacía mucho tiempo ella se esforzaba por ser pragmática, pero esa visión de romance y sueños truncados por la muerte agitaba incluso su imaginación.

Los aldeanos podían fingir indiferencia al duro reproche del viejo Tavis, pero ninguno había olvidado esa terrible noche quince años atrás cuando el castillo cayó a manos de los ingleses. Las puertas trancadas de sus casas no lograron acallar el rugido de los cañonazos, los gritos de los moribundos y el condenador silencio que vino después cuando ya no quedaba nadie para gritar.

Aun cuando había quienes siempre rumorearon que el castillo estaba embrujado, sólo hacía unos meses que los fantasmas habían empezado a hacer sus estragos entre los habitantes del pueblo.

Lachlan fue el primero que oyó los misteriosos sones de gaita procedentes del castillo, aunque no se habían oído gaitas en el valle desde la rebelión del 45. Poco después, Glynnis vio pasar parpadeantes luces espectrales por las ventanas oscuras que miraban a la aldea como ojos sin alma.

A ella le habría gustado asegurar que no había visto ni oído nada de esa suerte, pero una cruda noche de febrero, cuando venía a toda prisa de la casa del boticario con un emplasto para los ojos de su padre, un conmovedor lamento que parecía venir de otro mundo la hizo parar en seco. Se giró lentamente hacia la melodía, sintiéndose transportada a otra época; a la época en que Ballybliss y el clan MacCullough prosperaban bajo la benévola jefatura de su señor; a una época en que en la casa resonaban los alegres sones de la gaita de su padre y las risas de su madre; una época en que todas las esperanzas y sueños para el futuro se apoyaban sobre los hombros de un niño de deslumbrante sonrisa y ojos color esmeralda.

La penetrante dulzura de la melodía le hizo doler el corazón y escocer los ojos.

Esa noche no vio ninguna luz parpadeante, pero cuando miró hacia las almenas del castillo casi habría jurado que vio allí la oscura figura del hombre que podría haber sido ese niño si hubiera vivido; en el instante que tardó en cerrar los ojos para tragarse las lágrimas, él desapareció y en su memoria sólo quedó el eco de él y su melodía.

Poco después, Ailbert encontró la primera petición del Dragón clavada en el tronco de ese viejo roble.

—Es la maldición —masculló Ross, despojado de su bravuconería por el reproche de Tavis.

—Sí, la maldición —repitió su padre, su severo rostro más largo que de costumbre.

Lachlan aumentó la presión del brazo con que rodeaba a Nessa.

—No encuentro justo que suframos Nessa y yo —dijo—. Éramos poco más que unos críos cuando se echó esa maldición.

El viejo Tavis movió un huesudo dedo hacia él.

—Sí, pero los pecados del padre recaerán sobre el hijo.

Mascullando su acuerdo, varios hicieron furtivamente la señal de la cruz sobre sus pechos. La Corona podía haber proscrito a sus sacerdotes y prohibido el uso de sus mantas y faldas de tartán, pero ni siquiera quince años de férreo gobierno inglés podía hacerlos renunciar a su Dios.

Gwendolyn dudaba de que el viejo Tavis y los aldeanos supieran que la frase citada era de Eurípides, no sólo de la Sagrada Escritura.

Apartando suavemente a Kitty, avanzó hacia el círculo iluminado y dijo con voz firme:

—Nada, nada. No existe eso que llamáis maldición, ni dragones.

La multitud estalló en vociferantes protestas, pero Gwendolyn no se dejó amilanar.

—¿Alguno de vosotros ha visto a ese dragón?

Al cabo de un rato de reflexivo silencio, Ian Sloan miró a su hermano gemelo.

—Yo oí su terrible rugido.

—Yo sentí su aleteo cuando pasó volando por arriba de mi cabeza —terció Ham.

—Y yo olí su aliento —añadió Norval—. Era como el del azufre salido de los fuegos del infierno. Y a la mañana siguiente en mi campo estaba todo chamuscado.

—¿Chamuscado o quemado? —preguntó Gwendolyn cogiendo la hoja de papel vitela de la mano de Ailbert—. Si nuestro torturador es de verdad un dragón, ¿cómo es que escribe estas ridículas peticiones? ¿Sostiene una pluma en sus garras? ¿Emplea a un secretario?

—Todo el mundo sabe que puede transformarse de dragón en hombre a voluntad —dijo una anciana viuda—. Vamos, si incluso podría estar entre nosotros esta misma noche.

Mientras cada uno se alejaba de su vecino con los ojos llenos de desconfianza, Gwendolyn cerró los ojos un breve instante para decirse que en otras partes del mundo en ese mismo momento había matemáticos estudiando el *Analysis Infinitorum* de Euler, filósofos discutiendo la *Teoría de los sentimientos morales* de Adam Smith, y bellas mujeres con los cabellos empolvados y zapatos forrados de seda girando en salones dorados en los brazos de hombres que las adoraban.

Miró a Ailbert con la esperanza de apelar a la razón del hombre.

—Creo que este «Dragón» vuestro no es otra cosa que un cruel engaño. Creo que alguien se está aprovechando de vuestro deseo de castigaros por algo que no se puede deshacer jamás.

La cara hosca de Ailbert expresó lo que pensaban los demás.

—No es mi intención insultarte, muchacha, pero te hemos llamado aquí para que leas, no para que pienses.

Gwendolyn cerró la boca y abrió la cremosa hoja de papel vitela, dejando a la vista la ya conocida y arrogante letra masculina.

—Al parecer milord Dragón tiene hambre. Si no fuera mucha molestia le apetecería una pierna de venado fresco, una jarra de whisky bien envejecido....

Varios hombres hicieron gestos de aprobación. Por diabólicas que fueran las amenazas del Dragón, no podían criticar su gusto por el buen licor.

—Y... —Titubeó un instante y su voz glacial se apagó a un tenue susurro—. Y mil libras en oro.

Las exclamaciones que recibieron sus palabras no podían expresar más horror. Durante años se había rumoreado que mil libras era el precio que los ingleses pagaron a alguien de la aldea para que traicionara a su jefe.

Ailbert se sentó pesadamente en un tocón, frotándose las chupadas mejillas.

—¿Y cómo demonios vamos a reunir mil malditas libras? ¿Es que no sabe que esas sanguijuelas inglesas nos han extraído hasta el último chelín y medio penique de nuestros cofres con sus impuestos y multas?

—Ah, sí que lo sabe —dijo Gwendolyn dulcemente—. Sólo está jugando con nosotros, igual como juega un gato con un ratón.

—Antes de engullírselo —añadió Ross lúgubremente.

—¿Y si no le damos el oro? —dijo Ailbert, mirándola con ojos suplicantes, como si ella pudiera templar las amenazas del Dragón con compasión.

Cuando leyó el resto de la misiva consideró la posibilidad de mentir, pero comprendió que sus ojos la delatarían.

—Dice que eso significará el desastre para Ballybliss.

Nunca dispuestas a perderse una oportunidad para hacer melodrama, Kitty estalló en sollozos mientras Nessa y Glynnis dejaron a sus respectivos amantes para correr a abrazarse.

Ailbert se levantó del tocón y empezó a pasearse.

—Si no podemos darle el oro, tiene que haber algo que podamos ofrecerle al demonio. Algo que lo obligue a dejarnos en paz por un tiempo.

—¿Pero qué? —preguntó Ross—. Dudo de que podamos reunir diez libras entre todos.

De pronto el cascajoso sonsonete del viejo Tavis los hechizó a todos:

Que las alas del dragón vuestra ruina presagien,
que su fiero aliento vuestras tumbas selle,
caiga sobre vuestras cabezas mi venganza,
hasta que se derrame sangre inocente.

Era un cántico que los niños de la aldea habían aprendido sobre las rodillas de sus padres. Era la maldición que les echara el jefe del clan con su último aliento. Gwendolyn no debería haberse estremecido al oírlo, pero se estremeció.

—¿Qué has dicho, viejo? —gruñó Ross cogiéndolo por la túnica y levantándolo.

La intimidación de Ross no apagó el guiño astuto en los ojos de Tavis.

—Todos sabéis que este Dragón no es otro que el MacCullough, que ha salido de su tumba a castigar a los que lo traicionaron. Si de verdad queréis libraros de él, poned fin al maleficio.

Ross lo bajó al suelo, mientras Ailbert miraba hacia la distancia con expresión fría.

—Sangre inocente —musitó—. Tal vez una especie de sacrificio.

Cuando su mirada comenzó a pasear por el pálido cículo de caras, su sobrina Marsali apretó fuertemente contra su pecho a su nena recién nacida.

—¡Vamos, por el amor de Dios! —exclamó Gwendolyn, deseando tener el talento de Izzy para la blasfemia creativa—. ¿A eso nos ha llevado el monstruo? ¿A contemplar la posibilidad de un sacrificio humano?

Ross, cuya novia formal de catorce años acababa de darle una hija, hizo chasquear los dedos, alegrando su rubicunda cara.

—Sangre inocente. ¡Una virgen!

Entornó los ojos y paseó la vista por la multitud. En Ballybliss la mayoría de las muchachas se casaban poco después de cumplir los doce años. Su mirada se detuvo brevemente en las muchachas aún solteras, pasó rápidamente por Glynnis y Nessa hasta detenerse en Kitty.

—¡Ah, no, eso no! —exclamó Gwendolyn poniendo detrás de ella a su hermana—. ¡No vas a entregar a mi hermana pequeña de alimento a un malvado timador!

Kitty se desprendió suavemente de ella.

—No te preocupes, Gwennie. No pueden entregarme al Dragón porque no soy... es decir... eh... Niall y yo... —Bajó la cabeza—, bueno, él me dijo que no había ningún mal en eso.

A Gwendolyn se le cayó el corazón a los pies. El muchacho pecoso que había tenido a Kitty en sus rodillas se puso colorado y se escabulló hacia las sombras.

—Ay, gatita —le dijo dulcemente, arreglándole uno de los rebeldes rizos—. ¿No me esforcé en hacerte comprender que te mereces mucho más?

—No te enfades —le suplicó Kitty, poniéndose la palma de Gwendolyn en la mejilla—. Es sólo que no quería acabar como... Tú.

Aunque Kitty no terminó la frase, ella oyó tan claramente la palabra como si la hubiera dicho. Conteniendo las lágrimas que le escocían los ojos, se liberó firmemente de la mano de Kitty.

Arrugó el papel del Dragón en el puño, deseando no haber sido tan estúpida para dejar su agradable cama. Incluso la intermitente cordura de su padre era mil veces preferible a esa locura.

Girándose hacia Ross, le golpeó el pecho con la bola de papel, detestando su burlona sonrisa aún más que cuando eran niños.

—Que tengas suerte en encontrar una virgen en Ballybliss. Tienes más posibilidades de encontrar un unicornio. ¡O un dragón!

Cuando se volvía para marcharse, notó un extraño silencio, roto sólo por el lloriqueo de Kitty. Hasta el viento parecía estar reteniendo el aliento.

Se giró y se encontró ante una hilera de ojos fríos y calculadores. Caras que conocía desde niña se habían convertido en severas máscaras de desnocidos.

—Ah, no —dijo, retrocediendo involuntariamente un paso—. Supongo que no estaréis pensando...

Ross la miró de arriba abajo, evaluando las generosas curvas tan en contraste con la cimbreante esbeltez de sus hermanas.

—El Dragón podría sobrevivir un tiempo con eso, ¿verdad?

—Sí —contestó alguien—. No nos molestaría durante un buen tiempo si la convirtiera en su comida.

—Incluso ella podría comérselo a él si le diera demasiado hambre.

Mientras el lloriqueo de Kitty se convertía en alaridos y Glynnis y Nessa se abrían paso desesperadas por entre el gentío para llegar a su lado, los aldeanos empezaron a acercársele con expresiones cada vez más parecidas a las de una turba enfurecida.

—¡Ah, no, no! —gritó, empezando a retroceder dos pasos por cada uno de ellos—. Yo sería un mal sacrificio para vuestro estúpido dragón, porque… porque. —Se estrujó los sesos buscando un motivo para que no la entregaran a un dragón que no existía. Después de una candente mirada a Kitty, soltó—: ¡No soy virgen!

Esa sorprendente revelación los hizo detenerse. Incluso Glynnis y Nessa parecieron desconcertadas.

—Vamos, soy la ramera más lasciva del pueblo. Podéis preguntarlo a cualquier hombre de aquí. —Se le cayó el chal de los hombros al apuntar con un dedo al último enamorado de Nessa—. Incluso me he acostado con Lachlan. ¡Y con su padre!

Esa desesperada afirmación fue recibida por una exclamación ahogada por parte de la austera esposa de Ailbert. Pero la multitud estaba nuevamente en movimiento, todos mirándose entre ellos, incrédulos.

—¡Y con los dos maridos de Glynnis! ¡Y con el reverendo Throckmorton!

Elevando una oración de acción de gracias porque el afable hombrecillo no estaba ahí para oír esa determinada confesión, se giró para echar a correr; si lograba llegar a la casa, sin duda Izzy mantendría a raya incluso a Ross con la sola ayuda del rodillo de cocina y una de sus miradas tipo Medusa.

No bien había dado tres pasos cuando chocó con la sofocante blandura de los inmensos pechos de Marsali. Y cuando levantó la vista para ver la maternal sonrisa de la mujer, comprendió que no era a los hombres de Ballybliss a los que debía temer, sino a las mujeres.

Capítulo 2

M ientras las mujeres de la aldea preparaban a Gwendolyn para el placer del Dragón, el ruido de llantos casi ahogaba los truenos que retumbaban fuera de las persianas cerradas de las ventanas de la casita de Marsali. Kitty era la que aullaba más fuerte, mientras Glynnis sollozaba con la cara metida en su pañuelo y Nessa se limpiaba cada brillante lágrima con el ruedo de su vestido antes que le cayera en la mejilla; por nada del mundo quería que Lachlan la viera con la nariz enrojecida o los ojos hinchados. Las protestas más vehementes de las hermanas respecto al destino de Gwendolyn se calmaron rápidamente cuando comprendieron que Marsali y sus compinches las sobrepasaban con mucho en peso y en número.

Gwendolyn apretó fuertemente los dientes cuando Kitty emitió un alarido particularmente agudo.

—¡Qué noble y valiente eres Gwennie! Sacrificarte por todos nosotros así.

—Tal vez Lachlan componga una canción en tu honor —le dijo Nessa—. Sus dedos son muy ágiles en las cuerdas de un arpa.

Por la media sonrisa soñadora que pasó por en medio de la pena de Nessa, Gwendolyn dedujo que esos dedos eran muy ágiles sobre otras partes también.

—Sí, jamás te olvidaremos —prometió Glynnis, con un lloroso suspiro.

—Dudo que tengas la oportunidad —le dijo ella firmemente—, porque tengo toda la intención de estar de vuelta en mi cama al alba.

Pero Marsali y sus compinches tenían otras ideas. Cada vez que ella trataba de levantarse de la banqueta junto al hogar, ellas volvían a sentarla. Ya le habían quitado su práctico vestido de lana y le habían puesto una túnica de lino blanco, más apropiado para el sacrificio de una virgen.

Mientras otras mujeres le sacaban la insulsa redecilla y le deshacían el anillo de trenzas, la vieja Granny Hay la miró atentamente la cara.

—Su madre era una verdadera belleza. Es una lástima que la muchacha no sea linda como sus hermanas.

Esas palabras sólo le produjeron una ligerísima punzada de dolor. Hacía mucho tiempo que se había resignado a ser la hermana inteligente de una familia de beldades legendarias.

Granny le levantó el labio superior para mirarle la boca.

—Pero tiene esos simpáticos hoyuelos en las mejillas y bonitos dientes —dijo, enseñando sus raigones amarillentos.

—Y preciosos cabellos dorados —añadió Marsali, pasándole sus sucias uñas por la reluciente mata de pelo.

A Marsali, los mechones color castaño ratón le colgaban sucios y lacios alrededor de la cara.

—Si sólo no fuera tan gorda —ladró la esposa de Ailbert.

La mujer seguía resentida con ella por haber pretendido que su marido había sido su amante. Gwendolyn tuvo que morderse la lengua para no decir que la gorda mujer la sobrepasaba como mínimo en unos treinta kilo de peso un día seco.

—Está bien que te hayan elegido, muchacha —le dijo Marsali, mirando con adoración hacia la cuna del rincón donde dormía su hija bebé, a salvo de las codiciosas zarpas del Dragón—. Después de todo ya casi tienes veinticinco años. No son muchas las posibilidades que tienes de encontrar un marido a esa edad.

—Soy menor que Glynnis y Nessa —repuso ella.

—Sí, pero Glynnis ya ha enterrado a dos maridos, y Nessa puede elegir a cualquier muchacho del pueblo.

—Tal vez el viejo Tavis tomaría a Gwennie por esposa —sugirió Kitty, esperanzada.

—No, gracias. Prefiero que me coma un dragón a que me mate con sus encías ese viejo sinvergüenza.

Cuando Marsali le estaba extendiendo los cabellos alrededor de los hombros, en un reluciente manto, un trueno estremeció la casa, haciéndolas pegar un salto a todas. Gwendolyn se cogió las manos en la falda para ocultar su repentino temblor.

—No tienes que preocuparte por papá —le aseguró Nessa—. Nosotras lo cuidaremos.

—La última vez que te dejé a cargo de él, se le incendió el camisón cuando te marchaste con el sobrino del carnicero dejándolo sentado demasiado cerca del hogar.

—Pero esta vez me tendrá a mí para ayudarla —dijo Glynnis quitándose el pañuelo de la cara.

—Tú fuiste la que lo dejó salir a la ventisca a luchar contra soldados ingleses invisibles —le recordó Gwendolyn—, sólo con una falda corta y una vieja espada de dos manos. Cuando lo encontré estaba a punto de morir congelado.

Entrelazó con fuerza las manos para combatir una oleada de terror. Era dolorosamente evidente que Kitty ya no la necesitaba, ¿pero qué sería de su padre si a ella le ocurría algo? No habría pasado una hora cuando los gritos destemplados de Izzy ya tendrían reducida a lágrimas su vieja alma.

—Los dragones no existen —masculló en voz baja—. Estaré en casa a tiempo para ponerle la avena a papá en su plato.

Un fuerte golpe estremeció las vigas, sobresaltándola. Pero cuando vio las expresiones de culpa mezclada con miedo en las pálidas caras de las mujeres comprendió que el ruido no era de un trueno sino de puños golpeando la puerta.

Habían venido a por ella.

Aunque le habían atado las manos por delante, Gwendolyn iba con paso firme a la cabeza de la multitud, resuelta a no dejarse arrastrar. Los cabellos agitados por el viento le golpeaban las mejillas como dolorosas cuerdas. Los relámpagos rugían sus latigazos por el cielo y los truenos resonaban aumentando su volumen como gruñidos de hambre del vientre de una enorme bestia. Aunque se había preparado para su llegada, se encogió al sentir los golpes de las primeras y frías gotas de lluvia sobre la cara.

Los enormes goterones hicieron sisear y parpadear las antorchas, y a sus narices llegó el hedor de la brea húmeda.

Ross y Ailbert iban uno a cada lado de ella, guiándola por el escarpado y estrecho sendero que subía serpenteante por esa ladera del acantilado. Gwendolyn iba con la mirada fija hacia delante, hasta que apareció la imponente sombra del castillo Weyrcraig.

La fortaleza coronaba el acantilado, fantásticamente hermosa a pesar de su desmoronamiento. Esa noche no se veía ninguna luz parpadeando en sus habitaciones huecas, ni les dio la bienvenida ningún fantasmal lamento de gaita. Sin embargo, ese lugar que otrora fuera su amado castillo de ensueño se había convertido en el tema de sus pesadillas, y la llenaba de terror. Ailbert soltó una maldición en voz baja e incluso las rollizas piernas de Ross lo traicionaron con un temblor.

Cuando la empujaron para que reanudara la marcha, ella tropezó por primera vez desde que la hicieran prisionera.

Cuando quedó atrás la pared rocosa que protegía el valle, cayó sobre ellos la tormenta con toda su furia. La lluvia la azotó por todos lados, pegándole la delgada túnica de lino al cuerpo y empapándola hasta la médula de los huesos. El viento sonaba con un aullido agudo, y el aguacero apagó las últimas antorchas, dejándolos en una oscuridad casi total. Apresurando el paso, los aldeanos miraron hacia el cielo, como si creyeran que de los nubarrones iba a caerles encima el desastre con alas de fuego.

Ross le dio un brusco empujón que la hizo caer sobre una rodilla; sin hacer caso del fuerte dolor, se levantó y se obligó a continuar caminando, temerosa de que la multitud le pasara por encima. El terror ya era algo palpable, un amargo sabor metálico en la garganta. No supo si sentirse aterrada o aliviada cuando de las sombras surgieron los restos de las puertas de hierro que destrozaran los cañones ingleses hacía casi quince años.

Esta vez no fue Gwendolyn sino los aldeanos los que titubearon.

Hasta esa noche, todas las ofrendas al Dragón se habían dejado fuera de las puertas. A excepción de unos cuantos muchachos osados o tontos que aceptaron el reto de sus compañeros menos valientes, nadie había entrado por esas puertas desde esa triste mañana cuando los aldeanos bajaron por la ladera los cadáveres de su señor y sus familiares.

Por un instante Gwendolyn creyó que podría salvarse. Creyó que no se atreverían a abrir una brecha para entrar en el impío santuario del patio del castillo.

Pero la creencia sólo le duró hasta que Ross desprendió una de las puertas de sus goznes.

—¡Concluyamos esto, entonces! —gritó Ailbert con la lluvia corriéndole por las chupadas mejillas como lágrimas.

Gwendolyn comenzó a debatirse en serio cuando la hicieron pasar por la puerta. Sólo tuvo tiempo para captar unas cuantas impresiones sueltas: las paredes de piedra cubiertas de liquen; una estatua de mármol, sin cabeza, de una mujer ataviada en ropas vaporosas; varios anchos escalones de losa que subían hasta una inmensa puerta de madera rota y astillada.

Cuando ya la habían arrastrado al centro del patio, a Ross no le llevó mucho tiempo encontrar un agujero entre las losas rotas y tapadas por la maleza. Lachlan le pasó un mazo de hierro y Ross, con un solo golpe enterró una larga estaca en el suelo.

Ailbert le ató las manos a la espalda, y pasándole soga por el pecho, cintura y muslos, la amarró a la gruesa estaca. Después le dijo:

—Que Dios tenga piedad de tu alma, muchacha.

—Si me dejáis aquí no será mi alma la que necesitará piedad, sino las vuestras —logró gritar a través de los dientes que le castañeteaban—. Sobre todo si me muero de frío y después sólo encontráis mis huesos.

—El Dragón se estará limpiando los dientes con ellos antes que llegue la mañana —gruñó Ross.

Antes que ella pudiera escupirle en la cara, el cielo hizo explosión; de él descendió una lengua de fuego en zigzag, seguida por el atronador latigazo de una cola de serpiente.

—¡Es el Dragón! —chilló una mujer—. ¡Viene a por ella!

Entonces se oyó un potente rugido que parecía salido de la garganta del mismo infierno; su ensordecedor clamor continuó y continuó, haciendo huir despavoridos a los aldeanos, que desaparecieron en la noche dejando a Gwendolyn a merced del Dragón.

Gwendolyn no habría sabido decir en qué momento cerró los ojos y lanzó un chillido. Sólo supo que el rugido se acabó en el preciso instante en que chilló. Desfallecida por el terror, se desplomó dentro de sus ataduras; la rígida estaca que le apretaba el espinazo era lo único que la mantenía de pie.

Tardó varios largos minutos en caer en la cuenta de que la lluvia ya sólo era un suave golpeteo, más melancólico que amenazador. Tardó un buen poco más en atreverse a abrir los ojos.

Cuando los abrió descubrió que su única acompañante era la estatua sin cabeza de la mujer en el rincón, que se veía tan desamparada y abandonada como ella. Tragó saliva para pasar un nudo de terror. Por lo menos ella aún tenía la cabeza.

«Por el momento.»

Esa vocecita de niña le llegó de algún rincón del pasado, de aquel tiempo en que creía que las marismas y los pantanos estaban habitados por fantasmas, que los achaparrados elfos se podían transformar en hombres apuestos el tiempo justo para atraer a doncellas inocentes a su deshonra y que un niño con ojos color esmeralda podría confundirla con un ángel.

Escudriñó la oscuridad, al comprender sobresaltada que no estaba sola después de todo. Alguien, o algo, la estaba observando.

Aunque tuvo que hacer uso de hasta las últimas migajas de su fuerza, se irguió, resistiéndose a conocer a cualquier monstruo, real o imaginario, al mismo tiempo acobardada por el terror.

—No creo en ti, ¿sabes? —gritó. Avergonzada por el ronco graznido que le salió de la garganta, volvió a intentarlo—. Estamos en mil setecientos sesenta y uno, no en mil cuatrocientos sesenta y uno. No soy una campesina ignorante a la que puedas intimidar con tontas supersticiones.

Cuando a sus desafiantes palabras sólo respondió el murmullo de la lluvia, pensó si tal vez no habría perdido la cordura en algún momento de su torturante trayecto al castillo.

Agitó la cabeza para quitarse un mechón de pelo mojado de los ojos.

—Has de saber que soy una estudiosa de la ciencia y el pensamiento racional. Siempre que el reverendo Throckmorton viaja a Londres me trae los boletines de la Real Sociedad para Mejorar el Conocimiento Natural mediante la Experimentación.

Pasó una ráfaga de viento por el patio llevándose sus palabras y poniéndole la carne de gallina en los brazos. Ahí. En el rincón de la izquierda acababa de moverse algo, ¿o no? Mientras miraba, empezó a definirse una figura informe que se iba separando de la oscuridad. Un escalofrío que no tenía nada que ver con la lluvia ni con el frío le estremeció todo el cuerpo.

—No existes —susurró, con la esperanza de que si lo repetía muchas veces se haría cierto—. No existes, no eres real. No creo en ti.

Todos sus instintos la instaron a cerrar los ojos para hacer desaparecer «eso» que iba surgiendo lentamente de la oscuridad. Pero la misma condenada curiosidad que una vez la indujo a mojar en un frasco de aceite uno de los trapos que se ponía Izzy en el pelo y prenderle fuego, teniéndolo puesto Izzy, no le permitió cerrar los ojos.

Al final, no fueron las negrísimas alas que se agitaron alrededor de los magníficos hombros anchos ni el humo plateado que le salía por las narices los que derrotaron a Gwendolyn. Fue su cara, una cara más terrible y hermosa que ninguna que pudiera haberse imaginado.

Esa cara fue lo último que vio antes de perder la visión y desmayarse

Capítulo 3

Cuando el hombre que se hacía llamar el Dragón estaba mirando incrédulo la ofrenda que le acababan de dejar los aldeanos, el cigarro encendido se le cayó de los labios y se apagó chisporroteando en un charco de agua.

—Sé que te has ganado la fama de hacer desmayarse a las mujeres —comentó su compañero, saliendo de las sombras y arqueando una ceja dorada rojiza—, pero a ninguna le había ocurrido eso con sólo verte.

El Dragón empezó a dar vueltas alrededor de la estaca hinchando a cada paso la larga capa negra que le colgaba de los hombros.

—¿Qué demonio se apoderó de ellos para que me hayan traído una mujer? Lo único que quería era una pierna de venado y una jarra de whisky para calentarme los huesos esta asquerosa noche.

—Apostaría a que ella te calentaría bien los huesos —dijo su amigo mirando admirativamente los pechos llenos de la mujer y sus anchas caderas—. Es lo que mi francota tía abuela Taffy, otrora la amante de Jorge, llamaría «una buena criadora».

La mujer vestía una túnica de tela diáfana que más parecía una camisola que un vestido. La lluvia le había aplastado la tela en la piel, sin dejar nada a la imaginación de un hombre. La forma más oscura de un pezón asomaba tímidamente por entre los mojados cabellos color miel que tenía desparramados sobre el pecho.

Cayendo en la cuenta de que se la estaba comiendo con los ojos, con la misma avidez de su amigo, el Dragón se quitó la capa y la envolvió con ella, maldiciendo en voz baja.

A ella se le había caído la cabeza hacia delante cuando se desmayó. Suavemente le levantó el mentón con un dedo, dejando a la vista una mandíbula fuerte pero muy atractiva. La insinuación de un hoyuelo le adornaba la mejilla. Tenía los labios llenos, y la piel tan suave y blanca como un vellón.

—Malditos salvajes —masculló, tironeándole las ataduras—. Dejarla atada aquí como a una especie de cordero sacrificial. Debería ir a buscar mi pistola y matarlos a todos.

—Entonces creerían que no te ha gustado su regalo.

El Dragón miró a su amigo con expresión sombría. La lluvia empezaba a arreciar nuevamente, obligándolo a cerrar los ojos para quitarse las gotas de las pestañas. La soga mojada oponía resistencia a sus esfuerzos por desatarla. Cuando vio los surcos rojos que le habían dejado en la piel de los brazos, volvió a soltar una maldición, más furioso esta vez. Cuando le dejó libres las muñecas y se las frotó para restablecerle la circulación, ella gimió.

Cayeron las últimas ataduras. Cuando a ella se le doblaron las rodillas, la cogió en los brazos y echó a andar hacia el castillo.

Repentinamente su compañero se puso serio.

—¿Crees que eso es prudente? ¿Si te ve la cara…?

Dejó inconclusa la pregunta, pero el Dragón sabía muy bien las peligrosas consecuencias de esa locura.

Se giró a mirarlo, con la cascada dorada de los cabellos de la mujer cayendo por encima de su brazo.

—¿Qué me aconsejas que haga con ella? ¿Que la deje aquí para que la tormenta la ahogue como a un gatito abandonado?

El desgarrador retumbo de un trueno no le dejó oír la respuesta de su amigo y produjo un violento temblor en el cuerpo de la mujer. El cielo pareció abrirse por sus costuras hinchadas dejando caer otro aguacero torrencial. El Dragón acunó a la temblorosa mujer contra su pecho y corrió hacia el castillo; no tenía otra alternativa que llevarla a su guarida.

Sin molestarse en abrir los ojos, Gwendolyn se desperezó, casi ronroneando de satisfacción. Nunca habría soñado que se encontraría tan cómoda en el vientre de un dragón. Todo lo contrario, en ese parpadeo de eternidad anterior a que esa cosa saliera totalmente de la oscuridad, tuvo tiempo suficiente para imaginarse su carne arrancada de sus huesos por llamas o deshecha con ácido hirviendo.

Se puso de costado y hundió la mejilla en un mullido y ancho almohadón. Comparando la cama con el espinoso colchón de brezo que compartía con Kitty, se sentía como si estuviera durmiendo sobre un nido de plumas. La envolvía el embriagador aroma de incienso de sándalo y especias. Tal vez no estaba en el vientre de un dragón después de todo, pensó, sino en el cielo.

Al instante despertó del todo, y se tensó. Incluso el manso reverendo Throckmorton siempre predicaba más sobre los peligros del infierno que sobre los placeres del cielo. Hasta ese momento no sabía muy bien si creía en el infierno y en el cielo. Pero tampoco había creído en dragones.

Después de hacer una honda inspiración para serenarse, se sentó y abrió los ojos. Cuando paseó la mirada por su entorno, el aire inspirado le salió de los pulmones en un suspiro de absoluto asombro. Ciertamente ese era un cielo más lujoso y mundano que cualquier cosa que se atreviera a imaginar el pío pastor.

Estaba flotando sobre un brillante charco de satén azul medianoche. Las arrugadas ropas de cama cubrían una cama de cuatro postes blancos, que semejaban fantasiosas columnas talladas en forma de remolino. Junto a la cama había velas encendidas, no de cebo hediondo sino de cera de abejas, que caía derretida en cascada por los graciosos brazos del candelabro de pie que las sostenía. Las velas arrojaban un halo de luz hacia arriba, atrayendo su mirada al mural pintado en el cielo raso en forma de cúpula.

Mujeres desnudas, diosas y mortales, retozaban en prados color pastel algo descolorido, y la exuberancia de sus carnes la hicieron sentirse tan esbelta como Kitty. Ahí estaba Perséfone, abandonando la primavera para ir a rendir su corazón al señor de la oscuridad; Psique despertando en una cama de flores mientras Cupido la observaba desde las sombras, con su hermosa cara oculta para siempre a los curiosos ojos de ella.

Estiró el cuello, tan inmersa en su desvergonzada sensualidad que casi no notó que la sábana se le caía por el hombro. No lo habría notado si no hubiera oído una fuerte inspiración no hecha por ella. Se miró y le hormigueó la piel de horror al darse cuenta de que estaba tan desnuda como Psique bajo la sábana. Subiéndosela hasta el mentón, levantó lentamente la cabeza.

La luz de las velas daba a la cama la impía apariencia de un altar sacrificial, pero dejaba el resto de la habitación a oscuras. Pero comprendió que no estaba sola allí.

Deseó haber prestado más atención a los sermones del reverendo

Throckmorton. Tal vez no estaba en el cielo; tal vez esa agradable habitación era un lugar de tortura infinita disfrazada de raros placeres carnales.

Se quitó los cabellos de los ojos.

—Sólo la peor clase de cobarde espiaría a una mujer desde las sombras. Atrévete a mostrarte.

Oyó una pisada apagada y al instante lamentó su reto.

Ese era el infierno y estaba a punto de conocer a su jefe supremo.

Capítulo 4

—No hay ninguna necesidad de palidecer ni de esconderse acobardada bajo las mantas. No soy un dragón ni un monstruo. Soy simplemente un hombre.

Gwendolyn miró hacia el rincón con los ojos entornados y se apretó la sábana contra los pechos; la caricia de esa humosa voz de barítono era más peligrosa para su virtud que su desnudez. No supo si sentirse asustada o aliviada cuando su dueño se detuvo justo antes de de salir de su velo de sombras. El caprichoso parpadeo de la luz de las velas le impedía adaptar los ojos a la oscuridad. Logró discernir poco más que una figura oscura apoyada en la pared con despreocupada elegancia.

—Si estoy acobardada bajo las mantas, señor, se debe a que un descarado libertino me ha robado la ropa.

—Ah, pero si fuera un libertino tan descarado, no habría tenido ninguna necesidad de robarlas. Me las habría entregado de muy buena gana.

En su cerrado inglés no se detectaba ningún melodioso sonido gutural que suavizara la burla. Involuntariamente se sintió acosada por la imagen de unas fuertes manos masculinas quitándole la túnica mojada. Apretó los dientes para ocultar un estremecimiento que tenía muy poco que ver con su miedo.

—Se atreve a acusarme de cobardía cuando es usted el que se esconde en las sombras, asustado de mostrar su cara.

—Tal vez no es miedo por mí el que motiva mi precaución, sino miedo por usted.

—¿Tan horrible es su cara que no debo mirarla? ¿Me volvería loca o me convertiría en piedra?

—Ya la hizo desmayar, ¿no?

Gwendolyn se tocó las sienes con los dedos y frunció el ceño, no lograba evocar nada aparte de un borroso recuerdo de ese momento en el patio; el olor a lluvia, el revoloteo de alas, una plateada espiral de humo... y su cara. Una cara tanto más terrible por lo imposible que era... Trató de recuperar el recuerdo, pero este se disipó, más esquivo que el desconocido que se mofaba de ella en las sombras.

—¿Quién es usted? —preguntó.

—Los habitantes de Ballybliss me llaman el Dragón —contestó él.

—Entonces yo le llamaré charlatán. Porque sólo un charlatán es capaz de perpetrar un engaño tan cruel.

—Me hiere, milady —dijo él, aunque el matiz de risa que ella detectó en su voz le dijo que sólo había conseguido divertirlo.

Se sentó más erguida, echándose un mechón mojado hacia atrás por encima del hombro.

—He de decirle que no soy una dama.

Sus oídos estaban tan sintonizados con sus movimientos que casi habría jurado que lo oyó arquear una ceja.

—Al menos no en el sentido estricto de la palabra —corrigió—. Mi padre no posee ningún título.

—Perdone mi suposición. No habla de la manera ruda tan común en estos salvajes de las Highlands, por lo que naturalmente supuse...

—Mi madre era una dama. Era hija de un barón de las Lowlands. Murió cuando yo tenía nueve años. —Alzó el mentón para combatir la pena que el tiempo no había conseguido aplacar.

—Su falta de nobleza no es una falta para mí, puesto que puedo asegurarle que no soy un caballero.

Ella no supo si tomar eso como palabras tranquilizadoras o de advertencia. Miró bajo las sábanas y le dirigió una sonrisa tan dulcemente burlona como se imaginaba que era la de él.

—Eso colegí. Si lo fuera, yo tendría mi ropa puesta.

—Y seguiría en peligro de enfermar de tuberculosis. Lo cual me lleva a una pregunta —dijo él con voz más dura—. ¿Cómo es que acabó empapada y atada a una estaca en el centro de mi maldito patio?

Gwendolyn se tensó.

—Perdóneme la mala educación de perturbar su preciada soledad, milord Dragón. Le imagino echado con sus pezuñas apoyadas sobre el hogar, disfrutando de una copa de deliciosa sangre de gatito cuando oyó los gritos de la multitud. «¡Maldición!», gruñó tal vez, «creo que alguien ha dejado otro sacrificio humano en mi puerta.»

Él estuvo callado tanto rato que ella empezó a temblar. Pero su respuesta, cuando llegó finalmente, fue tan seca como un sonajero hecho con huesos de dragón.

—En realidad estaba disfrutando de una copa de delicioso oporto cuando oí la conmoción. Tuve que dejar de beber sangre de gatito porque me producía dispepsia.

La cogió por sorpresa la deslumbrante llama de una cerilla; la llama murió antes que alcanzara a pestañear, y quedó con el aroma del humo de cigarro y un puntito brillante en la oscuridad.

—Así que los aldeanos la arrastraron por el acantilado bajo el aguacero, la ataron a esa estaca y la dejaron ahí para morir a mis manos. —Emitió un bufido—. Y tienen la cara de llamarme monstruo a mí.

Gwendolyn trató de enfocar la vista donde deberían estar sus ojos, tratando de sostener su mirada invisible.

—No veo por qué los condena cuando responden a sus codiciosas exigencias.

De la oscuridad salió una nube de humo, revelando un pronto de genio.

—Pedí una pierna de venado y una jarra de whisky, no una maldita mujer.

—Eso no fue todo lo que pidió, ¿verdad? —dijo ella dulcemente.

Su repentina inmovilidad le advirtió que debía pisar con pie de plomo.

—¿Por qué los defiende cuando la quieren tan poco que la arrojan lejos como si no tuviera más importancia que un saco de basura?

—Porque son estúpidos e ignorantes, pero usted no es más que un déspota cruel que se aprovecha de tontas supersticiones para aterrorizar a gente inocente.

Desapareció la punta brillante del cigarro, como si lo hubiera apagado en un acceso de rabia.

—Puede que sean ignorantes, pero distan mucho de ser inocentes. Tienen más sangre en sus manos que yo.

Hasta ese momento ella habría jurado que su captor era inglés, pero junto con la rabia se le metió un débil sonido gutural en el habla, como un rayito de luna iluminando un brezal.

—¿Quién es usted? —repitió en un susurro.

—Tal vez debería ser yo quien hiciera esa pregunta —dijo él, con la pronunciación más cerrada que antes—. ¿Por qué nombre debo llamarla?

La frustración la envalentonó.

—Se niega a decirme quién es, pero a mí no me faltan nombres para llamarle.

—¿Cobarde, por ejemplo? ¿Déspota? ¿Charlatán?

—Sinvergüenza, canalla, bellaco —añadió ella.

—Vamos, habría esperado más imaginación en esa lengua tan suelta.

Ella se mordió el labio inferior, tentada de echarse a volar con una sarta de palabrotas que habrían hecho ruborizar a Izzy.

—Me llamo Gwendolyn. Gwendolyn Wilder.

Ahogó una exclamación al sentir entrar una ráfaga de viento que apagó las velas. Pensó que él se había marchado, abandonándola a la oscuridad, pero muy pronto percibió que seguía ahí, rodeándola por todos lados pero sin tocarla ni una sola vez. Lo percibía al respirar: el aroma a sándalo y especias, tan masculino como embriagador. En ese momento comprendió dónde estaba.

En su guarida. Su habitación. Su cama.

—¿Por qué usted? —Su susurro sonó con una extraña urgencia—. ¿Por qué la eligieron a usted?

A los oídos de ella, esas palabras tenían el sello de una deliberada crueldad. ¿Por qué no eligieron a una muchacha más bonita? ¿Más delgada? ¿Una más parecida a Glynnis o Nessa o incluso a Kitty? Cerró los ojos, agradeciendo que él no pudiera ver sus mejillas ardientes.

—Me eligieron porque en Ballybliss las vírgenes son aún más escasas que los dragones.

Él le rozó el pelo mojado con la mano, y su traicionera ternura le recordó sin palabras que podía ser más peligroso estar a merced de un hombre que de un monstruo.

—Mil libras. ¿Ese es el precio que ponen a la inocencia hoy en día?

Él no esperó una respuesta que ella no tenía. Entró otra ráfaga de viento y luego aumentó la oscuridad. Pero esta vez ella supo que él se había marchado. Se abrazó a las rodillas apretándolas contra el pecho y miró hacia el mural que ya no podía ver, sintiéndose más sola de lo que se había sentido en toda su vida.

Al Dragón nunca le había gustado mucho el sabor de las vírgenes. Bien podían tener la carne deliciosamente tierna, pero cortejarlas requería encanto y paciencia, dos cualidades que él no poseía en abundancia desde hacía bastante tiempo.

Adentrándose en las profundidades del castillo, saltando por encima de piedras rotas y antiguas manchas de sangre, sin pensarlo dos veces maldijo su mala suerte. Jamás había pretendido que su muy estudiado engaño le trajera una mujer a su guarida. Y mucho menos una mujer tan enloquecedora como la que lo había dejado sin cama.

Cuando la depositó sobre esa ropa de cama arrugada, le quitó su capa y empezó a desprenderle el lino mojado de la piel helada, lo hizo con la sola intención de abrigarla. Pero a medida que iba viendo cada pulgada de esa nívea piel, lo fue abandonando esa objetividad que normalmente le iba tan bien. Sintió el cuerpo atenazado por una fiebre primitiva que se le enroscó en el vientre haciéndolo arder de deseos de acariciarla. Ya fue una tortura para él cuando sus ojos se detuvieron en sus generosos y blancos pechos, pero cuando se sorprendió tratando de echar una mirada a la suave y rubia cubierta de vello que sabía encontraría entre sus muslos, la tapó bruscamente con la sábana.

Mientras velaba cerca de ella a la luz de las velas, esperando que recuperara el conocimiento, tuvo bastante tiempo para pensar si realmente se habría convertido de tal forma en una bestia que podría caer en la tentación de violar a una mujer inconsciente.

Alargó los pasos y se quitó un mechón rebelde mojado de los ojos. Aunque, en realidad, su cautiva no tenía nada de «inconsciente»; como ella misma le dijera en el patio, era la más sensata de las criaturas; una estudiosa de las ciencias y el pensamiento racional, que se devoraba los boletines de la Real Sociedad para Mejorar el Conocimiento Natural mediante la Experimentación. No creía en dragones, ni creía en él. La verdad era que no podía sentirse ofendido por ese insulto, puesto que él tampoco creía en él.

Si hubiera supuesto que esos grandes ojos azules se le llenarían de lágrimas y que le imploraría por su libertad y su vida, se habría llevado una buena decepción. Incluso se atrevió a reprenderlo por su codicia. Y bien podría haberlo hecho avergonzarse si todavía él tuviera conciencia.

Iba agitando la cabeza pensando en la osadía de la mujer cuando al dar la vuelta a la esquina descubrió que no tenía muchas posibilidades de secar su ropa mojada porque durante su ausencia se habían apropiado de su muy cómodo sillón de orejas, del fuego del hogar y de su botella de oporto.

Esa habitación del sótano había sido otrora la antesala de las mazmorras del castillo, y servido de refugio a sus guardias. Las húmedas paredes de piedra estaban adornadas por hachas, espadas y sables oxidados, que daban a la sala todo el acogedor encanto de una cámara de torturas medieval.

Pero esa lobreguez no parecía molestar en lo más mínimo al hombre que estaba reclinado en el sillón de orejas, con los pies descalzos, sólo con las medias, extendidos hacia el crepitante fuego del hogar de piedra. Se había cambiado la levita por una manta-falda de tartán a cuadros escarlata con negro. Sobre la frente le caía un alegre gorro escocés adornado por una escarapela de plumas blancas, el complemento perfecto para la gaita que tenía apoyada en la rodilla.

El Dragón se acercó al hogar, siendo recibido por una soñolienta mirada del peludo gato gris que se estaba calentando sobre las piedras del hogar. Había adoptado a *Toby* con la esperanza de que el enorme felino redujera la población de ratas del castillo; pero al parecer *Toby* y las ratas habían llegado a una especie de acuerdo entre caballeros: las ratas proliferaban y *Toby* dormía veintitrés horas al día.

Sólo se dio cuenta de lo agotado que estaba cuando vio que no tenía dónde sentarse. Se giró hacia su amigo, y sin hacer caso del tácito interrogante que vio en sus ojos, le dijo:

—Si sigues marchando por los parapetos gimoteando con esa gaita, Tupper, nos van a descubrir, de seguro.

—Todo lo contrario —repuso Tupper, levantando su copa de oporto en presumido brindis—. Soy un gaitero bastante pasable; eso no es gimoteo. Y los aldeanos creen que soy un fantasma.

El Dragón negó con la cabeza.

—No logro imaginar por qué estás tan encantado con este maldito país y todos sus arreos.

—¿Qué es lo que puede no gustar? —exclamó Tupper, acentuando más en cada palabra la pronunciación gutural que trataba de imitar desde que llegara a las Highlands—. ¿Las mañanas neblinosas? ¿Los brillantes riachuelos que ondulan por los valles? ¿El pintoresco encanto de su gente?

—¿La niebla? ¿El frío? ¿La humedad? —replicó el Dragón, acercando más la espalda al fuego.

Tupper lo miró de soslayo, con una expresión astuta que estaba decididamente reñida con su semblante querúbico.

—Sí, pero con una bonita muchacha para calentarte la cama, el frío y la humedad pueden ser soportables.

—Si te refieres a la «bonita muchacha» que acabo de dejar en mi cama, te aseguro que el frío y la humedad serían mejores compañeros en una noche solitaria que su glacial desprecio.

Picada su curiosidad, Tupper se incorporó y, gracias a Dios, dejó de imitar la pronunciación escocesa.

—¿Pero qué crimen tan terrible ha cometido esa muchacha para que la entreguen a un tipo como tú?

El Dragón se sentó en el borde del hogar, indiferente al gruñido de protesta de *Toby*.

—Ningún crimen. Es inocente.

—Tal vez a tus ojos —bufó Tupper—, pero no a los ojos de los aldeanos. ¿Qué es, pues? ¿Una asesina? ¿Una ladrona? —Un guiño esperanzado le iluminó los ojos castaños—. ¿Una ramera?

—Eso habría sido una suerte. Al menos sé qué hacer con una ramera. Es mucho peor que todo eso. La han entregado a modo de sacrificio. —Se le tensó la mandíbula al tratar de formar una palabra que había tenido pocos motivos para usar en sus tratos con el bello sexo—. El sacrificio de una virgen.

Tupper lo miró boquiabierto un momento y luego se dejó caer hacia atrás desternillándose de risa.

—¿Una virgen? ¿Te han dado una virgen? Vamos, eso no tiene precio.

—No exactamente. Al parecer los aldeanos creen que vale mil libras.

Tupper dejó de reírse.

—Te advertí que era demasiado pronto para jugar esa carta. Deberías haberles dado tiempo para inquietarse por las peticiones, tiempo para que se miraran unos a otros con desconfianza pensando quién de ellos podría tener ese malhabido tesoro escondido en su bodega. —Un reprobador suspiro le agitó las plumas del gorro—. ¿Pero quién soy yo, Theodore Tuppingham, el lerdo hijo de un vizconde de poca monta, para contradecir a un hombre que ha mirado las bocas de los cañones arroja-fuego en Louisbourg? ¿Un hombre al que la Corona ha hecho caballero por su valentía y ha amasado una fortuna valiéndose solamente de su inteligencia y su desapego a su propia vida? Yo desciendo de generaciones y generaciones de cobardes. Lo único que he de hacer para heredar mi título es sobrevivir a un padre aquejado de gota y palpitaciones cardíacas.

Cuando movió la copa, derramando vino sobre los adoquines, el Dragón se la arrebató de la mano.

—No deberías beber oporto, ¿sabes? Te hace decir tonterías.

—Y a ti te pone triste y te hace cavilar —replicó Tupper, recuperando la copa y bebiéndosela de un trago.

El Dragón metió los dedos en el abundante pelaje de *Toby*. Un gato más amable habría ronroneado, pero *Toby* se limitó a mover los bigotes con soberano desprecio.

—No sé qué hacer, Tup. ¿Qué puedo hacer con ella?

Tupper volvió a reclinarse en el sillón.

—¿Te ha visto la cara?

—No, no, claro que no. Puede que sea un condenado loco, pero no un idiota.

—Entonces tal vez no es demasiado tarde para que me disfrace de uno de esos rudos campesinos de las Highlands y la lleve de vuelta a la aldea.

—¿Y qué? ¿La dejas en la plaza con una nota prendida al vestido que diga: «Muchas gracias por la deliciosa virgen, pero preferiría una sabrosa ramera»? A ellos podrías engañarlos con ese truco, pero ya es demasiado tarde para engañarla a ella. Ya cree que no soy otra cosa que un codicioso charlatán que ha venido aquí a despojarlos de todos sus bienes mundanos.

—¿No podrías amenazarla con tu feroz ira si se atreve a delatarte? Ya sé —exclamó, haciendo chasquear los dedos—, ¿y mi rumor del dragón que se convierte en hombre a voluntad? De ese me sentí particularmente orgulloso.

—Y podría haber dado resultado si me hubieran ofrecido una muchacha boba que se asusta de su propia sombra. —Agitó la cabeza, su exasperación mezclada con involuntaria admiración—. Esta no será tan fácil de engañar. Si la dejamos marchar traerá a toda la aldea a por nuestras cabezas. Y no estoy preparado para eso, todavía. —Se levantó a pasearse por la sala, y *Toby* aprovechó para estirarse a todo lo ancho y largo, ocupando el lugar donde había estado sentado—. Me parece que no tengo más remedio que añadir rapto a mi larga lista de pecados.

—¿O sea que piensas retenerla aquí?

—Por ahora. Pero no debe verme nunca la cara.

Tupper se llevó la copa a los labios sin recordar que estaba vacía.

—¿Y si te la ve?

El Dragón contempló a su amigo con los labios curvados en una amarga sonrisa.

—Entonces descubrirá que en este mundo hay cosas más misteriosas que los dragones. No lo olvides, Tup, a ti los aldeanos sólo te creen un fantasma. Yo «soy» uno.

Capítulo 5

A la mañana siguiente Gwendolyn despertó enfadada y hambrienta, combinación que ya era peligrosa cuando estaba en la mejor disposición de ánimo, que ciertamente no era la que tenía en ese momento. Había pasado una mala noche, cavilando inquieta sobre la despótica manera con que la trató milord Dragón, y no le mejoraba nada el humor el hecho de que cada vez que despertaba sentía su aroma en las narices.

Se sentó, suspirando de alivio por no estar ya sumida en la oscuridad. Entraba un amarillento rayo de sol por entre las rejas de hierro de una ventanuca redonda situada en lo alto de la pared. Esa noche había tenido todos los sentidos ocupados por su captor y no había oído el sonido de las olas al romper sobre las rocas, muy abajo. En ese momento comprendió que él debió de llevarla a una de las torres que daban al mar, una torre que se libró de lo peor del fuego de los cañones ingleses.

Se bajó de la cama y se envolvió en la sábana de satén como si fuera una de las túnicas romanas que se ponían las semidiosas del cielo raso cuando se vestían. Su camisola de lino estaba en el suelo formando un bultito empapado. Movió la cabeza, no habría sido demasiado esperar que el Dragón hubiera tenido la sensatez de dejarla colgada para que se secara.

Cuando dio la vuelta a la habitación, la sábana arrastrando detrás, volaron por el aire millares de motas de polvo haciéndole cosquillas en la nariz. No le llevó mucho tiempo darse cuenta de que la magnífica cama, las sábanas de satén y las velas de cera en el candelabro de pie eran un oasis de lujo en un desierto de árido descuido. En sus labios se dibujó una sonrisa de superioridad. Milord Dragón podía ser una bestia en el corazón, pero no cabía duda de que apreciaba las comodidades humanas.

Las paredes estaban revestidas por paneles de madera de color desvaído y frisos en yeso cuya pintura blanca estaba descascarada en algunas partes. Asomó la nariz tras una cortina apolillada y descubrió un antiquísimo retrete. Cualquier idea que le hubiera venido de escapar por su abertura se desvaneció cuando tiró dentro un trozo de yeso y lo único que oyó fue el remoto sonido de un chapoteo. Bueno, al menos no tendría que pasar por la indignidad de pedirle a milord Dragón que le vaciara el orinal. Aunque, pensó con perversa sonrisa, podría valer la pena sacrificar su dignidad para insultarlo.

En un rincón colgaba una jaula de pájaro de madera envuelta en telarañas, vacía sin duda, su ocupante habría volado ya haría mucho tiempo. Al menos eso creyó, hasta que se puso de puntillas para mirar por entre las rejas y vio el pequeño nido con el montoncito de huesos encima.

Retrocedió al instante, apenada, había algo terriblemente patético en esos frágiles restos; hubo un tiempo en que esos huesos pertenecieron a un alegre pajarito canoro que esperaba confiado en que alguier volvería allí a oírlo cantar, a limpiar su jaula… a darle su comida.

Se dio una vuelta completa y de pronto descubrió que faltaba algo en la habitación.

Una puerta.

Recorrió las paredes, tentada de golpearlas, como debió hacer el desventurado pajarito batiendo las alas contra las rejas al comprender que no volvería nadie. Casi llegó a creer que el Dragón le había hecho una especie de misterioso encantamiento; algún ensalmo diabólico que le permitiría entrar y salir de ahí a su antojo, pero que la tendría a ella prisionera para siempre.

Se desplomó apoyada en la pared, avergonzada de su terror. ¿Qué tenía ese lugar? Ya no era el castillo encantado que fuera para ella en otro tiempo, pero seguía teniendo el poder de despertar en ella todas sus fantasías infantiles; fantasías que había aplastado durante los años pasados cuidando de su padre. La avergonzó aún más darse cuenta de que esa era la primera vez que se acordaba de su padre desde la noche anterior.

Su única esperanza para él estaba en sus frecuentes lapsos de memoria; si su mente deteriorada decidía irse a vagar por el pasado, como solía hacer, era posible que ni siquiera la echara en falta. Esa idea le produjo menos consuelo que el que hubiera deseado.

Se enderezó. La solución a su dilema era en realidad muy sencilla. Uno de los paneles tenía que ser una puerta.

Empezó a recorrer las paredes nuevamente, esta vez metiendo las uñas en los bordes de cada panel. No tardó en volver al punto de partida sin haber oído ni un solo crujido de aliento. El Dragón bien podría haberla dejado encadenada en una de las mazmorras del castillo.

—¡Por los clavos de Cristo! —blasfemó, apoyándose en el panel mientras el estómago le gruñía su frustración.

En ese momento llegó a sus oídos el sonido distante de una canción. Ladeó la cabeza, aguzando el oído, reconoció la letra y la melodía de la conocida cancioneta, pero no la voz del cantante.

Cómo me gusta el pelo rubio de mi Jenny Claire,
la muchacha más bonita,
pero para cortejar a mi damita
tengo que patear el … mm, el trasero
de sus tres hermanos pendencieros.

Gwendolyn frunció el ceño. El cantante no sólo desentonaba atrozmente sino que su pronunciación escocesa era aún más arrastrada que la del viejo Tavis. Cuando la canción se deterioró más todavía pasando a silbido, pegó la oreja a un panel y luego a otro, hasta verse recompensada por el sonido de pasos que se acercaban.

Sujetándose la sábana con una mano, miró a todos lados en busca de un arma. Lo único que vio fue la jaula. Musitando una disculpa a su ocupante muerto, con la mano libre la arrancó de su cadena y se apoyó en la pared adyacente al panel, afirmando la jaula sobre la cabeza. Que milord Dragón se entere de cuánto le gustará quedar atrapado en su propia trampa.

El panel hizo un clic y se abrió hacia dentro. Un hombre asomó la cabeza por la abertura. Sin darse tiempo para perder el valor, Gwendolyn bajó con fuerza la jaula estampándosela en la parte de atrás de la cabeza.

Él hombre cayó y quedó tendido como un montón de trapos.

—¡Oh, no!

La exclamación de pesar que soltó Gwendolyn no se debió a arrepentimiento sino a consternación, porque la bandeja que traía el hombre se estrelló en el suelo junto con él, arrojando lejos una cesta de panecillos con la cruz de cuaresma y volcando una jarra de chocolate caliente.

Se agachó a recoger un panecillo antes que rodara bajo la cama, pero no pudo impedir que el chocolate se derramara y empezara a escurrirse por entre los tablones del suelo.

Mientras quitaba el polvo al panecillo e hincaba el diente en su corteza, contempló a su cautivo. Milord Dragón no se veía tan fiero tendido boca abajo en el suelo en un charco de chocolate, ¿verdad? Lo tocó con el pie, pero él no se movió. Sabía que debía aprovecharse de su estado de inconsciencia para escapar, pero su curiosidad siempre era más fuerte que el miedo. No podía marcharse sin verle la cara al Dragón una vez.

Sujetándose la sábana al pecho, se arrodilló junto a él y le dio un torpe empujón a su cuerpo lacio. Cuando consiguió ponerlo de espaldas, se incorporó y retrocedió, ahogando un chillido.

Su alarma fue rápidamente reemplazada por otra emoción, la que le llevó un momento identificar.

Decepción.

¿Eso? ¿Eso era la bestia feroz que había sembrado el terror en el pueblo? ¿Ése era el hombre cuya humosa voz de barítono le había producido una oleada de estremecimientos por toda la piel desnuda? ¿Ése era el hombre cuyo aroma a sándalo y especias había atormentado su inquieto sueño?

A él se le escapó un ronquido por entre los labios entreabiertos, que le agitó los bien recortados bigotes castaño rojizos. Sus cabellos eran del mismo color, y empezaban a ralearle en la coronilla. Aunque llevaba una manta de tartán echada sobre un hombro de su levita, sus mejillas eran blancas y estaban teñidas por el rubor natural de un inglés de cuna y crianza. Su generosa tripa tironeaba de los botones de madreperla de su chaleco cruzado con doble abotonadura. Tenía la nariz redonda, una boca que denotaba bondad y una cara decididamente agradable.

Gwendolyn continuó apartándose de él, reprendiéndose por su ridiculez. ¿Qué había esperado, pues? ¿Un pícaro apuesto, de aspecto siniestro, de sonrisa malvada y ojos penetrantes? ¿Un príncipe misterioso agobiado por un terrible maleficio que sólo podría anular el beso de una doncella? Tendría que sentirse aliviada de que la bestia hubiera resultado ser nada más que un hombre, y un hombre bastante vulgar por lo demás.

Agitando la cabeza retrocedió hacia el panel abierto.

—Adiós, milord Dragón —musitó—, porque dudo de que volvamos a encontrarnos.

Unas manos cálidas se cerraron sobre sus hombros desde atrás, acariciándole el arco de las clavículas.

—Yo en su lugar no estaría tan seguro de eso. Todo lo contrario, querida mía, creo que será mejor que nos preparemos para disfrutar de nuestra mutua compañía durante un tiempo.

Capítulo 6

—No se vuelva —ordenó el Dragón, con la autoridad de un hombre acostumbrado a que le obedezcan sus órdenes.

Gwendolyn sintió la tentación de desobedecerle, pero la tenue presión de sus dedos le advirtió que él era muy capaz de obligarla a acatar su orden con o sin su colaboración. No le gustó nada la perspectiva de enzarzarse en una pelea con él, sobre todo estando cubierta solamente con esa sábana que tenía la alarmante tendencia a deslizársele hacia abajo como movida por una voluntad propia.

En medio de un torbellino de emociones, trató de hacerse una imagen de él. Era más alto que ella por una cabeza al menos, tal vez más, calculó. Tenía manos de aristócrata, dedos delgados y largos, las uñas muy bien recortadas, los dorsos de esas manos oscurecidos por fino vello negro. Al aspirar su aroma, que en ese momento estaba mezclado con el almizcleño olor a humo de cigarro, comprendió su estupidez al creer que el hombre al que había derribado con la jaula era el Dragón, cuya sola presencia le hacía vibrar de vida todos los nervios de su cuerpo.

El otro hombre se sentó, gimiendo y pasándose la mano por la parte de atrás de la cabeza.

—La descarada muchachita me tendió una emboscada —murmuró, sacando un pañuelo del bolsillo superior de la levita para limpiarse el chocolate de la mejilla—. No la vi venir.

—Rara vez se ve venir tratándose de una mujer —dijo el Dragón, sarcástico.

Ella sintió que él estaba mirando el desastre que quedaba de lo que había sido su desayuno.

—Esto me dice que no es muy aficionada a los panecillos ni al chocolate.

—No es muy aficionada a que la tengan encerrada como un animal en una jaula —replicó Gwendolyn, sosteniéndose muy rígida, a ver si así se olvidaba que seguía en los brazos de él.

Su suave risita le acarició la nuca.

—¿No sería más agradable si se considerara un mimado animalito doméstico?

—Es sabido que incluso los animalitos más mimados son capaces de desgarrarle el cuello a su amo si son maltratados o se les deja privados de atención demasiado tiempo.

—Me tomaré muy en serio esa advertencia, aunque le aseguro que jamás ha sido mi intención privarla de mis atenciones. —Antes que ella hubiera asimilado del todo esa alarmante afirmación, él hizo un gesto a su compañero—. ¿Hago yo las presentaciones, Tup, o las haces tú?

El hombre se puso de pie, se quitó cuidadosamente las migas de pan y astillas de la jaula de sus calzas color crema, y se inclinó ante ella en una tímida reverencia.

—Theodore Tuppingham, milady, su humilde servidor. Pero espero que me llame Tupper, así me llaman todos mis amigos.

Tenía los ojos igual de castaños y serios que los de un spaniel con el que salía a cazar su padre cuando ella era pequeña.

—Gwendolyn Wilder —contestó fríamente—. Y me temo que no puedo considerarle mi amigo, señor Tuppingham, mientras usted y su compañero insistan en retenerme como prisionera.

—Ahora que hemos acabado con los simpáticos saludos… —El Dragón estiró la mano—. Tupper, tu corbata.

Tupper se miró perplejo la prenda arrugada que le colgaba del cuello.

—¿Está torcida?

El largo suspiro de sufrida paciencia que exhaló el Dragón le agitó los cabellos a Gwendolyn.

—¡Ah! —exclamó Tupper, arrancándose la corbata y poniéndola sobre la palma del Dragón.

Comprendiendo lo que éste pensaba hacer con la corbata, ella comenzó a debatirse en serio.

—Si juega con la venda —susurró él, poniéndole la tira de lino sobre los ojos—, le ataré las manos. Y eso podría hacerle un poquitín más difícil seguir agarrando con tanta fuerza esa sábana.

Gwendolyn no tuvo más remedio que rendirse a su voluntad. Ya era bastante humillante que él la hubiera visto sin ropa, no iba a permitirle que se divirtiera a sus expensas delante del ruboroso señor Tuppingham.

Le habría sido más fácil detestarlo si él la tratara con rudeza, pero él estaba poniendo el cuidado más exquisito en evitar que sus sedosas guedejas le quedaran enredadas en el nudo de la venda. Pero cuando le cogió el brazo y la hizo caminar hacia la cama, la fuerte presión de su mano le advirtió que él estaba llegando al límite de su paciencia.

—Déjanos, Tupper. Quiero hablar con la señorita Wilder. A solas.

—No hay ninguna necesidad de que te enfades con ella, muchacho —dijo Tupper—. Si yo hubiera tenido más cuidado...

—No habrías acabado con la jaula de sombrero. Puedes dejar de menearte como una niñera asustada, Tupper. No tengo ninguna intención de torturar ni violar a nuestra huésped. Todavía —añadió sombríamente.

El temido clic del panel llegó demasiado pronto.

—Siéntese —le ordenó el Dragón cuando ella tocó la cama con las corvas de las rodillas.

Ella se sentó, con la mandíbula apretada en un ángulo rebelde.

El acompasado sonido que hacían los tacones de sus botas sobre el suelo le indicaron que el Dragón se estaba paseando.

—Ha de comprender, señorita Wilder, que su inoportuna llegada al castillo Weyrcraig es una desgracia tan grande para mí como para usted. Si pudiera dejarla marchar, lo haría con mucho gusto. Es una distracción que no necesito y que mal me puedo permitir.

—¿Entonces por qué no me envía a casa? Le aseguro que allí sí me necesitan —dijo ella, deseando que eso fuera cierto.

—Porque estoy tan atrapado en esto como usted. No puedo permitir que destruya todo aquello por lo que he trabajado... —se interrumpió para eliminar la pasión de su voz—, estos últimos meses. Sencillamente tendrá que continuar siendo mi huésped hasta que haya acabado mis asuntos con Ballybliss.

—¿Su huésped? —repitió ella, soltando una risita de incredulidad—. ¿Siempre tiene a sus huéspedes encerrados en una habitación sin puertas? ¿Y qué asuntos podría tener un hombre como usted con una moribunda aldea de las Highlands, poblada solamente por aquellos que no se han marchado por ser demasiado pobres o demasiado cabezotas? —Se le ocurrió otra idea—. ¿Es por la maldición? ¿Se enteró de la maldición y usted y su señor Tuppingham pensaron que Ballybliss caería fácil presa de su engaño?

Lo oyó aminorar el paso en su paseo.

—Creo recordar vagamente algo sobre una maldición. —Se quedó callado y a ella no le costó nada imaginárselo dándose golpecitos en esa insolente boca con un elegante dedo—. Ah, sí, ahora lo recuerdo. Parece que con su último aliento el jefe del clan manifestó el deseo de que cayera la ruina y el desastre sobre las cabezas de las buenas gentes de Ballybliss. Dígame, señorita Wilder, ¿qué hicieron los miembros de su clan para merecer esa maldición tan terrible?

—No fue lo que hicieron, fue lo que no hicieron —repuso ella, bajando la cabeza y agradeciendo que él no pudiera verle la vergüenza en los ojos—. Nuestro jefe simpatizaba secretamente con Bonnie el príncipe Charlie y con su causa. Después de su derrota en Culloden, el príncipe necesitaba un lugar para esconderse, y el MacCullough le ofreció refugio en el castillo Weyrcraig.

—Un impulso noble, aunque equivocado.

Gwendolyn levantó bruscamente la cabeza.

—¿Equivocado? El MacCullough era un soñador, un hombre visionario que se atrevió a imaginarse una Escocia libre de la tiranía inglesa, una Escocia unida bajo el estandarte de su legítimo rey.

—¿Pero a qué precio, señorita Wilder? Hasta los sueños más magníficos tienen una manera de convertirse en cenizas a la luz del día.

La apasionada réplica de Gwendolyn se le murió en la garganta. No podía defender muy bien a su jefe estando encerrada en las ruinas de su sueño. Volvió a bajar la cabeza y empezó a juguetear con un pliegue de la sábana.

—El duque de Cumberland se enteró de dónde estaba escondido el príncipe. Charles logró escapar, perdiéndose en la noche, pero Cumberland estaba resuelto a hacer pagar a nuestro jefe su traición a la Corona. Por lo tanto, sus soldados subieron sus cañones por la montaña y abrieron fuego sobre el castillo.

—Y supongo que entonces fue cuando el leal clan de MacCullough corrió a defender a su jefe, con los redobles de tambores y aullidos de las gaitas pregonando la muerte de cuaquier soldado inglés que se atreviera a levantar una espada contra su señor.

—El clan no acudió en su defensa —dijo ella en voz baja—. El MacCullough se vio obligado a defenderse solo.

—No es de extrañar que los maldijera —dijo el Dragón, con una cínica risita.

—¡Tuvieron miedo! —exclamó ella—. Todos los hombres, mujeres y niños de la aldea sabían por qué sus enemigos llamaban El Carnicero a Cumberland. Habían oído de qué manera mató a los heridos en Culloden hasta que el suelo estaba todo rojo con sangre de escoceses.

—Así que los habitantes de Ballybliss simplemente estaban acurrucados en sus casitas, detrás de puertas atrancadas, mientras masacraban a su señor y a su familia.

La absoluta falta de emoción en su tono hacía aún más condenadoras sus palabras.

—Creían que Cumberland tendría piedad de ellos si no se entrometían.

—¿Y la tuvo?

—No fueron asesinados en sus camas. No fueron arrasadas sus casas. —La venda en los ojos no ocultó el rubor que le subió a las mejillas—. No fueron violadas sus mujeres ni sus hijas, por lo que no se vieron obligadas a parir los bebés de los soldados ingleses nueve meses después.

El Dragón reanudó su paseo por la habitación, hipnotizándola con el ronco contrapunto de su voz.

—Pero el poco oro que habían logrado acumular fue confiscado por la Corona con el nombre de impuestos. Se proscribió todo lo que los unía como clan: su fe, sus mantas y faldas de tartán, sus armas. Los más jóvenes y los más fuertes huyeron de Ballybliss, y los que se quedaron han pasado estos quince años mirando por encima de sus hombros, esperando que el desastre que se les prometió caiga repentinamente del cielo como un ángel vengador y los destruya.

—¿Cómo sabe todo eso? —preguntó Gwendolyn en un susurro.

—Tal vez yo soy ese ángel —repuso él, y se echó a reír antes que ella pudiera discernir si se burlaba de él o de ella—. O tal vez soy simplemente un pícaro oportunista que una noche invitó a una bebida a un viejo campesino de las Highlands en una taberna de mala muerte. Tal vez él derramó en mi oído todos los secretos de Ballybliss, incluido el bocado de que alguien de la aldea podría tener guardadas las mil libras que recibió por traicionar a su jefe. Tal vez incluso me dijo que la insignia de los MacCullough es un dragón arrojando llamas por las fauces.

—Tal vez —dijo Gwendolyn, deseando de todo corazón creerle—. Después de todo nadie dice más tonterías que un borracho de las Highlands.

—Nunca ha visto a Tupper después de unas copas de oporto.

—Ni quiero verlo. Y ese es uno de mis muchos motivos para desear que me deje marchar.

—Conque volvemos a eso, ¿eh?

Por la cabeza de Gwendolyn pasó una imagen de la cara de su padre, arrugada de perplejidad, pensando por qué ella no había ido a vestirlo y darle su plato de avena.

—¿Y mi familia? ¿No tiene ningún respeto por sus sentimientos? ¿Querría que creyeran que he muerto?

—¿Dónde estaba su preciosa familia cuando esos salvajes la trajeron aquí?

Uno metido en la cama con un ladrillo caliente envuelto en franela, pensó ella; otras agradeciéndole su noble sacrificio, prometiéndole que su amante escribiría canciones en su honor, jurándole que jamás la olvidarían. Tragó saliva, su silencio lo bastante condenador.

—Como me imaginé —dijo él—. Tal como yo lo veo, está más segura en mis manos que en las de ellos.

Bueno, pensó ella, esa era la mayor mentira que le había dicho él.

—¿Y si prometo no decir nada de su farsa?

No estaba preparada para la deliciosa sensación de la mano de él ahuecada sobre su mejilla.

—Mentiría.

Él le acarició el labio inferior con el pulgar, y ella tuvo que cerrar los ojos vendados, tratando de negar el embriagador efecto de su caricia.

—¿No podría simular creerme? —susurró—. Sé ser muy convincente.

—De eso no me cabe duda —repuso él—, pero hace muchísimo tiempo que no me fío de nadie, y algo me dice que sería un condenado estúpido si empezara por usted. —Se apartó y retornó la fría formalidad a su voz—. Si me promete no dejarlo inconsciente, le enviaré a Tupper con otro desayuno. ¿Le hará falta alguna otra cosa durante su estancia aquí?

Gwendolyn se levantó bruscamente. Se echó una punta de la sábana por encima del hombro y alzó el mentón en la dirección de donde le llegó el último comentario.

—Me harán falta muchas cosas. Le recomiendo encarecidamente que aumente al doble sus peticiones de comida. Como puede ver por mi apariencia, soy una mujer de muy saludables apetitos, y esperaré que se me satisfagan bien.

Dio la impresión de que a él se le atascaba algo en la garganta, y la respuesta le salió algo ahogada.

—Lo consideraré mi privilegio. Sólo espero que me encuentre a la altura de la tarea.

—Y supongo que no esperará que pase el resto de mi encierro vestida con este… este harapo.

Después de todo, él no tenía por qué saber que el fresco y suave satén era una verdadera delicia sobre su piel desnuda, comparado con la picajosa lana que usaba normalmente.

—Muy ciertamente, no. Puede quitárselo cuando desee.

—Y también necesitaré algún pasatiempo para entretener las largas horas. Prefiero el estímulo de los libros al tedio de la labor de aguja. Muchos. Tengo fama de haber devorado tres en un solo día.

—Ah, volvemos a sus saludables apetitos.

Si no hubiera estado convencida de que él le ataría las manos antes que alcanzara a levantarlas hasta los ojos, se habría arrancado la venda por la sola satisfacción de fulminarlo con una mirada de odio.

—¿Se le ofrece alguna otra cosa, señorita Wilder? Podría organizarle algún tipo de entretenimiento musical. ¿Un cuarteto de cuerdas, tal vez, renovados después de su triunfal interpretación en Vauxhall Gardens?

—Creo que no necesitaré nada más. —Esperó hasta oírlo avanzar hacia el panel para añadir malévolamente—: Todavía.

Bajó el trasero hacia la cama como si fuera un trono, decidida a mantener una regia dignidad; y eso le habría sido posible si no hubiera calculado mal la distancia y caído al suelo, aterrizando en un charco de chocolate frío.

Por la habitación se derramó la sonora risa de su captor.

Furiosa se quitó la venda de los ojos, sólo para descubrir que el Dragón ya había volado.

Pasado un rato, estaba sentada al pie de la cama, aferrada a la sábana mojada, mirando furiosa el panel, cuando lo vio abrirse.

Tupper asomó la cabeza como una tortuga tímida.

—Si me va a golpear en la cabeza otra vez, ¿le importaría esperar a que deje la bandeja primero? Es bastante difícil encontrar harina blanca y chocolate suizo en este determinado rincón de las Highlands.

—Está a salvo por ahora, señor Tuppingham. Se me acabaron las jaulas de pájaro.

—Eso es reconfortante. Aunque el golpe me hizo olvidar el dolor de cabeza que tenía por beber demasiado oporto anoche.

Se miraron recelosos mientras él avanzaba a dejar la bandeja en la cama, cuidando bien de no pasar cerca de ella. Observando sus ojos de cachorro y su mechón castaño rojizo, Gwendolyn dedujo que era bastante inofensivo. Pero no podía permitirse olvidar que era uno de los secuaces de Satán.

Cogió uno de los panecillos y le enterró el diente, fingiendo indiferencia.

—Colijo que su amo no nos acompañará.

—Ah, no es mi amo, es mi amigo —repuso Tupper, pasándole una taza de delicada porcelana.

Ella cogió la taza, saboreando el aroma del chocolate que emanaba de sus profundidades. El primer sorbo fue un verdadero éxtasis.

—No puedo dejar de sentir curiosidad por saber cómo llegó a conocer a un... —tuvo que apretar los dientes para reprimir el deseo de aludir a toda la parentela de su captor— un individuo tan misterioso.

Tupper se echó a reír.

—Es una larga historia, y mi tía abuela Taffy siempre decía que hablo demasiado. No quisiera aburrirla.

—Ah, pero por favor, cuéntemela —le suplicó ella, abarcando con un gesto la habitación—. ¿Qué otra cosa puedo hacer aquí?

Al verlo titubear, le ofreció un panecillo, reconociendo en sus ojos el destello de un alma afín, en lo referente al apetito. Sin pérdida de tiempo él se sentó en el otro extremo del pie de la cama y tomó un bocado de pan. Ella terminó de comerse tranquilamente el suyo, con el fin de mostrar compañerismo y alentarlo a confiar en ella. Si quería derrotar al Dragón en su propia guarida, tendría que enterarse de sus fuerzas y flaquezas.

—Nos conocimos en una casa de juego de Pall Mall hace dos años —empezó Tupper, haciendo una pausa en su masticación lo suficientemente larga para quitarse una lluvia de migas de su arrugado chaleco.

—¿Por qué será que eso no me sorprende? —dijo Gwendolyn, ocultando la ácida dulzura de su sonrisa detrás de otro sorbo de chocolate.

—Estaba solo en una de las salas de atrás preparándome para volarme los sesos... —Al ver la expresión horrorizada de ella, hizo una pausa para dirigirle una alentadora sonrisa—. Como decía, estaba en una de las salas de atrás preparándome para pegarme un tiro en la cabeza cuando entró... —Volvió a quedarse callado, con la boca abierta.

Gwendolyn se inclinó hacia él, rogando que le saliera el nombre que tenía en la punta de la lengua.

—... el Dragón —concluyó él.

—¿Y se lo impidió?

Tupper negó enérgicamente con la cabeza, y continuó, con la boca llena de un buen bocado de pan:

—No, no. Simplemente me hizo notar que me había olvidado de atacar bien la pólvora y que igual me iba a volar el pie en lugar de la cabeza. Me quitó la pistola, usó su propio taco para hacer los honores, y me la devolvió.

Gwendolyn bajó su panecillo hasta la falda, mirándolo boquiabierta.

—Si estaba tan decidido a ser servicial, ¿por qué no le disparó él mismo?

Tupper se echó a reír.

—Yo estaba muy bebido en ese momento, y creo que su flema me quitó la borrachera y me sacó de mi autocompasión. Verá, el marqués de Eddingham acababa de amenazarme con sacar a luz todos mis pagarés, puesto que yo no cumplía. Estaba decidido a deshonrarme. El escándalo habría matado a mi padre. Claro que eso no habría sido una gran tragedia, porque el viejo mal genio siempre me consideró su más terrible decepción, y su muerte me habría hecho vizconde. Pero todos sus bienes están atados a un terreno vinculado, y de mucho me habría servido el título mientras me pudría en la prisión de deudores.

—No me diga, por favor, que el Dragón pagó todas sus deudas de juego —dijo ella, agitando la cabeza.

—No exactamente. —En sus labios se dibujó una triste sonrisa—. Pero enredó al marqués en una partida de dados que duró hasta el amanecer. —Movió la cabeza—. Jamás he visto a un hombre adulto tan a punto de echarse a llorar como el marqués cuando comprendió que no tenía posibilidades de recuperar lo perdido. Y le aseguro que había perdido un dineral. Cuando el sol comenzaba a salir, mi nuevo amigo se giró hacia mí y me entregó sus ganancias. Entonces yo se las entregué al marqués, pagando así todo lo que le debía. Cuando él cayó en la cuenta de lo que habíamos hecho, rompió mis pagarés y nos arrojó los trozos a la cara, gritando que deseaba que nos atragantáramos con ellos.

—¿El Dragón no se dejó para él nada de lo que había ganado?

—Ni medio penique.

Gwendolyn dejó de masticar.

—¿Entonces por qué un alma tan bondadosa decide robar a gentes que tienen muy poco más que los harapos que cubren sus cuerpos? ¿Necesita dinero para pagar sus propias deudas de juego?

Tupper bramó de risa.

—He de decir que no. Vamos, hay quienes dicen que es uno de los hombres más ricos de…

Cerró bruscamente la boca y el bigote se le agitó de culpabilidad. Ella casi vio su candorosa cara redonda retirándose a su caparazón. Él se levantó de un salto y empezó a alejarse de la cama.

—Él me lo advirtió. Me dijo que usted es el doble más inteligente que yo y que debía cuidar mi lengua siempre que estuviera con usted.

Gwendolyn también se levantó y por un pelo alcanzó a evitar el desastre cuando se tropezó con la orilla de la sábana.

—Ciertamente tiene que comprenderme, señor Tuppingham, si deseo saber algo sobre el hombre que me ha hecho su prisionera. No se vaya, por favor, se lo ruego.

Tupper movió un dedo ante ella.

—Me puse en guardia contra eso también. Me dijo que si no lograba ser más lista que yo para sonsacarme cosas, seguro que trataría de encandilarme con esos encantadores hoyuelos y esa bonita boca.

Gwendolyn estaba acostumbrada a que le echaran en cara su inteligencia, pero jamás nadie la había acusado de ser bonita o encantadora.

—¿Eso dijo?

Tupper metió la mano en el bolsillo de su levita y sacó papel, una pluma, un frasco con arena y un frasco de tinta.

—Me dijo que le dejara esto. Dijo que tiene que hacer una lista de todo lo que necesita.

Lo tiró todo sobre la cama y salió volando por el panel, dejándola sola otra vez.

Gwendolyn reconoció el papel, era el carísimo papel vitela que usaba el Dragón para escribir sus peticiones.

Acarició la cremosa hoja entre el pulgar y el índice, sumida en sus pensamientos. Pese a sus últimos encuentros, no estaba más cerca de adivinar la verdadera naturaleza del Dragón de lo que estaba la noche anterior. Si lograra recordar lo que vio en ese patio… Pero el recuerdo continuaba esquivándola, dejándola solamente con las contradictorias verdades de que se había enterado desde entonces. Era un jugador que regalaba sus ganancias, un déspota que se tomaba un exquisito cuidado para no tironearle el pelo, un ladrón que la tenía totalmente a su merced y sin embargo no había hecho ningún intento de quitarle su inocencia.

Se sentó en la cama y se pasó el pulgar por el labio inferior, igual como hiciera él antes. ¿Pero qué demonios le pasaba? Estaba empezando a sentirse tan tonta como Nessa. En lugar de sentirse ofendida por su impertinencia, estaba ansiando tener un espejo, por primera vez en su vida, que recordara.

Sacudiendo la cabeza para expulsar ese ridículo deseo, quitó la tapa al tintero, mojó la pluma y comenzó a escribir. Si el Dragón tenía la intención de retenerla como su prisionera, se encargaría de que pagara muy caro el placer de su compañía.

Capítulo 7

Un pavoroso grito de mujer reverberó por las desiertas calles de Ballybliss. Cuando los aldeanos salieron corriendo de sus casas ataviados en sus camisones de dormir, encontraron a Kitty Wilder a la entrada de la aldea, iluminada por la luz de la luna, con las manos apretadas sobre el pecho como si la flecha que seguía temblando en el tronco del viejo roble le hubiera atravesado el corazón.

Tres muchachos se enredaron en sus propios pies por la prisa en correr a consolarla, pero sus hermanas llegaron primero. Mientras Glynnis y Nessa abrazaban a la temblorosa muchachita, cloqueando como gallinas con sus pollos, Ailbert el del rostro severo estiró la mano y arrancó la flecha de la rugosa corteza. Un murmullo apagado se propagó por la multitud. No hacía ninguna falta que el herrero les dijera que el papel color marfil que ondeaba en el astil de la flecha no era una bandera de rendición.

Durante las pasadas veinticuatro horas, el castillo Weyrcraig no había producido nada aparte de un ominoso silencio. Si bien muchos habían expresado la esperanza de que había expirado la maldición y el Dragón se había marchado a atormentar a otra desventurada aldea, nadie se había atrevido a dar voz al secreto temor de que en cierto modo habían agravado las transgresiones del pasado con un pecado más negro y más condenable aún. Un caliente sol de primavera había borrado todo rastro de la tormenta de la noche, haciendo parecer más una pesadilla que realidad la locura que se había apoderado de ellos durante su marcha hacia el castillo.

Pero ya no podían seguir negando las consecuencias de esa locura:

Gwendolyn Wilder ya no estaba entre ellos, y su pobre padre loco se pasaría el resto de sus días esperando oír unos pasos conocidos que nunca vendrían.

Con el papel aferrado en el puño, Ailbert dirigió la procesión por las callejuelas de la aldea, acompañado por los sollozos de Kitty Wilder. Avanzó derecho hasta el pórtico de la única casita de Ballybliss mantenida por la Corona inglesa y comenzó a golpear la puerta.

Al cabo de varios minutos, se abrió la puerta, bañándolos en el halo dorado de la luz de una lámpara.

—C-cielos, hom-mbre, ¿qué pasa? —tartamudeó el reverendo Throckmorton, su gorro de noche caído hacia atrás y sus anteojos con montura de alambre colgando de una oreja—. ¿Es la segunda venida de Cristo?

Ailbert no dijo nada, se limitó a ponerle bajo las narices la hoja de papel. El reverendo la hizo a un lado.

—¿Y esto qué es? ¿Otro mensaje de vuestro maldito dragón? —Movió la cabeza—. Me esfuerzo en ser un hombre paciente, ¿sabes?, pero acabo de regresar de un agotador viaje y no tengo tiempo para estas tonterías paganas. ¿Por qué no vas a despertar a esa simpática y dulce muchachita Wilder y me permitís tener una noche de sueño decente?

Estaba a punto de cerrarles la puerta en las narices cuando Ailbert metió el pie entre la puerta y la jamba.

—Le agradeceríamos muchísimo que nos leyera esta nota. Tan agradecidos que ni se nos ocurriría quebrar esa lámpara que tiene en la mano y quemar su casa hasta dejarla reducida a cenizas.

El reverendo se tragó una exclamación de horror y cogió el papel. Mientras la multitud se aglomeraba más cerca para escuchar sus palabras, se ajustó los anteojos sobre la nariz, mascullando en voz baja:

—Fantasmas tocando la gaita, dragones quemando los campos con su aliento, duendes peludos de orejas puntiagudas robando bebés y reemplazándolos por los suyos. ¿Es de extrañar que seáis presa tan fácil para los papistas?

—No hemos venido aquí para un sermón, viejo —gruñó Ross, con la cabeza asomada encima del hombro de su padre.

Throckmorton sorbió por la nariz, ofendido, y empezó a leer:

—Buenas gentes de Ballybliss. —Quiso interrumpir la lectura, pero lo pensó mejor y continuó—: Ya me habéis colmado la paciencia, pero he decidido daros dos semanas completas para encontrar las mil libras exigidas.

Las palabras fueron recibidas con nuevas exclamaciones y queji-
dos. Hasta el reverendo pareció sorprendido.

—¿Mil libras? ¿No fue esa la recompensa que pagó la Corona por
la vida de ese traidor MacCullough?

—Eso sólo fue un malvado chisme —contestó Ailbert—. Nadie
de esta aldea ha visto jamás tanto oro.

Prudentemente, Throckmorton retornó su atención al papel.

—Hasta esa fecha, tendré necesidad de lo siguiente: cinco docenas
de huevos, media docena de quesos de bola, diez filetes de carne, diez
empanadas de riñones, cinco libras de eglefino ahumado, un saco de
cebollas, un saco de avena, siete nabos, veinticinco manzanas, dos docenas de panes de avena, medio venado de los páramos, tres libras de
cordero fresco, tres docenas de patatas, una col, catorce…

Al ver que Throckmorton continuaba y continuaba su recitación
sin casi hacer una pausa para respirar, Ailbert quedó boquiabierto.
Arrancó el papel de las manos del pastor y paseó la vista por él de derecha a izquierda. No le hacía ninguna falta saber leer para darse cuenta de que la hoja estaba llena de margen a margen, por los dos lados,
con la misma elegante escritura.

—Hay una postdata —comentó el reverendo. Levantó la lámpara
para ver mejor el dorso del papel, y leyó—: Aunque encontré deliciosa vuestra última ofrenda, debo advertiros que cualquier otro regalo
no pedido os costará no sólo las mil libras sino también vuestras mi-
serables vidas.

Ross apoyó el mentón en el hombro de su padre, con su ancha
cara alicaída.

—¿Podéis creer que tenga la cara de pedir todo eso? Uno habría
pensado que estaría lleno después de comerse a esa muchacha Wilder.

Granny Hay movió negativamente su canosa cabeza.

—A lo mejor ella sólo le abrió el apetito. Mi pobre Gavin era así.
Cuanto más comía, más quería comer. —Suspiró—. El cura juraba
que fue su corazón el que se rindió al final, pero yo siempre he creído
que fue ese último bocado de mi *haggis* el que acabó con él.

La horrorizada mirada del reverendo Throckmorton recorrió el
círculo de afligidas caras.

—Dios de los cielos —susurró—. ¿Qué habéis hecho?

Kitty Wilder se desprendió de los brazos de sus hermanas y avanzó, con la cara manchada por sucios surcos de lágrimas.

—Entregaron a mi pobre hermana a ese asqueroso Dragón, eso
fue lo que hicieron. ¡Y deberían estar avergonzados!

—Calla, niña —canturreó Nessa, tirándola hacia atrás—. Gwennie se sacrificó por todos nosotros, y estaba más que contenta de hacerlo.

El reverendo cerró y abrió los ojos ribeteados de rojo, incrédulo.

—¿Le disteis esa pobre muchacha a ese dragón vuestro? Vamos, ella era la única entre todos vosotros que tenía una pizca de sensatez.

—Siga hablando así —ladró Ailbert—, y se me ocurrirá que al Dragón podría gustarle un jugoso presbiteriano.

—Peca por el lado flaco —observó Ross, acercándose al reverendo hasta que su corpulento cuerpo arrojó una enorme sombra sobre el pórtico—, pero siempre podríamos pedirle a Granny Hay que se lo lleve a su casa y lo engorde con bocaditos de su *haggis*.

Sin previo aviso, el buen reverendo saltó hacia atrás y les cerró la puerta en las narices.

Ailbert se dio media vuelta, soltando furiosas maldiciones.

—Le retorcería el pescuezo al imbécil que nos metió la idea de poner fin a ese maldito maleficio. —Fue justo en ese preciso instante cuando divisó al viejo Tavis a la orilla de la muchedumbre tratando de alejarse sigilosamente en puntillas—. ¡Y ahí está! —gritó, haciendo un gesto a su hijo menor.

Lachlan cogió al viejo por el pescuezo. Metido en su ancho camisón de dormir, el viejo Tavis se veía aún más cadavérico y mohoso que de costumbre.

—Sólo fue una sugerencia —dijo en tono mimoso, mientras Lachlan lo llevaba en volandas hacia el pórtico—. No era mi intención hacer ningún mal.

—¡Deberíamos apedrearlo! —bramó Ross.

Ailbert negó con la cabeza.

—Eso no tendría ningún sentido. El mal ya está hecho.

Lachlan dejó en el suelo al aliviado Tavis, mientras Ross agitaba la cabeza, fastidiado.

—¿Pero qué podemos hacer? —preguntó Marsali, estrechando a su nena bebé contra su pecho.

Ailbert miró ceñudo el papel que tenía en las manos, su cara larga más lúgubre aún.

—Empezar a reunir huevos y vacas lecheras. Tenemos un dragón al que alimentar.

El segundo día de cautiverio de Gwendolyn comenzó con un ruido y una maldición ahogada. Se sentó en la cama y se apartó el enredado pelo de los ojos justo a tiempo para ver cerrarse el panel detrás de alguien. Su primera idea fue arrojar algo contra el panel, pero cuando sus ojos se adaptaron a la perlada luz de la aurora que entraba por la ventanuca enrejada, su rabia dio paso a la sorpresa.

Estaba a punto de echar atrás la sábana cuando recordó que ese movimiento la dejaría tan desnuda y sonrosada como el día de su nacimiento. Envolviéndose con la arrugada seda manchada con chocolate y atándosela con un tosco nudo, se bajó de la cama y miró con ojos incrédulos la habitación.

Mientras ella dormía, había entrado alguien en su celda de la torre, transformándola en un cenador digno de una princesa. No debería sorprenderla, pensó, que milord Dragón tuviera a sus órdenes a un ambicioso clan de duendes. Sí la sorprendía que no la hubiera despertado el suave tamborileo de sus pequeños pies peludos sobre el suelo.

Recorrió la habitación, tocando distraídamente esto y aquello. Adosada a la pared, debajo de la ventana, había una mesa cubierta por un paño de satén color vino; una silla la invitaba a sentarse a banquetearse con los manjares repartidos sobre la mesa, un festín ante el cual el desayuno del día anterior, de panecillos y chocolate, parecía muy poco más que la comida de un pobre. En una fuente estaban muy bien dispuestos manzanas asadas, huevos escalfados, pan tostado con mantequilla y galletas de avena, con un aspecto tan delicioso como sus aromas mezclados. Probó un pellizco de una tostada, pero por primera vez en toda su vida, la comida no le retuvo el interés.

Habían limpiado el hogar de las cacas de ratones y telarañas, y puesto en su lugar un ordenado montoncito de leños. Sobre la repisa había una caja de cerillas de peltre. También habían cambiado las velas de cera del candelabro de pie.

Sobre una mesa de superficie más pequeña, pero más alta, había una palangana de cerámica, un rimero de paños limpios y una jofaina con agua caliente. Se acercó a oler el agua, medio esperando que estuviera aromatizada con sándalo y especias exóticas, pero a sus narices llegó una fragancia floral.

Vertió agua en la palangana y se lavó la cara, pero esto no la sacó del sueño despierta en que se había convertido su vida.

El sueño se hizo más placentero aún cuando vio los libros apilados en un rincón. Eran libros viejos, con las tapas agrietadas y los lomos de los cuadernillos deshilachados, pero para ella, eso hacía aún más valiosas las palabras contenidas en sus amarillentas y mohosas páginas. Estaban el segundo volumen de las obras completas de Swift, una primera edición de *The Rape of the Lock* [El robo del mechón de pelo], de Alexander Pope, *Roxana*, de Daniel Defoe. Pero ninguna de esas novelas le entusiasmaron tanto el alma como el ejemplar del *Treatise on Fluxions* [Tratado de las fluxiones] de Colin Maclaurin, cuyo lomo absolutamente liso e intacto indicaba que no lo habían abierto nunca.

Se sentó en el suelo y se puso los libros en la falda. Y ahí habría estado sentada todo el día si una pincelada de color en el otro rincón no le hubiera atraído la atención.

Al cabo de un momento se levantó, dejando caer los libros de la falda. Adosado a la pared había un antiguo y achaparrado arcón de cuero, con la tapa abierta, dejando derramarse libremente su tesoro. Gwendolyn avanzó hacia él como llevada por una mano invisible, cada paso sumergiéndola más en la niebla del ensueño.

Antes de darse cuenta de que se había movido, se encontró arrodillada ahí como una indigna suplicante ante un altar sagrado. Sin poder resistir la tentación hundió las manos en el arcón, y las sacó llenas: un vestido de popelina a rayas rosa y blanco y una enagua acolchada con volantes en el ruedo. Después salió un vestido de muselina blanca adornado con cintas color cereza, seguido por metros de tafetán plisado de un color que hacía perfecto juego con sus ojos. Ya tenía afirmado contra su regazo el elegante traje con canesú repujado en la espalda, cuando despertó de su aturdimiento.

Dejó deslizarse el vestido por entre sus dedos. Esas ropas tan preciosas jamás se hacían para muchachas gordas como ella, se hacían para bellezas delgadas y cimbreñas como Glynnis y Nessa. Una triste sonrisa se dibujó en sus labios al imaginarse los gritos de placer de Kitty si le regalaran un surtido de deslumbrantes elegancias como esas.

Aun sabiendo que debía cerrar esa tapa, no pudo resistir la tentación de hundir las manos en el suave pelaje de un manguito de piel de marta cebellina. Esos lujos serían cosas corrientes para su madre cuando era joven, pensó. Pero Leah Wilder nunca manifestó el más mínimo pesar por haber renunciado a todos esos lujos para casarse con el gallardo y joven administrador de un jefe de clan de las Highlands, llevando con ella solamente a una leal ayudante de cocina llamada Izzy; siempre que su padre le juraba que algún día le daría una fortuna, su madre le arrojaba los brazos al cuello, lo besaba en la mejilla y proclamaba que su amor y sus preciosas hijitas eran los únicos tesoros que necesitaba en su vida.

Gwendolyn cerró los ojos para rechazar las lágrimas que le produjeron esos recuerdos. ¿De dónde habría sacado esas cosas tan hermosas el Dragón?, pensó, pasándose una gargantilla de terciopelo por la palma. ¿Cuántas otras ciudades habría saqueado antes de poner sus codiciosos ojos en Ballybliss? ¿Y querría burlarse de ella al ofrecerle ese festín de elegancias?

Comenzó a cerrar el arcón, pero titubeó, al posar los ojos en una enagua acolchada.

Después de mirar disimuladamente alrededor, con expresión culpable, como para asegurarse de que no había ojos invisibles observándola, deshizo el nudo que le afirmaba la sábana, la dejó caer al suelo, se metió en la enagua y se la subió hasta la cintura. Y allí quedó la enagua colgando, como si la hubieran hecho para ella, a su medida; incluso tuvo que dar un tirón a las cintas de seda para que se le sujetara mejor. Estuvo un rato contemplando la posibilidad de ponerse un corpiño interior de seda azul, pero rechazó la idea, pensando que necesitaría una doncella para desenredar su red de lazos.

Cogió nuevamente el vestido de tafetán plisado; no le hacía ninguna gracia estirar el plisado o romper las costuras del maravilloso traje. Haciendo una inspiración profunda, se lo pasó por la cabeza, la tela cayó, rodeándola como una brillante nube, invitándola a meter los brazos por las mangas hasta el codo que se hincharon como campanas plisadas recogidas en los puños.

Abrió lentamente los brazos, maravillada de lo bien que le quedaba el vestido, aunque no llevaba corsé que le estrechara la cintura, no se le ceñía ni tendía a abrirse en las costuras. Se dio un giro completo, sintiéndose tan grácil y ligera como el tafetán que se le arremolinó en los tobillos.

Las rosetas color cereza que adornaban el corpiño del vestido de muselina blanca parecían hacerle guiños, antes de darse cuenta, ya se había quitado el vestido de tafetán y se estaba poniendo el de muselina. Se probó vestido tras vestido, hasta que finalmente se dejó caer al suelo agotada, aferrando en las manos un delantal de encajes, una bolsa de seda color lavanda cogida por su cinta y seis pares de zapatos de lustroso tafilete teñido en vivos colores.

Miró hacia el otro rincón de la habitación, desgarrada entre la euforia y la desesperación. ¿Qué ensalmo especial le había echado el Dragón? Todavía no llevaba mucho más de un día bajo su hechizo y ya la había convertido en una mujer vanidosa y frívola que dejaba de lado los libros en favor de las gasas y las cintas.

Repentinamente pasó por su mente el eco de su humosa voz de

barítono: «¿No sería más agradable si se considerara un mimado animalito doméstico?».

Tal vez eso era exactamente lo que pretendía hacer de ella. Se dijo que haría bien en recordar que por muy lujosa que fuera, la torre seguía siendo su celda y ella seguía siendo su prisionera. Él podía cubrirla de carísimos regalos, pero ninguno de ellos podría compararse con el único regalo que le negaba: su libertad.

Él fue a verla esa noche.

Gwendolyn despertó de un profundo sueño con la extraña certeza de que no estaba sola. No lo sintió moverse ni oyó el más mínimo susurro de una respiración, pero su presencia era tan innegable como el omnipresente murmullo de las olas azotando las rocas.

Esa noche no estaba tan oscura como aquella de su primer encuentro, por la rejilla de la ventana entraba un poco de luz de luna y logró distinguir el tenue brillo de sus ojos. Tuvo la impresión de que él estaba sentado en la silla junto a la mesa, con las piernas estiradas delante.

Se sentó, agradeciendo que se le hubiera ocurrido ponerse el más modesto de los camisones que encontró en el arcón, y el decoroso gorro de noche para cubrirse el pelo.

—Buenas noches, milord Dragón —dijo, aparentando tranquilidad; no quería delatar que la perturbaba su presencia—. Yo habría pensado que tenía cosas más urgentes que hacer que espiarme mientras duermo. Por ejemplo bajar volando a llevarse niños inocentes cogidos en sus garras.

—Nunca me han gustado mucho los niños. Por lo general resultan más molestos de lo que valen.

—Esperaba que decidiera lo mismo de mí.

—Aún no he decidido cuánto podría valer, aunque sospecho que su valor es muy superior al que usted se pone.

Gwendolyn frunció el ceño, amilanada por la extraña idea de que la oscuridad le permitía a él verla con más claridad, metérsele más en la piel hasta hacerla tan vulnerable a él como cuando estaba ataviada sólo con la sábana y su orgullo.

—¿A qué ha venido? —le preguntó calmadamente, puesto que la fría serenidad era su única defensa—. ¿Creyó tal vez que estaría revolcándome de agradecimiento por esos excepcionales regalos con que me ha bañado?

—¿Le gustan?

—¿Le importa eso?

—Curiosamente, veo que me importa.

Ella casi oyó el ceño pensativo en su voz.

—La ropa es muy hermosa —reconoció, pasando los dedos por las cintas de satén del cuello del camisón—. Pero no puedo dejar de sentir curiosidad por la forma cómo se hizo con ese tesoro de elegante ropa de señora.

—En otro tiempo pertenecieron a una mujer que conocí.

—¿Una mujer a la que amaba? —preguntó ella, sin lograr entender qué la impulsó a hacer esa pregunta tan atrevida e indecorosa.

—Profundamente —respondió él sin vacilar.

Ella se rió, con la esperanza de no delatar la curiosa punzada de pesar que le produjo esa respuesta.

—Me sorprendió descubrir que los vestidos son de mi talla. Claro que —añadió, pensando en los anchos aros y marcos acolchados que hacían tan difícil pasar por las puertas y acomodarse en los coches a las damas elegantes—, a diferencia de las mujeres que usted conoce, no tengo ninguna necesidad de ponerme miriñaques ni polisón para soportar el peso de las faldas.

—¿Nunca se le ha ocurrido pensar que la mayoría de las mujeres que conozco usan esos aparatos de tortura para verse más parecidas a usted? —dijo él, sin un asomo de diversión en el tono—. ¿Más llenas, más muelles, más invitadoras de la caricia de un hombre?

Gwendolyn no podría haber contestado esa pregunta ni aunque hubiera querido. Casi no podía respirar. Sólo era capaz de agradecer no estar todavía envuelta solamente por la sábana, porque seguro que se le habría soltado de las manos.

—A decir verdad —continuó él, sin hacer caso de su turbación—, yo ni siquiera me habría fijado en que tiene en los huesos un poco más de carne de lo que se considera estrictamente de moda, si usted no me lo señalara con tan maldita regularidad.

Cuando Gwendolyn logró encontrar la lengua, la voz le salió en un rasposo susurro:

—Hace mucho tiempo que descubrí que así les ahorro a los demás la molestia de decirlo.

—Qué cómodo —dijo él, sin la menor compasión ni piedad—. Seguro que también le ahorra a usted la molestia de arriesgar sus sentimientos, como estamos obligados a hacer los demás mortales.

Ella se sentó más derecha, rogando que él no viera el brillo de lágrimas en sus ojos.

—¿Es que lo ha olvidado, señor? Usted no es mortal, es un monstruo.

Estaba preparada para una réplica ingeniosa, pero no para que él echara a andar hacia ella, dejando ver brevemente fragmentos sueltos de su cara.

Él llegó hasta la cama, dejándolos a los dos en sombras, y ella sintió la áspera caricia de la yema de su pulgar en la mejilla, arrastrándole la única lágrima que le había brotado de los ojos.

—¿No se le ha ocurrido pensar, señorita Wilder, que los dos somos en cierto modo unos seres míticos, yo un dragón y usted una doncella? Desde la aurora de los tiempos se ha atribuido poderes milagrosos a las doncellas. Saben encantar unicornios, romper maleficios… —la voz se le enronqueció, por imposible que ella lo hubiera creído—, hacer caer de rodillas a un hombre. Pero está por verse quién posee el mayor poder, usted o yo.

Lo último que habría esperado era que él se inclinara y posara sus labios sobre los de ella. Fue un beso suave, sólo con los labios, incluso casto, pero le desencadenó un intenso deseo en el fondo del alma. Cuando él se apartó, deseó cogerle la camisa y volver a acercarlo.

No deseando que él volviera a ocultarse en la oscuridad, se levantó y se afirmó en el poste de la cama.

—Si mis poderes son tan grandes, señor, entonces ese beso debería haberle transformado de bestia en hombre.

Él se detuvo junto al panel, con la cara tocada por un velo de luz de luna y sombra.

—Ah, pero olvida que fui yo el que la besé. Para liberarme de mi negro encantamiento tendría que besarme usted a mí.

Y dejándola con ese osado reto, desapareció en la noche que lo había engendrado.

El Dragón estaba en el lugar más alto del castillo Weyrcraig, contemplando el mar con los ojos de un hombre que encuentra poco consuelo en el tranquilizador flujo y reflujo de su oleaje. Más allá de la orilla donde las olas lamían las rocas, las negrísimas aguas se veían tan tersas como la piel de una mujer, pero esa calma no engañaba al Dragón. Bajo esa suave superficie acechaban afilados riscos y arrecifes sumergidos capaces de arrancar el corazón de un hombre de su cuerpo.

Tenía las manos cerradas sobre el parapeto de piedra, lo único que lo separaba del inmenso abismo que caía al otro lado. Observó a la luna coqueteando con las nubes, formando bolsas de luz en el cielo nocturno, y pensó cuánto tiempo resistiría sin alejarse incluso de esa tenue iluminación.

Las circunstancias lo habían llevado a convertirse en un ser nocturno, pero había sido un maldito idiota al creer que podría aliviar su desasosiego observando dormir a su cautiva.

Ella estaba respirando como un niño pequeño, profundo y uniforme, la severidad de su mandíbula suavizada por la seductora insinuación de una sonrisa con hoyuelo. Guedejas de oro le acariciaban la sonrosada tersura de la mejilla, escapadas del ridículo gorro que debió desenterrar del arcón. Había sacado una pierna fuera de la sábana y tenía el camisón subido hasta la curva del muslo.

Cuando la vio despertar, temió no ser capaz de hablar porque el deseo le había resecado la boca.

Había pensado marcharse antes que lo traicionara la luz de la luna, pero se quedó, burlándose de ella, atormentándola hasta que esos hermosos y orgullosos ojos se le empañaron de lágrimas. Y desafiando la luz de la luna y su propio orgullo, se acercó a ella.

Pero eso había sido una locura pequeña comparada con la que lo poseyó impulsándolo a acariciarle los labios con los suyos, a probar el sabor, no más de un sorbo en realidad, de un néctar que se había negado desde hacía demasiado tiempo. El enorme esfuerzo que le costó no aplastarla en el colchón y enterrar la lengua en la seductora dulzura de su boca.

Sus ojos ardientes exploraron el cielo, pero no encontraron ahí más solaz del que le ofrecía la vista del mar. Ya estaba empezando a temer que le había mentido; porque un beso de ella, ofrecido voluntariamente, no lo transformaría de bestia en hombre, sino que tal vez desencadenaría su lujuria y lo marcaría como bestia para siempre.

Capítulo 8

A la mañana siguiente Gwendolyn tenía un duende atravesado sobre los pies cuando despertó.

Tenía sueño, pues había dormido a rachas durante esa larga e inquieta noche, por lo que tardó un momento en darse cuenta de que sus piernas no estaban paralizadas por el agotamiento sino por un peso muerto. Abrió los ojos y vio unos tiesos bigotes bajo un montón de lana gris desde donde la miraban unos malévolos ojos que parecían dos rajitas amarillas. Lanzó un chillido y se bajó de un salto de la cama.

La cosa desapareció antes que llegara a aplastarse contra la puerta panel. Pero el movimiento del trozo de sábana que colgaba a los pies de la cama le dejó claro que ese era su escondite.

Con la mano apoyada en el pecho trató de respirar, pensando si no se habría vuelto loca. Hombres y bestias habían atormentado sus sueños durante toda esa interminable noche. En un sueño tras otro había abierto los brazos al Dragón invitándolo a echarse en ellos, sin saber ni importarle si él quería besarla o comérsela. Podría haber creído que el encuentro a medianoche sólo había sido un sueño si no estuviera segura de que seguía sintiendo su sabor cada vez que se pasaba la lengua por los labios.

—No existe eso que se llama dragón —musitó en voz baja—. No existen los duendes tampoco.

A pesar de esa atrevida declaración, antes de acercarse a la cama sacó un quitasol enrollado del arcón.

Se arrodilló con el quitasol vibrando en su temblorosa mano. Acababa de recuperar la cordura suficiente para pensar si su visitante no invitado no sería una rata monstruosa.

Temiendo que la cosa se arrojara sobre ella si levantaba el extremo de la sábana, metió el quitasol debajo y lo movió tímidamente de aquí allá. A sus oídos llegó un gruñido no humano que le puso carne de gallina en los brazos.

Se incorporó y se apartó de la cama. Fuera lo que fuera eso (y ya no sabía si deseaba saberlo), estaba atrapada ahí con él. Su chillido no había provocado ninguna acción de rescate. Por un breve momento consideró la posibilidad de saltar encima de la cama y ponerse a gritar a todo pulmón, pero temió que sus gritos pudieran producir un frenesí sanguinario a esa criatura.

Miró alrededor desesperada. En sus exploraciones anteriores en busca de una ruta de escape sólo había visto esa ventana enrejada a la que le era imposible llegar. Pero bueno, eso fue antes que milord Dragón la hubiera provisto amablemente de una mesa, y una silla para poner encima.

Y eso fue lo que hizo. Al cabo de un momento estaban ella y la silla equilibrándose precariamente encima de la mesa. Si con los pies sobre la mesa lograba desprender la rejilla, podría subirse a la silla y tratar de pasar por la ventanuca redonda.

Al principio llegó a pensar que la oxidada rejilla resultaría inamovible, pero metiendo la punta del quitasol en las grietas y escarbando, al final logró deshacer el mortero ya viejo en terrones de polvo. Reprimiendo un estornudo, le dio un violento empujón con el quitasol y la rejilla se desprendió.

Alcanzó a cogerla, pero se le deslizó por los dedos y cayó fuera, sobre algo, con un golpe metálico tan fuerte como para despertar a los muertos. O a los vivos, pensó, mirando nerviosa hacia la cama.

Se puso de puntillas para mirar por la ventana, y sintió una oleada de alivio al ver que su único medio de escape no era zambullirse en las aguas del agitado mar. Lo que vio le dio más motivos de esperanza de los que había imaginado: bajo la ventana, a menos de cuatro palmos, había una estrecha pasarela protegida por un parapeto de piedra.

El corazón comenzó a latirle más deprisa. Si lograba llegar a la pasarela, podría bajar por una de las semiderruidas escaleras hasta la planta baja. Y si lograba llegar a la planta baja podría echar a correr hacia el pueblo, escapando para siempre de las garras de milord Dragón.

Titubeó un momento, tentada de ir a echar una última mirada a los regalos que él le había hecho. Estaba resuelta a no llevarse nada de él, aparte del camisón que tenía puesto y el recuerdo de un beso tan dulce que igual se pasaría el resto de la vida pensando si sólo lo había soñado.

Miró detenidamente la ventana. En su tiempo había logrado pasar por agujeros más estrechos. De niña, una vez estuvo escondida en el tronco hueco de un saúco hasta que cayó la noche mientras Ross y sus amigotes peinaban el bosque buscándola para que hiciera de burro en el alborotado juego de clavar la cola.

Dejó el quitasol en la mesa y se subió a la silla. Pasando los dos brazos por la ventana se cogió del áspero lado exterior del muro, se dio impulso e introdujo el cuerpo en el agujero hasta quedar tocando el borde del respaldo de la silla con las puntas de los pies. El sol de la mañana hacía brillar el mar en la distancia, ofreciéndole una vista maravillosa. El mar estaba en calma esa mañana, y las olas grandes parecían susurrarse tiernas palabras en lugar de rugir. El aire salobre se derramó sobre ella, llevándose el seductor aroma a sándalo y especias.

Acicateada por una mayor confianza, empezó a reptar enérgicamente. Empezaba a meter las caderas por el agujero cuando lo oyó.

Pum, pum, pum.

Se quedó inmóvil, en su impaciencia por liberarse de milord Dragón, había olvidado a la bestia metida debajo de la cama; pero estaba claro que ésta no la había olvidado a ella.

Casi se vio a sí misma desde su punto de vista: un jugoso bocado agitando los pies en el aire, con el cuerpo atravesado en la ventana, mitad fuera y mitad dentro. Hizo una inspiración profunda y se dio impulso con los brazos para retroceder y liberar las caderas, pero estas no se movieron. No sólo no podía avanzar, tampoco podía retroceder.

Dejó de oír el ominoso pum pum de los pies de la cosa pisando el suelo. Dejó de agitarse, retuvo el aliento y oyó unos golpecitos que le indicaron que la cosa saltó del suelo a la mesa y de la mesa a la silla. Cerró los ojos y apretó los dientes, a la espera de que la rata más enorme de toda Escocia le enterrara sus afilados dientes en el tobillo.

Algo le frotó los dedos de los pies, con una fricción cálida y suave como la lana de cordero. Abrió los ojos al llegarle otro sonido a los oídos, un sonido tan tranquilizador e inconfundible como el murmullo del mar: un ronco ronroneo.

Estaba tan atenta a su reverberante música que no se dio cuenta de que se había abierto la puerta de la torre hasta que una voz dijo en tono guasón:

—Tal como he dicho siempre, Tupper. Esta habitación tiene la vista más exquisita de todo el castillo.

Capítulo 9

*L*o último que esperaba ver el Dragón al abrir la puerta de la torre era el generoso y muy bien formado trasero de la señorita Wilder enmarcado a la perfección por el anillo de la ventana.

Se aproximaba la aurora cuando por fin logró caer en un profundo sueño, sólo para ser despertado por un ahogado chillido de mujer. Se dio la vuelta y se tapó la cabeza con el almohadón, suponiendo que sólo era un eco de una de las muchas pesadillas que lo habían atormentado desde que llegara a ese lugar. Entonces oyó un estridente golpe metálico que lo hizo sentarse bruscamente en su improvisado jergón.

Temiendo que su cautiva hubiera encontrado un terrible destino buscado por ella, se apresuró a ponerse la camisa y las calzas y subió corriendo la escalera, encontrándose con un igualmente agotado Tupper en el segundo rellano. Estaba tan preocupado por llegar hasta ella que no recordó para nada ocultar su cara.

Y por lo visto, la señorita Wilder sí había encontrado un destino buscado por ella, pero este no era ni de cerca tan terrible como había temido. Al menos no para él ni para Tupper.

Las piernas le asomaban por en medio de los volantes del ruedo del camisón, colgando sobre la improvisada escalera que se había hecho con la mesa y la silla, ofreciéndoles a los dos un atisbo bastante impresionante de cremosas pantorrillas femeninas. El Dragón miró hacia atrás y se encontró con los candorosos ojos castaños de Tupper tan redondos como galletas de canela.

Resistiendo el impulso de tapárselos con las manos, lo cogió del codo y lo sacó de la habitación.

—Podrías dar la vuelta hasta la pasarela a ver que puedes hacer desde ese lado.

Tupper trató de mirar hacia atrás por encima del hombro.

—Encuentro mucho más interesante este lado. ¿No sería mejor si...?

—¿Hicieras exactamente lo que te he pedido? —terminó el Dragón, dándole un empujón no demasiado amable hacia la escalera.

Aunque estiró el labio inferior como un niño mohíno, Tupper obedeció.

El Dragón volvió a entrar en la habitación. Lo que encontró más extraordinario aún que el dilema de la señorita Wilder fue la visión de *Toby* haciendo equilibrios sobre el travesaño superior del respaldo de la silla con el fin de poder frotar su enorme y peluda cabeza en las plantas de los pies de ella. Con la cabeza ladeada, el Dragón escuchó, incrédulo: ¡el arisco felino estaba ronroneando!

El gato hizo un desdeñoso movimiento de los bigotes y luego bajó antes que él llegara a la mesa. Gwendolyn siguió colgada allí, indicando con su inmovilidad que sabía que él estaba ahí.

—Creo que olvidó el quitasol, señorita Wilder —dijo él, pasando un dedo por los volantes del quitasol—. Me parece que le resultará más difícil volar hasta el suelo sin él.

—Esperaba matarme estrellándome la cabeza contra las rocas —repuso ella, con la voz ahogada pero audible—. Así no estaría obligada a soportar ni una más de sus hirientes agudezas.

El Dragón curvó los labios en una desganada sonrisa.

—¿Quiere que intente entrarla?

—No, gracias, iba hacia fuera.

—Eso me imaginé.

Quitó la silla y saltó ágilmente sobre la mesa. Los blancos pies de ella se movieron en tijereta en el aire, buscando en vano el apoyo. Él le cogió los tobillos para inmovilizarlos.

—Ya está, señorita Wilder. No tenga miedo. Todo va bien. Ya la tengo.

Gwendolyn temió que, por ese mismo motivo, ya nada volvería a estar bien. La voz del Dragón era un sonido más consolador que el ronroneo del gato, pero era una mentira. Las cálidas palmas que le rodeaban los tobillos prometían seguridad, pero sólo ofrecían peligro. Su humillación aumentó al recordar, horrorizada, que había olvidado ponerse calzones antes de ponerse el camisón. Si esos fuertes y delgados dedos se deslizaban hacia arriba...

—Tupper vendrá por el otro lado —la informó él—. Tendrá que bajar hasta la planta baja y subir pasando por algunas piedras rotas, así que podría tardar varios minutos. —Subió un poco las manos hacia las pantorrillas— ¿Tal vez si yo le cogiera firmemente las piernas…?

—¡No! —gritó ella, agitándose violentamente—. Prefiero esperar a que llegue el señor Tuppingham, por favor.

—Mientras espera, ¿le importaría explicarme cómo llegó a encontrarse en su actual… mmm… problema?

Ella suspiró.

—Cuando desperté, había una especie de animal encima de mis pies.

—Ese tiene que haber sido *Toby*. El pícaro debió de meterse en la habitación anoche cuando la puerta estaba entreabierta.

Gwendolyn no quería pensar en la visita nocturna del Dragón ni en la seductora mezcla de sus alientos que no debería haber sido un beso pero lo fue.

—¿Le tiene miedo a los gatos?

—No, todo lo contrario, en realidad me gustan mucho. —No podía decirle que había tomado al gato por un duende—. Pensé que era… una rata.

El Dragón se echó a reír.

—Si al despertar yo encontrara encima de mis pies a una rata que pesara casi seis kilos también saltaría por la ventana más cercana. —Distraídamente empezó a trazarle un dibujo sobre la piel con la yema del dedo, y a ella se le entrecortó la respiración—. Creo que debo intentar sacarla de ahí yo solo. Tupper está tardando demasiado.

—No, creo que oigo sus pasos —gritó ella alegremente, aunque lo que de verdad oía eran distantes ruidos de choques de piedras y una sarta de maldiciones.

Naturalmente él no hizo caso de sus deseos, le rodeó firmemente los muslos, y le bastó un solo tirón con sus musculosos brazos para tenerla deslizándose hacia abajo pegada a su cuerpo.

Gwendolyn se encontró envuelta por detrás por unas tenazas de terciopelo y acero. Él le tenía rodeada la cintura con los brazos y las caderas apretadas contra la muelle parte inferior de su espalda. Los dobladillos de los faldones de la camisa le advirtieron que él había olvidado abotonársela, o sea que si giraba la cabeza, su mejilla quedaría aplastada contra su pecho, piel con piel.

Pero él no le permitiría eso jamás. En su aturdimiento, ella tardó un momento en comprender que él estaba tan prisionero como ella.

—Ahora parece que soy yo el que está en problemas —dijo él, sarcástico.

—¿Qué pasa, milord Dragón? ¿No lleva venda para los ojos en el bolsillo?

—Creo que me la saqué para hacerle espacio a los grilletes y el azote.

—Tal vez podría persuadir al señor Tuppingham de que le preste su corbata otra vez.

—Eso podría hacer si llega el torpe inútil.

En ese momento los dos lo oyeron, aunque todavía a bastante distancia, lo que hacía piadosamente inaudibles sus maldiciones.

Aprovechándose de la situación, el gato saltó sobre la mesa y empezó a meterse por entre el enredo de tobillos.

—Creo que *Toby* le ha tomado cariño —comentó el Dragón—. Jamás había oído ronronear a ese viejo monstruo gruñón.

—Dada su gordura, me sorprende que no lo haya tomado por un mastín —dijo ella mientras el gato daba fuertes cabezadas contra su pierna.

El Dragón quitó un brazo de su cintura, pero sólo para pasarle los nudillos por la curva del cuello. Ella sintió un estremecimiento de extraña expectación.

—Me alegra saber que fue *Toby* el que la asustó —le susurró él al oído—. Temí que fuera de mí que quería escapar.

—¿Podría culparme si lo hubiera intentado?

—No —repuso él alegremente—, pero la habría culpado de todas maneras.

Gwendolyn había olvidado que llevaba puesto el decoroso gorro de noche, hasta que él le dio un suave tirón. Los cabellos le cayeron desparramados alrededor de los hombros en sedosa cascada. Cuando él hundió la cara en ellos, ella cerró los ojos para combatir la oleada de deseo de sus caricias.

—Si me deja bajar, señor, le prometo no mirarle la cara —susurró—. Si es alguna cicatriz de guerra o una trágica marca de nacimiento lo que quiere ocultar de mis ojos, respetaré su deseo de secreto. Y le aseguro que soy una mujer de palabra.

—Casi me hace desear ser yo un hombre de palabra —musitó él, apartándole tiernamente un mechón de pelo para dejar al descubierto su nuca.

Ella podría haberlo soportado si él la hubiera acariciado simplemente con los dedos. Pero fueron sus labios los que se posaron sobre ese vulnerable trozo de piel. Y continuaron allí, húmedos y cálidos, acariciándola con seductora dulzura. Ella jamás habría soñado que ser devorada por un dragón pudiera ser tan insoportablemente delicioso. La tentaba de ofrecerle todos los bocados de su carne para su placer.

Cuando él deslizó la boca desde su nuca hacia la curva del cuello y garganta, ella cerró los ojos y echó la cabeza atrás, en tácita rendición.

Ahuecando la mano en su mentón con una irresistible combinación de ternura y fuerza, el Dragón le giró la cabeza justo lo suficiente para posar su boca sobre la de ella.

Gwendolyn podía seguir siendo virgen, pero ya no poseía la boca de una doncella. El Dragón reclamó su boca para sí, abriendo la brecha entre sus blandos labios con una agitada lengua de llama, encendiendo a la vida miles de llamas iguales que la recorrieron toda entera; le hormiguearon y se le hincharon los pechos. Él aumentó la presión alrededor de la cintura, moldeando sus caderas contra su parte trasera.

Aunque ella se hubiera atrevido a girarse en sus brazos, no habría sido capaz de abrir los ojos. Los párpados le pesaban como si tuviera encima un encantamiento más potente que cualquier maleficio o maldición. No era tanto la magia de su beso lo que la hechizaba sino su textura áspera y tierna, su sabor dulce y salado. Cuando introdujo la lengua en su boca para saborearlo, a él le salió un gemido del fondo de la garganta y la estrechó con más fuerza.

—Eh, muchacho, ¿he llegado demasiado tarde para rescatar a la doncella? —dijo la jovial voz de Tupper por la ventana, cayendo sobre ellos como un chorro de agua fría.

—No —contestó el Dragón, ceñudo y estirando el brazo le arrancó la corbata que le colgaba suelta del cuello—. Has llegado justo a tiempo.

Después que Tupper terminó de reparar la rejilla de la ventana de la habitación de Gwendolyn, salió de las sombras del castillo y se encontró al Dragón paseándose por el patio donde la encontraron atada a la estaca aquella noche. A pesar de que la luz del sol matutino entraba en el patio por encima de los muros derruidos, el semblante de amigo estaba más negro que la medianoche. Salió humo de sus bien cinceladas narices al dar una larga chupada al cigarro que tenía metido en la comisura de la boca.

Tupper dio un nervioso tirón a la punta de su bigote.

—No era mi intención interrumpir ese beso. Te ruego que me perdones mi falta de discreción.

El Dragón se quitó el cigarro de la boca.

—¿«Tu» falta de discreción? No es tu falta de discreción la que me preocupa sino la mía. ¿Qué debe de pensar de mí? Cada vez que me encuentro a solas con ella, me arrojo encima como la bestia que cree que soy. ¿Tanto tiempo he estado sin una mujer en mi cama que tengo que devorar a la primera inocente que tiene la desgracia de cruzarse en mi camino? —Tiró lejos el cigarro y reanudó su paseo—. ¿Es de extrañar que no sea compañía conveniente para personas civilizadas?

Tupper se puso a su lado y le cogió el tranquillo.

—Oye, eso no es exactamente cierto. Mi tía abuela Taffy te quiere muchísimo. Dice que le recuerdas a un magnífico y excitable semental que tenía su padre cuando ella era niña. —Movió la cabeza y exhaló un triste suspiro—: Claro que finalmente tuvieron que matar al pobre animal de un disparo en la cabeza cuando le arrancó tres dedos a uno de los mozos de cuadra.

El Dragón interrumpió su paseo para dirigirle una mirada fulminante.

—Gracias por decirme eso. Ahora me siento muchísimo mejor.

El resto del patio lo recorrió en tres largas zancadas, obligando a Tupper a trotar.

—No deberías reprenderte tanto, de verdad —le dijo Tupper, tratando de consolarlo—. No es que le hubieras quitado el camisón por la cabeza y estuvieras aprovechándote de ella sobre la mesa. Simplemente le robaste un beso inocente. ¿Qué daño puede haber en eso?

El Dragón no podía explicarle a su amigo que el beso había sido de todo menos inocente, y que lo que temía era que le hubiera hecho daño a él, no a ella. El tímido movimiento de la lengua de Gwendolyn contra la suya le excitó la sangre muchísimo más de lo que lo había excitado jamás una provocativa caricia de una lasciva cortesana de Londres. Su idea había sido darle a probar el aliento del dragón, pero fue él el que acabó ardiendo por ella.

Se detuvo delante de la estatua que todavía dominaba sobre las ruinas del patio. Afrodita, la diosa griega del amor, se veía patéticamente fuera de lugar en ese patio donde desde casi quince años no había morado el amor. Si una de las balas de los cañones de Cumberland no le hubiera volado la cabeza, tal vez él oiría el murmullo de su risa en el viento.

—Debo marcharme de este lugar —dijo en voz baja, pasando la mano por la curva del hombro desnudo de la diosa—. Antes que pierda la cabeza.

—Les dimos dos semanas para encontrar el oro —le recordó Tupper.

—Lo sé —repuso el Dragón, dándole la espalda a la bella estatua destrozada de Afrodita—. Pero eso no significa que no podamos meterles prisa entretanto, ¿verdad? Poner bombas de humo en sus campos, mover antorchas encendidas en las ventanas del castillo, tocar la maldita gaita hasta que les sangren los oídos. Quiero que se peleen entre ellos hasta que supliquen por traerme al cabrón que ha tenido guardado ese oro todo este tiempo.

Tupper se cuadró en un elegante saludo.

—Puedes fiarte de que les meteré miedo a Dios en los huesos.

El Dragón se giró a mirarlo con una expresión tan implacable en los surcos de su cara que Tupper dio un rápido paso atrás.

—No es a Dios al que tienen que temer. Es a mí.

Capítulo 10

*T*upper se internó lentamente en la noche, sus sigilosos pasos guiados por la moteada luz de la luna que empezaba a subir. Cuando tomó su ruta por encima de la plataforma de piedras sueltas, con el mayor cuidado de no mover ninguna, la emoción le aceleró el pulso.

Nunca lo había atraído mucho el peligro, pero lo animaba y estimulaba el drama, algo que había escaseado bastante en su vida antes de conocer al Dragón en esa casa de juegos hacía dos años. En realidad, lo que lo impulsó aquella vez a ponerse el cañón de esa pistola de duelo en la sien fue tanto el aburrimiento por la futilidad de su existencia como el miedo al escándalo. Aunque ninguno de los dos había hablado del tema desde entonces, él sospechaba que el Dragón sabía que no habría tenido el valor de apretar el gatillo.

Si no hubiera sido por la intervención de su amigo, o bien estaría pudriéndose en la prisión de deudores o matándose a borracheras en su elegante casa de Londres, sin tener para esperar nada que le hiciera ilusión, aparte del ocasional romance con alguna mala actriz y el legado paterno de gota y dispepsia. El único intento del vizconde por asegurarle una posición, comprándole una comisión en la Real Armada, acabó en desastre en su primer viaje, al vomitar hasta las tripas sobre los galones de la casaca de un almirante, el que dio la casualidad era el más viejo amigo de su padre. Aunque con el tiempo remitió su tendencia al mareo por movimiento, el desprecio de su padre no remitió jamás.

Casi deseaba que su padre pudiera verlo en esos momentos, vestido todo de negro, caminando sigilosamente por la espesura de un bosque sin mover ni una hoja ni romper una ramita. Por primera vez en su vida, era un hombre con una misión. Cuando el bosque comenzó a ralear, obligándolo a correr de árbol en árbol, lo maravilló que sus pasos ya no fueran pesados ni torpes, sino ágiles y llenos de finalidad.

Cuando saltó por encima de un pequeño barranco, su capa negra ondeó detrás de él, haciéndolo imaginarse capaz de volar. Esperaba que al Dragón no le molestara que le hubiera cogido la capa, le añadía un toque de osadía, ímpetu, a su disfraz.

Salió del bosque y continuó por el medio de un prado de hierba plagado de piedras, contando con que el reborde rocoso lo protegiera de ser visto desde la aldea anidada abajo en el valle. Exploró el entorno buscando un buen lugar para encender la bomba de humo que llevaba bajo el brazo; su brillante llama y la humareda sacaría a los aldeanos de sus camas, haciéndoles creer que el Dragón había vuelto al ataque.

En eso estaba la belleza del plan. Los ciudadanos de Ballybliss eran tan supersticiosos y se sentían tan culpables que él sólo tenía que sembrar las semillas del miedo en sus fértiles imaginaciones para convencerlos de que en sus vidas estaba actuando una terrible fuerza sobrenatural. Entonces, si se cortaba la leche o el bebé aullaba de dolor por un cólico, o el gato escupía una bola de sarro, eso era sin duda obra del Dragón.

Colocó el tiesto sobre un abultado montículo de hierbas y sacó la caja de cerillas del bolsillo, riendo en voz baja. Si los aldeanos eran tan estúpidos para confundir el mineral azufre con el olor de las llamas del infierno y el humo con el aliento de un dragón, pues se merecían sus noches insomnes. Frotó una cerilla en el pedernal y se inclinó a poner la llama en la mecha de la bomba de humo.

—¿Eres tú Niall? Cuando desperté te habías marchado. ¿Por qué me dejaste toda sola en el bosque?

Cuando las armoniosas cadencias de esa dulce voz femenina acariciaron sus oídos, Tupper se enderezó y apagó la llama de la cerilla. Se giró lentamente a mirar a la mujer que acababa de pillarlo con las manos en la masa.

—¡No eres Niall! —exclamó ella en tono acusador, retrocediendo un paso.

—No. Si lo fuera, ciertamente no te habría dejado toda sola.

A la luz de la luna, ella parecía un clarividente geniecillo de los bosques de piel blanca como la crema y una mata de rizos oscuros, tenía la falda llena de hierbas pegadas, el pelo revuelto, el corpiño mal abotonado, pero su desaliño sólo la hacía más atractiva. Parecía una niña traviesa jugando a mujer.

Una mujer cuyos labios de botón de rosa todavía estaban hinchados por los besos de otro hombre, se dijo Tupper.

Poniéndose en jarras, ella lo miró osadamente.

—Nunca le he visto en Ballybliss, señor. Y conozco a todos los hombres que viven ahí.

Tupper tuvo que aclararse la garganta para contestar:

—Me temí que ibas a decir eso.

Ella se miró la ropa con expresión avergonzada.

—Espero que no piense que siempre voy así. Lo que pasa es que... me caí y rodé un poco por la hierba.

Tupper desvió la mirada de las suaves protuberancias de sus pechos, sintiendo la lengua cada vez más liada.

—Yo también he tenido alguna caída en ocasiones. Una vez bebí demasiado oporto y me caí de mi caballo, yendo a aterrizar en la falda de una dama que iba paseando por el parque en su faetón.

—¿Y esa dama pensó que estaba enamorado de ella?

Tupper necesitó casi un minuto entero de deleitarse en la simpatía de esos chispeantes ojos castaños para comprender que esa beldad, esa rosa de las Highlands, estaba coqueteando con él. ¡Con él, Theodore Tuppingham, el lerdo hijo de un vizconde de poca monta!

—Si lo pensó —contestó—, lo demostró llamando a gritos a un alguacil y golpeándome la cabeza con su quitasol.

Una alegre media sonrisa curvó los labios de la muchacha, mientras le miraba la camisa de seda negra de manga larga con pechera y puños de encaje, las ceñidas calzas hasta la rodilla, las relucientes botas de montar, que le apretaban horriblemente los pies pero le daban un aire gallardo que bien valía la pena el sufrimiento, y los elegantes pliegues de su capa.

Cuando volvió a mirarlo a la cara, se le desvaneció la sonrisa.

—¡Toma, ya sé quién es! —exclamó, agrandando los ojos hasta que parecieron focos luminiscentes, y empezó a retroceder—. ¡Es el Dragón!

Tupper estuvo a punto de negarlo, pero el destello de pavor reverencial que vio en los ojos de ella se lo impidió. En toda su vida jamás lo había mirado así una mujer. Antes de darse cuenta de lo que iba a hacer, ya había entrado el estómago e hinchado el pecho.

—Sí, muchacha, soy el Dragón.

No se habría sorprendido si ella hubiera echado a correr por el prado gritando aterrada, o hubiera retrocedido horrorizada al descubrir que el Dragón era un inglés calvo y ligeramente barrigón. Pero ella no hizo nada de eso, lo que hizo fue abalanzarse sobre él quedando entre sus brazos.

—¡Usted! —chilló, golpeándole el pecho con sus pequeños puños—. ¡Usted es la horrible bestia que se comió a mi hermana!

Cuando uno de esos puños conectó con su estómago recién hundido, el pecho se le desinfló con un potente «¡fluuuch!». Apremiado por silenciarla antes que despertara a toda la aldea, la apretó contra su pecho y le puso la mano en la boca.

—No me he comido a tu hermana —le susurró al oído—. Está viva y bien, y lo puedo demostrar. Incluso me ha hablado de ti. Tú tienes que ser la menor, Catriona, pero ella te llama con otro nombre. Mmm... ¿Katie? ¿Ketty?...

Mientras buscaba desesperado en su memoria, ella le enterró los afilados dientecitos en la palma, con fuerza como para sacarle sangre, y el tuvo que retirar la mano.

—Kitty —espetó ella, debatiéndose más como un tigre ofendido que como una amorosa gatita tocaya.

—¡Kitty! ¡Claro! ¿Cómo pude haberlo olvidado? Tú eres Kitty y tus hermanas son Glenda y... —hizo chasquear los dedos—, ¡Nellie! Viven en la casa más grande de la aldea con vuestro padre, al que le faltan varias cartas para tener una mano de whist.

Kitty dejó de debatirse, pero continuó mirándolo enfadada.

—Se llaman Glynnis y Nessa. Y a papá nunca le ha gustado jugar al whist, sólo al faro. Hace unas trampas atroces, pero Gwennie dice que tenemos que dejarlo ganar porque eso lo hace reír. —Se aferró a la encrespada pechera de su camisa, y se le nublaron los ojos al empezar a asimilar la importancia de lo que él le había dicho—. ¿Gwennie...? ¿Puede ser cierto? ¿De verdad está viva?

—Está viva y muy bien —repuso Tupper amablemente, cubriéndole la mano con la suya—. Está alojada en el castillo en calidad de mi huésped, y tiene ropa hermosa, mucha comida y todos los libros que desea leer.

Kitty se apoyó en él, agitando sus sedosas pestañas como si se fuera a echar a llorar. Tupper pensó que se iba a poner a sollozar él si veía brotar una lágrima de esos hermosos ojos.

Pero ella aquietó el temblor de su delicada barbilla y lo miró de soslayo con las pestañas entornadas, con una expresión extrañamente provocativa.

—Quién habría pensado que Gwennie acabaría siendo su amante en lugar de su comida.

—Te aseguro que no ha sido ninguna de esas dos cosas —se apresuró a protestar él, apartándose de ella—. No he deshonrado a tu hermana. Su virtud está tan intacta como lo estaba la noche en que la dejaron en el castillo.

Recordando el apasionado beso entre Gwendolyn y el Dragón de que había sido testigo sólo esa mañana, pensó que no sabría decir cuánto tiempo más podría hacer esa afirmación.

Kitty suspiró y agitó la cabeza.

—Qué lástima. Si ha habido una muchacha necesitada de una total deshonra, esa es nuestra Gwennie.

Impresionado por esa franqueza, él miró hacia otro lado para ocultar su rubor, maldiciendo su tez tan blanca.

—Así que usted es el Dragón —dijo ella, mirándolo de arriba abajo con descarada atención, haciéndolo lamentar no haber tenido tiempo para entrar el estómago otra vez—. ¿Es cierto que puede cambiar de hombre a dragón a voluntad?

—Solamente los martes y el segundo domingo de cada mes.

Ella empezó a acercársele y él empezó a retroceder, amilanado por el destello predador que vio en sus ojos.

—¿Y ha desarrollado un gusto por la carne humana, como dice la madre de Maisie?

Tupper pasó su mirada de su boca a sus ojos, con expresión culpable, pues en ese preciso momento había estado pensando cómo sabrían sus labios debajo de los suyos.

—Sinceramente no creo que me guste. La carne poco hecha me produce indigestión.

La espalda le chocó con un árbol, haciéndole imposible retrodecer más.

Ella se le acercó entonces, sacando su rosada lengua para mojarse los labios.

—Mi amiga Maisie jura que usted está poseído por una feroz hambre de hacer pareja con una de las muchachas de la aldea.

Y lo estaba, pensó él, aunque acababa de enterarse en ese momento. Volvió a mirarle los labios, con la negación ya muerta en su garganta. Por esa noche ya le había hecho bastante daño a la feroz reputación del Dragón, tal vez estaba indicado sacrificar un poco sus escrúpulos.

—No permita Dios que yo deje como mentirosas a tu amiga o a su madre —susurró, cerrando los ojos e inclinándose con toda la intención de robarle un beso.

Cuando sus labios sólo se encontraron con aire, abrió los ojos y vio que ella se iba alejando corriendo.

—¿Adónde vas?

Ella se giró, más parecida a un hada que a un geniecillo del bosque bajo la sutil caricia de la niebla y la luz de la luna.

—Tengo que ir a decirles a Glynnis y Nessa que Gwennie está viva y que he conocido al Dragón. ¿Sabe la envidia que les va a dar? Glynnis ya actúa como si fuera la señora de la casa, porque ha tenido dos maridos y yo no he tenido ninguno, y Nessa siempre se burla de mí porque ella tiene todas las historias sabrosas. ¡Ahora yo tengo una mía!

Imaginándose la ira del verdadero Dragón cuando descubriera su estupidez, Tupper buscó desesperado una manera de impedírselo.

—¿No sería mejor tener un secreto que una historia? ¿Un secreto que sólo supiéramos los dos?

Ella ladeó la cabeza, claramente interesada en su propuesta.

—Piénsalo, Kitty —le dijo él, acercándosele—. Tú eres la única persona de Ballybliss que conoce mi verdadera identidad. ¿No te puedo pedir que guardes ese secreto un poco de tiempo más? Sin duda la responsabilidad de guardar ese tesoro te elevará en estima ante ti misma, si no ante tus hermanas.

Ella rascó el suelo con la punta del pie, con un rictus de rencor en los labios.

—Gwennie siempre decía que yo no era capaz de guardar un secreto. Dice que hablo demasiado.

Tupper sonrió.

—Una vez un amigo dijo eso mismo de mí. Pero es que a lo mejor nunca has tenido un secreto digno de guardarse. Vamos, sé una buena muchacha y prométeme no decirlo a nadie.

Ella le dirigió una provocativa mirada.

—Igual podría hacerlo. Pero sólo si tú me haces una promesa.

Tupper tragó saliva, rogando que no le pidiera que le enseñara las alas, echara fuego por la boca o le dejara a Gwendolyn en la puerta de su casa.

—Muy bien.

—Queda de encontrarte conmigo en este mismo prado —le dijo ella osadamente—. Mañana por la noche después que salga la luna.

Tupper asintió solemnemente, convencido de que iba a obtener la parte más dulce de ese trato.

—Hasta entonces, mi querida dama, debes recordar que tienes mi destino en tus dulces manos.

Y cogiendo una de esas manos la llevó a sus labios, gesto que había visto hacer al Dragón con cualquier número de mujeres, y con inmenso éxito.

Al verla reaccionar con un gratificante estremecimiento, se quitó la capa y se la puso sobre los hombros. Ella echó atrás la cabeza, cerrando los ojos y entreabriendo los labios en gesto invitador. Negando tristemente con la cabeza, él se inclinó y le rozó la frente con los labios en un casto beso.

Cuando Kitty abrió los ojos, estaba sola en el prado. Miró hacia la luna, absolutamente perpleja por el abandono del Dragón. La mayoría de los muchachos que conocía, entre ellos Niall, ya le habrían metido las manos debajo de la falda unas diez veces, y sin embargo ese hombre Dragón ni siquiera había intentado meterle la lengua en la boca.

Pero le besó la mano, la llamó dama y le puso su capa.

Se envolvió en los abrigados pliegues de la prenda, pensando si volvería a verlo alguna vez.

Capítulo 11

*L*os días siguientes al rotundo fracaso de su intento de huida, Gwendolyn no volvió a ver al Dragón. Sin embargo sentía su presencia, tan ineludible como el apagado rugido del mar.

Aunque al despertar por la noche de su sueño inquieto escudriñaba las sombras sólo para descubrir que estaba sola, cada día Tupper le llevaba algún nuevo tesoro sacado del arcón mágico y al parecer inagotable del Dragón: un cepillo y un peine dorados con incrustaciones de madreperla, una primera edición de la *Historia de los Insectos* de René de Réanmur encuadernada en piel de becerro, una bañera redonda de madera llena de agua aromatizada.

La aldea, sus hermanas, e incluso su amado padre, estaban empezando a palidecer bajo la sombra del Dragón, como fantasmas de otra vida. Era como si hubiera sido su esclava mimada no unos días sino siglos.

Sus únicas compañías eran Tupper y *Toby*, y ninguno de los dos era muy comunicativo acerca de su captor.

Tupper la entretenía contándole historias de su animosa tía abuela Taffy, y se entretenía él pidiéndole que le revelara algunas de las aventuras amorosas más moderadas de Nessa y los planes de Glynnis para cazar un nuevo marido. Ponía especial atención siempre que ella hablaba de Kitty, aunque siempre tartamudeaba alguna disculpa para marcharse cuando ella mencionaba a Niall, el pícaro pecoso que le robara la inocencia a su hermana.

Toby, por su parte, simplemente se enrollaba en un enorme ovillo peludo a los pies de su cama y pasaba durmiendo las largas horas del día.

Ella le envidiaba la indolencia al gato, porque cada dos por tres se sorprendía paseándose inquieta por la habitación. Aunque Tupper continuaba llevándole comidas deliciosas, preparadas con las mejores ofrendas que podía proporcionar la aldea, con más frecuencia que menos no sentía apetito, y se pasaba el rato moviendo la comida de un lado a otro del plato.

Una mañana Tupper entró en la habitación tambaleante bajo el peso de una larga carga envuelta en una sábana. Ella bajó de un salto de la cama, sin poder disimular una infantil expectación, expectación que no sentía desde las mañanas de Navidad de antes que muriera su madre. Lo único que se veía de ese nuevo tesoro era un par de patas doradas que parecían garras de dragón cerradas alrededor de bolas de oro. Con un gruñido de alivio, Tupper dejó el regalo apoyado en la pared al lado de la mesa, después sacó un papel doblado del bolsillo de su chaleco y se lo entregó.

Mientras Tupper se secaba el sudor de la frente, ella pasó la uña bajo el sello de lacre rojo sangre. En el cremoso papel vitela estaba escrita una sola frase: «Sólo deseo que se vea como yo la veo».

—¿La quito? —dijo Tupper sonriendo, listo para quitar la sábana.

—¡No! —exclamó ella, adivinando de repente lo que había debajo.

Aunque Tupper pareció desconcertado ante su negativa a que descubriera el regalo del Dragón, tuvo el tacto de no volver a mencionarlo.

Esa noche, mucho después de que Tupper le llevara la cena y se marchara, ella bajó el libro, disgustada consigo misma por haber leído ocho veces el mismo párrafo. Le era imposible concentrarse en la lectura cuando sus pensamientos volvían una y otra vez a la última visita del Dragón y sus ojos no paraban de mirar hacia su último regalo.

No podía dormir, no podía comer, ni podía leer. Si no fuera una idea ridícula, pensaría que estaba sufriendo de amor. Dios sabía las veces que había visto los síntomas en Nessa: las frecuentes miradas soñadoras, la apática falta de apetito, los desolados suspiros.

¿Pero cómo podía estar enamorándose de un hombre al que jamás le había visto la cara? ¿Un hombre que para ella sólo era una voz humosa, una caricia seductora, un embelesador beso?

Se pasó un dedo por los labios, atormentada por un viejo temor. Tal vez era tan vulnerable como Nessa a las tentaciones de la carne. Siempre se había creído inmune a esa seducción, y sin embargo había bastado un solo beso de los labios del Dragón para derretirle la voluntad y hacerla ansiar sus caricias.

Desvió la vista del regalo hacia el plato que había dejado abandonado en la mesa, sintiendo el conocido deseo de zamparse de un solo bocado lo que quedaba de su cena.

Se levantó lentamente, pero en lugar de ir hacia la mesa, se acercó al regalo tapado. Antes de perder el valor, estiró la mano y quitó la sábana.

Ante ella estaba un espejo de cuerpo entero de purísima plata batida, en un hermoso marco de caoba tallada. Podría haberse detenido a admirar su belleza si su atención no hubiera sido cautivada por la mujer reflejada en su pulida superficie. La luz de las velas centelleaba en sus cabellos dorados; una bata de seda oriental le caía sobre sus generosas curvas; tenía las mejillas sonrosadas, los ojos luminosos, los labios húmedos y entreabiertos. No se parecía en nada a la rolliza hermana de mandíbula cuadrada de tres beldades legendarias. No parecía la cautiva de un loco cruel. Parecía una mujer a la espera de su amante.

Con las manos temblorosas, volvió a poner la sábana sobre el espejo, convencida de que tenía que estar tan embrujado como el hombre que se lo había regalado. No sólo ansiaba las caricias de un desconocido sino que estaba además en peligro de convertirse en una desconocida para sí misma.

Ya avanzada la noche, se sentó en la cama sin lograr saber qué la había despertado. Esa noche no le hacía falta escudriñar la oscuridad en busca de la sombra del Dragón, por la ventana entraba la luz de la luna llena, bañando en un resplandor espectral la habitación. Oliscó el aire, pero no detectó ni un asomo de humo de cigarro.

Ladeando la cabeza, aguzó el oído, pero lo único que logró oír fue el apagado rugido del mar. Se levantó y fue hasta la ventana, atraída por su canto de sirena.

El Dragón podía haber ordenado que volvieran a poner la reja, quitándole toda esperanza de libertad, pero subiéndose a la mesa y poniéndose de puntillas, por lo menos podía contemplar la espectacular vista de la luna y el mar e inspirar el aire salino hacia sus resecos pulmones.

De pronto se le quedó el aire atascado en la garganta. Un velero venía abriéndose paso por entre las blancas crestas de las olas en dirección al castillo. Con sus hinchadas velas brillantes como alabastro a la luz de la luna, no parecía más sustancial que un velero fantasma cargado con los espíritus de los muertos.

Pestañeó maravillada, medio esperando que el velero se desvaneciera ante sus ojos.

—¡Echad el ancla, muchachos!

Ese grito muy humano fue seguido por un potente chapoteo y la aparición de una lancha que bajaron hasta el agua.

—¡Eh, ahí! —gritó ella, doblando los dedos en la rejilla—. ¡Socorro! ¡Estoy aquí arriba! ¡Auxilio, por favor! ¡Me tienen prisionera!

Y así continuó gritando, saltando sobre las puntas de los pies, deseperada porque la oyeran, mientras las oscuras figuras a bordo de la lancha empezaban a remar hacia las cuevas metidas en el acantilado bajo el castillo, dejando atrás una brillante estela plateada. Estirando el cuello, observó la lancha hasta que desapareció de su vista, y luego se dejó caer desplomada de rodillas sobre la mesa.

Podía gritar hasta quedar lela, pero eso no le traería la liberación, porque ésos eran los hombres del Dragón, y ése era su barco.

El velero explicaba cómo él se había apoderado del castillo sin que se enterara ni una sola alma en Ballybliss. Explicaba cómo se las había arreglado para introducir furtivamente en el castillo todos sus lujos hedonistas: la hermosa cama de cuatro postes tallados, el colchón de plumas, las velas de cera de abeja…, tal vez incluso el espejo que reflejaba sólo lo que él quería que ella viera. Y explicaba cómo escaparía una vez que le hubiera extraído a la aldea lo último de su oro y su orgullo.

En otro tiempo ella había soñado con un barco así. Un barco que se la llevara lejos de Ballybliss, a un mundo donde viejas y mohosas bibliotecas contenían vastos tesoros encuadernados en piel; un mundo donde salones con hermosos tapices resonaban con conversaciones inteligentes e ideas atrevidas; un mundo donde un hombre podía mirar a una mujer en busca de algo más que una cara acorazonada o la delicada finura de su cintura.

Y de pronto comprendió de quién era ese mundo. Era el mundo de de él, del Dragón.

Saltó de la mesa y empezó a pasearse por la habitación, ciega a todo lo que no fuera su creciente furia. Era posible que él se marchara sin siquiera tomarse la molestia de liberarla; los aldeanos ya la creían muerta. ¿Qué más les daba a ellos que se la comiera un dragón o se pudriera en esa elegante prisión? Él podía dejarla pudrirse ahí metida en el vestido de una de sus amantes desechadas, mientras él volvía a ese mundo elegante de bailes y salones, un mundo que ella nunca conocería.

Con las manos temblorosas por la reacción, buscó la caja de cerillas y encendió todas las velas. Estaba furiosa con su captor sin rostro, pero estaba más furiosa consigo misma por haber caído tan estúpidamente bajo su hechizo.

Recorrió la habitación con la vista. Gracias a la pródiga generosidad de su anfitrión, no escaseaban allí los objetos con los cuales podía aplastarle la cabeza la próxima vez que pasara por esa puerta panel. Pero al parecer él estaba evitando su compañía con el mismo empeño con que antes la había buscado.

Sus ojos se posaron en la cena a medio comer. Conque milord Dragón creía que podía conquistar su favor con pródigos regalos y palabras bonitas escritas en papel caro, ¿eh? Bueno, tal vez era hora de que Gwendolyn Wilder le demostrara que estaba hecha de un material más resistente.

Tupper entró en la antesala a las mazmorras y dejó la bandeja sobre la mesa. El Dragón continuó haciendo anotaciones en su libro de cuentas encuadernado en piel. Su letra podía contener rasgos de pasión, pero las cifras de las columnas eran tan claras y precisas como las de una tía solterona.

—Te dije que no tengo hambre, Tup —dijo, pasando una página sin siquiera alzar la vista—. Pero este ventoso mausoleo me ha helado hasta los huesos. No logro encontrar mi capa. ¿La has visto?

—No me imagino dónde podría haberse metido —repuso Tupper, y se aclaró la garganta antes de poner la bandeja encima del libro—. Pero por lo visto no eres el único que no tiene hambre.

El Dragón estuvo un largo rato contemplando la bandeja con su contenido intacto, después miró a Tupper.

—¿Está enferma?

—No tiene aspecto de estarlo. Pero esta es la sexta comida que rechaza.

—Dos días —musitó el Dragón, empujándose hacia atrás con las manos en el borde de la mesa—. Dos días sin alimento. ¿Qué clase de juego es este?

—Uno peligroso, si quieres mi opinión. Esta noche no pude dejar de notar lo pálida que está. Además, se tambaleó, y se habría caído si yo no la hubiera sujetado por el codo.

Con los dedos tensos, el Dragón se echó hacia atrás el mechón rebelde que le caía sobre la frente. La falta de sueño no le mejoraba nada su vivo genio. Su primer impulso fue coger la bandeja, ir directamente a la torre y obligarla a comer aunque tuviera que meterle a cucharadas la comida por la garganta.

Comprendiendo que este era también su segundo impulso, se levantó y cogió la bandeja.

Tupper lo detuvo poniéndole una mano en el brazo.

—El sol recién se está poniendo —le advirtió—. Todavía no está totalmente oscuro.

Soltando una maldición, el Dragón volvió a sentarse. Él había elegido su papel, por lo tanto, como cualquier predador nocturno, tendría que esperar que cayera la oscuridad para ir a enfrentar a su presa.

—¿Adónde vas? —gritó, mirando ceñudo la espalda de Tupper, que iba saliendo.

—A aterrorizar a los aldeanos, como sabes. Se me ocurrió que esta noche podría saltarme el toque de gaita y comenzar temprano.

—Comenzar temprano y terminar tarde, supongo. Últimamente has estado acometiendo tus deberes con encomiable entusiasmo. Anoche ya era bien pasada la medianoche cuando te sentí llegar.

—Ya sabes lo que dicen —dijo Tupper, sonriendo con sonrisa angelical y saliendo por la puerta—. El demonio nunca termina su trabajo.

—No —musitó el Dragón, con los ojos sombríos, mientras cogía una galleta dulce de la bandeja y metiéndosela en la boca—. Supongo que no.

Gwendolyn había estado esperando al Dragón, pero de todos modos pegó un salto cuando el panel se abrió con tanta fuerza que fue a chocar en la pared, despertándola.

Se acurrucó junto a la cabecera de la cama, con el corazón palpitándole en la garganta. La luna aún no pasaba sobre su ventana, de modo que en la oscuridad sólo logró distinguir una figura negra. El sonido desapacible de su respiración le dijo que si fuera un dragón de verdad, estaría echando fuego por las narices, fuego que le abrasaría los mechones que se le habían salido del gorro de noche.

Él colocó algo sobre la mesa y se giró a mirarla. Incluso en la oscuridad, su mirada era tan palpable como su contacto. Gwendolyn no logró desechar la sensación de que sus ojos veían perfectamente bien en la oscuridad, de que le veía claramente el alocado palpitar del pulso en la garganta, el desacompasado subir y bajar de su pecho.

Debería haber sabido que él la iba a obligar a romper el tenso silencio.

—Buenas noches, milord Dragón. ¿A qué debo el honor de esta visita?

—A su estupidez. Tupper me ha dicho que durante dos días no ha comido nada.

Ella levantó un hombro en elegante gesto de indiferencia.

—No tiene por qué preocuparse, señor. Como puede ver, sin duda, me haría falta saltarme mucho más de unas cuantas comidas para enflaquecer de modo peligroso.

Él echó a andar hacia la cama. Ella ya se creía muy capaz de no amilanarse ante él; pero estaba muy equivocada.

No sabía bien qué nefando acto de villanía esperaba que él cometiera, pero ciertamente no era que la cogiera en los brazos como si no pesara más que Kitty y la llevara hasta la mesa. Allí se sentó en la silla con ella en sobre los muslos.

—Abra la boca —le ordenó, sujetándola con tanta fuerza que le hacía difícil, si no imposible, debatirse.

La primera confusa idea de ella fue que tal vez él pretendía besarla más concienzudamente de lo que había hecho antes. Pero no fue su boca la que le tocó los labios sino una lisa y fría cuchara.

—Abra la boca y pruebe un poco, ¿ya? —susurró él, con un ronco matiz de súplica en la voz.

Gwendolyn no logró recordar ninguna ocasión en que la hubieran instado a comer. Lo que siempre solía oír era «Deja esa última galleta para Kitty, ¿ya?», o sentía el golpe que le daba Izzy en los nudillos con la cuchara de palo cuando estiraba la mano para servirse otra ración de avena. El fuerte olor a canela le recordó lo hambrienta que estaba. Le partía el corazón resistirse a él.

—No —masculló con los dientes apretados, agitando la cabeza como una malhumorada niñita de dos años.

Los dos sabían muy bien que él tenía la fuerza para meterle la cuchara por entre los dientes si lo deseaba. Pero resultó que no fue ese su deseo. Desapareció la cuchara, siendo reemplazada por el seductor y calido aliento de él sobre la comisura de sus labios.

Ese tierno susurro de aliento fue seguido por el ligerísimo roce de sus labios sobre los de ella. Le pareció que los labios se le ablandaban y entreabrían como por voluntad propia, y cuando él aprovechó esa blandura para introducir la lengua entre ellos, ella gimió por la impresión.

Antes que lograra despejar su aturdida mente, él ya había reemplazado la lengua por la cuchara y vertido el contenido caliente en su garganta. Ella trató de escupirlo, pero él volvió a cubrirle la boca con la de él, obligándola a tragarse la deliciosa cucharada de púdin de pan.

El púdin era dulce, pero no tanto como la deliciosa lengua de él moviéndose sobre la suya.

Lo empujó por el pecho, obligándolo a interrumpir el beso, pero cuando abrió la boca para emitir una ofendida protesta, él simplemente volvió a meterle la cuchara llena por entre los labios, como si ella fuera una pajarilla recién nacida caída del nido y él el naturalista resuelto a salvarla.

Antes que él pudiera volver a levantar la cuchara, ella ya había logrado recuperar el sentido común que él le había desperdigado con tanta pericia.

—Si me pone una cucharada más de eso en la boca sin mi permiso, se lo escupiré en la cara.

—Vamos, vamos, no querrá herirle los sentimientos a Tupper, ¿verdad? Él se cree todo un chef de cocina, ¿sabe? Debería haberlo dejado que probara en usted su nueva receta de *haggis* —añadió, refiriéndose al popular plato escocés de tripas de cordero rellenas con hierbas.

—Tupper puede ser un buen cocinero, señor, pero usted es un despreciable déspota.

—Sólo cuando me veo obligado a tratar con una cría tozuda.

Gwendolyn trató de zafarse de sus brazos, hirviendo de furia.

—¿Qué soy, milord Dragón, un animalito mimado o una cría tozuda? ¿O eso depende de mi docilidad para someterme a sus caprichos?

Él la estrechó con más fuerza.

—No sabe nada de mis caprichos, si lo supiera dejaría de moverse de esa enloquecedora manera.

Ella dejó de moverse. La oscuridad que los envolvía parecía sensibilizarle más todos los sentidos; sentía intensificados la resollante cadencia de su respiración y el golpeteo de su corazón en la palma; el vello crespo que le salía por el cuello abierto de la camisa le hacía hormiguear las yemas de los dedos. Pero fue la forma rígida y cálida que sintió debajo del trasero la que le produjo un estremecimiento de terror por todo el cuerpo. Se tensó, quedándose tan rígida como una marioneta.

—Ahora bien —dijo él, en tono mortalmente serio—, ¿va a comer o tengo que volver a besarla?

Su aliento le rozó la ardiente mejilla, advirtiéndole que tenía toda la intención de cumplir la amenaza.

—Comeré —ladró, abriendo la boca.

—Conoce muy bien la manera de desinflar la opinión de un hombre sobre sus encantos —comentó él, pesaroso, dándole una cuchara a rebosar de púdin.

El conocimiento de ella de la anatomía masculina podía limitarse a lo que había oído en las conversaciones entre Nessa y Glynnis, pero por lo que podía decir, los encantos de él no daban señales de desinflarse. Tragó.

—La mayoría de los hombres no se sienten impulsados a ofrecer besos como forma de castigo.

—Vamos, en el pasado he conocido damas que los consideraban una recompensa.

—¿Las tenía cautivas o esta es una diversión reciente para usted?

—Puedo asegurarle que ninguna de ellas era tan divertida como usted —contestó él, pasándole la cuchara bajo el labio inferior para recoger un poco de púdin que le había caído.

La enloquecía estar tan cerca de él y no poder distinguir nada de su fisonomía aparte de una máscara de oscuridad. Tendría que resultarle insoportablemente violento estar así acunada en el regazo de un desconocido, pero en algún momento entre su primer encuentro y ese momento, él había dejado de ser un desconocido. Podía no ser nada más que un fantasma hecho de sombras y texturas, pero esas sombras y texturas se le estaban haciendo tan familiares como el fino pelo de su padre entre sus dedos y el sonido de la respiración de Kitty en la oscuridad.

—Vi el barco —dijo, desesperada por distraerlos a los dos de la manera como sus alientos mezclados parecían ir acercando sus labios.

Le tocó a él ponerse rígido.

—Ah, ¿y eso fue lo que le estropeó el apetito?

—Sí, porque todavía no logro entender por qué un hombre de sus evidentes recursos quiere robarles a personas que tienen tan poco.

—Tal vez no lo considero un robo. Tal vez simplemente lo considero aligerarlos de algo que nunca fue legítimamente de ellos para empezar.

—Si se refiere a las mil libras, ¡no existen! Nunca han existido.

—¿Y por qué habría de creerle, señorita Wilder? —preguntó él, nuevamente con ese enfurecedor matiz de diversión en la voz—. Sólo hace unos días no creía que existieran los dragones.

—Y sigo sin creerlo. Y aún falta que me demuestre que estoy equivocada.

—Entonces tal vez yo tampoco creo en las doncellas. ¿Está dispuesta a demostrarme que existen?

Gwendolyn no encontró respuesta para ese provocativo reto. Sólo pudo echar atrás la cabeza para mirar el brillo de sus ojos.

Él cogió una de las guedejas doradas escapadas de su gorro y se la enrolló en los dedos.

—Tenerla aquí... —le dijo, bajando la voz a un ronco susurro—, así... ¿Tiene una idea de lo que le hace eso a un hombre como yo?

—¿Le adormece las piernas? —osó preguntar ella.

Él estuvo un largo rato en silencio y de pronto se le escapó un agudo ladrido de risa. Sin dejar de reírse, la levantó en los brazos y se dirigió a la cama. Sin siquiera inclinarse un poco, la lanzó sobre el colchón. Ella reptó hasta la cabecera de la cama, creyendo por un instante que él podría tener la intención de acostarse también.

Pero él se sentó a su lado y apoyó las palmas en la cabecera, dejándola aprisionada entre sus brazos.

—Come, Gwendolyn Wilder —le ordenó, acercando su cara a la de ella—, porque si no te comes todo lo que hay en esa bandeja, volveré con el *haggis* de Tupper. Y entonces lamentarás no haber elegido mejor mis malditos besos.

Un instante después, ya había desaparecido por el panel, dejándola sola, pensando si no lo lamentaba ya.

Capítulo 12

*E*l día siguiente amaneció pesadamente opresivo. Gwendolyn se comió obedientemente todas sus comidas bajo el vigilante ojo de Tupper, aunque la comida le sabía a serrín. No sabía si su pobre y asediado corazón sería capaz de soportar otra de las visitas nocturnas del Dragón.

Durante todo el interminable día, incluso Tupper parecía distraído. En lugar de parlotear como solía hacer, se pasaba la mayor parte del tiempo mirando ansioso la puerta, como si fuera él el prisionero y no ella. Después de tragarse el estofado de becada y el tazón de sopa de pescado llamada *cullen skink*, le dijo que podía marcharse, convencida de que prefería irse a la cama temprano antes que soportar un momento más de sus penosos intentos de hacer conversación.

Se había levantado de la mesa y acababa de apagar la última de las velas cuando entraron por la ventana las primeras conmovedoras notas de música de gaita. Estremeciéndose en la oscuridad, subió a la cama, y se sentó con la espalda apoyada en la cabecera y los brazos alrededor de las piernas flexionadas hasta el pecho. Aunque ya sabía que los dedos que pulsaban los tubos eran muy humanos, su doliente lamento seguía evocándole sus propios fantasmas de tristeza y pesar.

Por un melancólico momento la belleza pura de la música le permitió olvidarse del Dragón y recordar al esbelto muchacho cuyo rebelde mechón de pelo oscuro insistía en caerle sobre los ojos verde esmeralda. Ese castillo había sido su hogar, y si alguien no hubiera traicionado a su padre delatándolo a Cumberland, todavía podría ser el señor allí. Levantó la vista hacia las ninfas en sombra retozando en el cielo raso, pensando si alguna vez él habría dormido en esa habitación.

Si hubiera vivido, ella tendría que haberlo observado desde las sombras casándose con otra mujer, la hija noble de algún jefe de clan vecino o alguna de las muchachas más bonitas del pueblo, tal vez incluso con Glynnis o Nessa. Habría tenido que sonreír a través de las lágrimas al ver a su hijo de ojos verdes montado en su propio poni pasando bajo el árbol que fuera su refugio cuando niña. Pero su pena habría sido un pequeño precio a pagar por la alegría de ver crecer a Bernard MacCullough hasta la edad adulta, como la esperanza y orgullo de su clan.

Se tocó la mejilla y la sorprendió encontrarla mojada de lágrimas. No lloraba sólo por ese muchacho muerto sino también por la niña que lo había amado. La niña que merodeaba por la espesura de los valles y los serpenteantes corredores de ese castillo suspirando por divisarlo aunque fuera de lejos. A veces tenía la impresión de que los dos habían muerto en el momento en que la primera bala de cañón atravesó la torre del homenaje del castillo.

La música de gaita terminó con una nota lastimera. Se tendió de costado y se cubrió con la sábana hasta el mentón, pensando qué habría pensado ese muchacho de la mujer en que se había convertido.

En el sueño, Gwendolyn volvía a ser niña e iba corriendo por el laberinto de corredores del castillo; lo oía pero no lo veía. Él iba delante de ella, danzando por la escalera de caracol, llegando de un salto a los rellanos, con la rauda agilidad de un gato. A los oídos llegaba su risa, osada y traviesa, pero por mucho que ella le gritara que se detuviera, él seguía corriendo, negándose a creer que podía ocurrirle algún daño.

Ella miró aterrada por encima del hombro, estremecida por el fuerte retumbo de los cañonazos. Si no le daba alcance pronto, sería demasiado tarde. Pero era demasiado gorda, demasiado lenta. Sus piernas cortas y regordetas no podían con las largas y delgadas de él. Antes que ella pudiera doblar por una esquina, él ya iba doblando por la siguiente. «¡Gwendolyn!», canturreaba él, instándola a que no renunciara a la persecución.

Los cañones ya sonaban más fuerte, y los esporádicos cañonazos hacían temblar el suelo. ¿Es que él no los oía? ¿No los sentía?

Cuando bajaba por la escalera principal, alcanzó a verlo entrar corriendo en la sala grande, su manta de tartán escarlata con negro ondeando detrás de él como alas.

El pecho se le hinchó de esperanza; si lograba cogerle esa manta, podría sujetarlo firme, podría estrecharlo en sus brazos y mantenerlo allí a salvo para siempre.

Cuando sus pies tocaban las losas del pie de la escalera, un ensordecedor rugido estremeció el castillo. Cayó se rodillas tapándose los oídos con las manos.

Cuando por fin se atrevió a abrir los ojos y bajar las manos de sus oídos, había acabado el ruido de cañonazos, dejando un espeluznante silencio.

Se puso lentamente de pie, atraída por la enorme puerta en arco de la sala grande. La voz le salió ronca al gritar su nombre.

La única respuesta que recibió fue el murmullo del polvo que caía del techo. Deseó creer que el tozudo muchacho estaba escondido, que probablemente estaba reprimiendo la risa, preparándose para saltar a asustarla desde un oscuro rincón.

Pero entonces vio el bultito escarlata con negro tirado en el suelo de la sala. Se arrodilló a pasar suavemente la mano por la lana, esperando encontrarla empapada de sangre, como la había encontrado en miles de otros sueños. Pero la manta estaba seca y no le manchó los dedos.

Esos dedos comenzaron a temblarle cuando cogió una esquina de la manta y le dio un tirón. En lugar de resistirse, como hacía siempre, la prenda voló hacia ella, dejándola boquiabierta de asombro.

No había nadie debajo de la manta; el muchacho había desaparecido.

El Dragón se sentó brucamente en su jergón, su musculoso torso brillante de sudor a pesar del aire frío. Ahí venían, los oía; oía el ruido de los cascos de los caballos; el retumbo de las ruedas de un carro por el surcado camino hacia el castillo; oía el enredo de voces, maldiciendo y gritando órdenes; oía los esporádicos disparos de mosquetes. Se levantó de un salto, con la respiración rápida y jadeante, y se puso la camisa.

Subió a tientas la escalera, sin molestarse en encender una vela ni una lámpara. Desembocó en la casa del guarda y se desconcertó al encontrar oscura y desierta la cavernosa habitación, en lugar de estar llena de hombres preparándose para la batalla. Echó a andar hacia la capilla, rogando a Dios que encontrara a alguien ahí, pero sus gritos interrogantes volvían a él en resonantes ecos. Parecía que hasta Dios lo había abandonado.

Cuando pasó corriendo junto a una ventana, un relámpago de luz casi lo cegó. Había llegado demasiado tarde, ya habían encendido la primera mecha.

Se detuvo en el vestíbulo principal del castillo, con el pecho agitado y las manos apretadas en puños. Nunca más volvería a esconderse asustado en la oscuridad, esperando oír el maldito silbido de esa primera e inminente bala de cañón. Nunca más volvería a confiar su destino a una liberación que no llegaría. Abrió la puerta y salió a la noche.

Llegó hasta el medio de patio y abrió los brazos, invitando a los cabrones a volarle los huesos y convertírselos en astillas. Cerrando los ojos, echó atrás la cabeza y lanzó un rugido que pareció salido del fondo mismo de su alma. Pero ese angustiado aullido no podía compararse con el estallido que estremeció la tierra bajo sus pies.

El estallido continuó en un apagado retumbo. Abrió los ojos, sorprendido al encontrarse todavía de pie. La lluvia le caía a chorros, pegándole la camisa y las calzas al cuerpo y llevándose con ella los últimos restos de la locura que se apoderara de él.

—Ay, Dios —susurró, cayendo de rodillas.

Si hubiera sabido que se aproximaba una tormenta, no se habría permitido dormir. Si Tupper hubiera estado ahí habría intentado distraerlo con alguna graciosa anécdota, con una partida de ajedrez, una copa de oporto, con cualquier cosa, para aliviarle la torturante locura que amenazaba a su alma.

Se cubrió la cara con las manos. Era capaz de mantenerse erguido en la cubierta de un barco y aguantar sin encogerse los cañonazos ordenados por él, pero ahí, en ese maldito lugar, hasta el ruido de un trueno lo llevaba al borde de la locura.

Levantó la cabeza justo en el momento en que un relámpago le reveló que estaba arrodillado a los pies de Afrodita. La tormenta anterior le trajo a Gwendolyn, recordó, una distracción mucho más agradable que cualquiera que pudiera ofrecerle Tupper. Lo estremeció caer en la cuenta de lo mucho que deseaba ir a verla en ese momento.

Se puso de pie, con los huesos doloridos, capeando el azote del viento y la lluvia, corrió hacia el castillo, resuelto a recurrir al único solaz que se merecía.

Gwendolyn despertó bruscamente. Al principio confundió los latidos de su corazón con el eco de los cañonazos de su sueño, pero esto sólo duró hasta que la luz de un relámpago fue seguida por un fuerte trueno. Ráfagas de viento azotaban la torre y aullaban de frustración al resistirse esta a desmoronarse bajo su fuerza.

Se rodeó con los brazos, sin dejar de temblar. Casi deseó que el Dragón estuviera ahí, casi deseó que la dulzura de su beso le lavara el amargo sabor de la pesadilla. Pero la deslumbrante luz de un relámpago le demostró que estaba sola.

Poco a poco el viento se fue calmando. Ladeó la cabeza al sentir un curioso golpeteo, demasiado rítmico para ser un trueno. Casi soltó un chillido cuando *Toby* aterrizó sobre sus pies con un suave ruido.

—¿De dónde diablos vienes, grandullón? —le preguntó, pasándole los dedos por el peludo lomo—. Juraría que Tupper te hizo salir cuando se marchó.

La única respuesta del gato fue un retumbante ronroneo. Gwendolyn se bajó de la cama y empezó a caminar a tientas afirmándose en la pared. Entre relámpago y relámpago, la habitación se volvía oscura como boca de lobo.

A tientas buscó la puerta panel, pero su mano sólo tocó aire. Entonces comprendió: el ruido que la despertó era el panel al golpearse suavemente contra la pared, atrapado en los potentes dedos de la ráfaga de viento que lo abrió.

La puerta estaba entreabierta. La libertad era suya.

Capítulo 13

Gwendolyn se apartó de la puerta retrocediendo, pensando si no estaría soñando todavía. Si se atrevía a atravesar ese umbral, ¿oiría el golpeteo de los pasos de un muchacho en la escalera? ¿Oiría el burlón sonido de su risa instándola a seguirlo?

Se pellizcó la tierna piel del interior del brazo, bien fuerte. Tranquilizada por el dolor, hizo una honda inspiración y pasó por la abertura.

Al encontrarse en el aire frío y húmedo comprendió que hasta el momento no había pensado en el trabajo que costaría hacer cálida y acogedora su habitación de la torre. Bajó a tientas la estrecha escalera de caracol, pegada al muro para esquivar un chorro de lluvia que caía de una grieta en el techo. De pronto el ruedo del camisón se le quedó cogido en un bloque de piedra roto, lo liberó de un tirón y con el impulso bajó a tropezones tres peldaños; el torpe movimiento la dejó cara a cara ante...

El vacío.

En la pared norte había quedado un inmenso agujero irregular, dejando a la vista el mareante panorama de las blancas crestas del mar azotado por la tormenta. En el cielo sin luna bailaban las parpadeantes luces de los relámpagos, iluminando la rugosa cara del acantilado y el inmenso abismo que caía hasta las rocas de abajo.

Retrocedió unos peldaños, aplastándose contra la pared opuesta. ¿Esos eran los terrores que tenía que vencer el Dragón para ir a visitarla en la oscuridad de la noche?

Por unos momentos temió no ser capaz de apartarse de la pared.

Pero respirando lento y cerrando los ojos, consiguió pasar junto al inmenso agujero y continuar bajando hasta la galería de abajo.

Al final de la galería había un tramo ancho de peldaños de piedra.

Empezó a bajar por esa escalera, no del todo convencida de que no era un sueño. En su sueño sus pasos no eran lentos ni torpes, parecía ir volando por la escalera, con los volantes de la orilla del camisón flotando detrás.

Cuando llegó al vestíbulo de entrada, sintió en la cara una brisa fresca de olor a lluvia; la puerta astillada que daba al patio estaba abierta, colgando de la mitad de sus goznes, en una invitación que ella no podía declinar.

Aceleró el paso en dirección a la puerta, tratando de imaginarse la alegría que iluminaría la cara de su padre cuando ella se arrojara en sus brazos. Entonces se detuvo, no lograba enfocar sus queridos y conocidos rasgos, y por su cabeza pasó un inquietante pensamiento. ¿Y si él no la había echado de menos? Cuando el Dragón la hizo su prisionera, había pensado que la locura de su padre era una bendición; pero en ese momento no estaba tan segura de que lo fuera. ¿Y si su padre se limitaba a apretarle la mano, llamarla «su niña buena» y enviarla a la cama? Entonces no tendría nada que hacer aparte de ir a meterse en su cama con uno de los boletines del reverendo Throckmorton, preocuparse por Kitty y esperar que Nessa volviera de los brazos de su último amante.

Se giró lentamente. La enorme puerta en arco de la sala grande parecía llamarla, igual que en su sueño.

Dio un paso, dio otro paso, y se le aceleró el pulso con una extraña mezcla de fascinación y miedo.

La sala grande había sido otrora el corazón del castillo Weyrcraig, y fue ese corazón el que destruyó el ataque de Cumberland. Una bala de cañón aplastó una buena parte del techo, dando libertad a las nubes para descargar el agua sobre su rota lona. Ya había escampado bastante la lluvia, y por entre el velo de nubes empezaba a asomar la luna, tímidamente al principio, como para asegurarse de que la tormenta se había marchado y era seguro salir. Maltrechos estandartes colgaban de las macizas vigas que no quedaron rotas por el golpe; el color escarlata de los dragones que danzaban en su fondo negro había tomado el matiz de sangre seca. Un macizo hogar de piedra dominaba en la pared del fondo, su repisa tallada a mano cubierta de telarañas.

Entró en la sala, sintiéndose apenas más sustancial que los fantasmas que sin duda vivían en ese lugar. Casi oía los ecos de sus risas, de sus voces elevadas en un himno, con las copas alzadas en un victorioso brindis al poderío y majestad del que otrora fuera el clan MacCullough.

Sacudió la cabeza para desechar esa fantasía. No eran los fantasmas de esos guerreros muertos los que la atormentaban sino, el fantasma de la mujer que en ese tiempo se esforzaba en hacer un hogar de esa ventosa sala. Recordaba a la esposa de MacCullough; era una mujer robusta, de alma bondadosa, que se reía muchísimo y adoraba a su único hijo. Su toque dulcemente femenino estaba en todas partes. Bajo un espejo quebrado había un sofá enmarcado por cenefas de madera labrada con espirales y volutas, el relleno de algodón colgando de los cojines rotos. En lugar de oscuros y tristes tapices, las paredes habían estado revestidas por lino francés de etéreos colores rosa y azul pastel. Una columna corintia estaba caída de costado sobre un charco de agua de lluvia.

Para atravesar la sala tuvo que abrirse paso por un campo de cerámica rota. Se inclinó a recoger un trozo de un tiesto de porcelana fina y pasó el pulgar por su lustrosa superficie. Se había pasado la vida deseando tener cosas tan hermosas, y no pudo dejar de lamentar su destrucción y los fragmentos rotos de los sueños que representaban.

Estaba haciéndolo girar en la mano cuando su pie tocó una cabeza sin cuerpo. Estaba a punto de lanzar un chillido cuando cayó en la cuenta de que era la cabeza de mármol de la estatua que estaba en el patio, Afrodita, sus bien formados labios curvados en una sonrisa de complicidad, compasiva y burlona al mismo tiempo.

Entonces fue cuando lo vio.

Estaba sentado, como siempre, en las sombras. Pero esa noche parecía que ni siquiera las sombras bastaban para ocultarlo. Estaba sentado en la silla central de una larga mesa de caoba, con la cara apoyada en los brazos cruzados sobre la mesa. Delante de él había un decantador de cristal con un dedo de whisky en el fondo, junto con una caja de cerillas de plata y una vela que no se había molestado en encender. No llevaba chaqueta ni chaleco, sólo una camisa blanca arremangada descuidadamente hasta encima de los codos. Por la forma como tenía el fino lino pegado a sus potentes hombros, marcando todas sus fibras y músculos, Gwendolyn supuso que debía de estar empapado hasta los huesos.

Él parecía no haber advertido su presencia; lo único que tenía que hacer era salir de puntillas, y estaría libre de él para siempre. Pero antes de que pudiera girarse y echar a andar, retumbó un trueno en la distancia, y por los rígidos músculos de él pasó un estremecimiento.

Antes de darse cuenta de lo que iba a hacer, ella ya estaba junto a él poniéndole suavemente una mano en el hombro.

Él levantó la cabeza sin mirarla, dejando caer gotas de lluvia.

—Buenas noches, señorita Wilder.

—¿Cómo supo que no era Tupper?

—Tupper sabe muy bien que no debe caer sobre mí en la oscuridad. Inadvertidamente podría resultar con el cuello cortado.

Gwendolyn tragó saliva.

—Pero claro —añadió él—, su cuello no es ni de cerca tan bonito como el suyo.

El whisky no le había puesto la lengua estropajosa, pero había suavizado las consonantes duras y las vocales abiertas, dando a su habla una encantadora armonía. Antes que ella pudiera retirar la mano de su hombro, él se la cogió firmemente y le pasó el pulgar por la palma.

—Tampoco son tan suaves sus manos. Tal vez sólo es un sueño —musitó, pasándose el dorso de su mano por la mejilla—. Dígame, ¿tendría la espinosa señorita Wilder la compasión para venir a mí en mis sueños con sus manos suaves y su piel con olor a sueño?

El delicioso calorcillo que emanaba de su contacto sólo la puso más espinosa.

—No creo que los hombres atontados por la borrachera sean capaces de soñar.

El Dragón emitió una risita dura.

—Tal vez no es usted un sueño, sino un fantasma. La dama blanca del castillo enviada a advertirme que me marche de este lugar antes que me cueste mi alma inmortal. —Giró la cabeza para mirarla, su expresión oculta por las sombras—. Ah, pero tal vez la siempre pragmática señorita Wilder no cree en los fantasmas, ¿verdad?

—Pensaba que no —repuso ella en voz baja, asustada de que él hubiera expresado con tanta precisión su propio sueño—. Pero al estar en un lugar como este, no estoy tan segura.

Se sintió extrañamente abandonada cuando él le soltó la mano y se levantó, alejándose hacia el hogar, la parte más oscura. Le pareció que el frío húmedo de la sala se le metía en los huesos.

Él levantó la cara hacia las vigas astilladas.

—¿Se le ha ocurrido pensar cómo se sentirían esa noche? Traicionados por uno de los suyos, abandonados por aquellos en quienes confiaban que los defenderían. Lo único que podían hacer era acurrucarse en la oscuridad con sus exiguas armas y esperar que cayera del cielo la primera bala de cañón.

—Podrían haber huido a la noche con Bonnie el príncipe Charlie —dijo ella, pensando, como siempre hacía, por qué no lo hicieron.

La risa de él sonó con muy poco humor.

—Eso podría haberles salvado la vida, pero les habría costado su precioso orgullo. —Pasó el índice por el lema grabado sobre la repisa del hogar—. Con razón o sin razón…

—… un MacCullough siempre da la batalla —terminó ella.

No le hacía ninguna falta leer el lema; sus odiosas palabras estaban grabadas en su corazón.

—¿Había niños? —preguntó él en tono despreocupado, pasando el dedo por la gruesa capa de polvo de la repisa.

Entonces fue Gwendolyn la que se giró, buscando ocultarse de la luz de la luna.

—Tenían un hijo. Era un niño.

—Sólo uno. Eso es raro, ¿verdad? Yo creía que estos señores de las Highlands engendraban hijos como conejos.

Gwendolyn negó con la cabeza.

—Su esposa sólo pudo darle ese único hijo. Pero a diferencia de muchos hombres, él nunca se lo reprochó, la trataba como si le hubiera dado el más extraordinario y precioso de los regalos: un hijo. Un heredero que dirigiría el clan cuando él muriera. —Se le debilitó la voz hasta un murmullo—. No creo que los aldeanos se recuperen jamás de su pérdida.

El Dragón rió burlón.

—Por lo que me ha dicho de la buena gente de Ballybliss, dudo que alguien haya derramado una lágrima por él.

—¡Yo! —exclamó ella, girándose a mirarlo. Sin poder soportar su silencio, caminó hacia los restos de una ventana—. Yo era poco más que una niña cuando murió, pero supongo que ya a esa edad estaba medio enamorada de él. —Una triste sonrisa le curvó los labios—. Qué tonta, ¿verdad?, al creer que un muchacho como él podía dedicar un pensamiento a una niña gorda y torpe como yo.

—Su única tontería fue creerse enamorada de alguien que era poco más que un niño también.

—Ah, pero es que usted no lo conoció. Era un muchacho muy extraordinario. Fuerte, amable y noble. Incluso entonces era evidente qué clase de hombre sería cuando creciera.

—Un dechado de bondad, sin duda —dijo el Dragón, en tono extrañamente suave—, dado a levantar a los caídos, proteger la virtud de las inocentes y rescatar a doncellas en apuros.

—Una vez me rescató a mí. Pero yo era orgullosa y tozuda, y en lugar de darle las gracias como era debido, le di un mordaz sermón. No sabía que esa sería la última vez que lo vería vivo.

Miró hacia fuera, pero en lugar de ver los escombros deperdigados en el patio, vio un camino iluminado por el sol, bordeado por aldeanos llorosos, sintió la rugosa corteza al enterrar las uñas en el tronco del viejo roble y oyó el doliente lamento de las gaitas anunciando la muerte de todos sus sueños.

—Los vi llevando su cuerpo cerro abajo. Debo de haber estado escondida en el mismo árbol desde donde cientos de veces lo había observado pasar cabalgando por ese camino, pero esa última vez lo llevaban tendido boca abajo, atravesado sobre el lomo de su poni. Lo habían envuelto en la manta de tartán que él siempre llevaba con tanto orgullo.

Gwendolyn sabía que las lágrimas habían comenzado a correrle silenciosas por las mejillas, igual que ese día. Pero no sabía que el Dragón había dado dos pasos vacilantes hacia ella, con las manos apretadas en puños a los costados.

Se limpió unas lágrimas con el dorso de la mano y se giró a mirarlo.

Él se giró bruscamente, se tambaleó y se apoyó en la repisa con las dos manos.

—Le recomiendo que ahora se marche, señorita Wilder. Me siento solo y estoy borracho. Borracho he estado solamente unas pocas veces, pero solo me he sentido durante mucho tiempo, y eso no me hace compañía conveniente para hablar de fantasmas con una dama vestida solamente con su camisón.

A Gwendolyn la desconcertó esa admisión. Había supuesto que las penas de la soledad estaban reservadas para las mujeres feas con hermanas hermosas.

—¿Y adónde me recomienda que me marche, milord Dragón? ¿De vuelta a mi celda?

—No me importa un pepino dónde —gruñó él—. Mientras se ponga fuera de mi vista.

Gwendolyn no podría haberse marchado ni aunque en ese momento hubiera venido una bala de cañón dirigida directamente hacia la sala; no podía marcharse mientras hubiera una grieta en la armadura del Dragón por donde ella pudiera ver un atisbo de su interior.

—¿Regreso a la aldea, entonces? —Dio otro paso hacia él, con la idea de atraerlo a la luz de la luna con sarcasmos—. ¿Les digo que su feroz Dragón no es otra cosa que un hombre? ¿Un hombre que quiere hacerse temer pero esconde su cara porque tiene más miedo de sí mismo del que podrían tenerle ellos jamás?

—Dígales lo que le dé la maldita gana —gruñó él, sus nudillos blancos contra la madera caoba de la repisa.

Gwendolyn se acercó otro poco, con la mano levantada, pero no se atrevió a tocarle la rígida extensión de su espalda.

—¿Les digo también que no me ha mostrado otra cosa que amabilidad? ¿Que reemplazó mis harapos por ropas dignas de una princesa? ¿Que me obligó a comer cuando yo me habría matado de hambre por pura tozudez? ¿Que ha declinado devorar a la virgen que le ofrecieron en sacrificio?

Él se giró.

—No crea que no he pensado en eso. No crea que no lo estoy considerando en este mismo momento.

Ella vio brillar el hambre en sus ojos, pero él no le puso las manos encima. Fue eso, más que cualquier otra cosa, lo que la impulsó a tocarle la cara con las yemas de los dedos. Él hizo una inspiración resollante mientras ella le exploraba suavemente la cara, buscando la cicatriz, la quemadura o la deformidad que lo había llevado a vivir en la oscuridad, y marcado como una bestia a sus ojos y a los ojos del mundo.

Tuvo que echar a un lado un mechón de sedosos cabellos para pasar las yemas de los dedos por una frente fuerte y tersa; tenía unas cejas tupidas ligeramente arqueadas, las pestañas suaves como plumas bajo su palma. Siguió la curva de su pómulo hasta la firme línea de la nariz. Dobló los dedos para acariciarle la mandíbula ligeramente rasposa por la barba de un día. Estaba a punto de rozarle los labios con las yemas de los dedos cuando él le cogió la muñeca, gimiendo.

Ella pensó que le iba a apartar la mano, no que iba a apoyar las yemas de los dedos en sus labios para besárselas. Tenía los labios firmes, pero suaves. La tierna urgencia de su beso le hizo correr una ardiente y seductora dulzura por todas las venas.

Él la cogió por los hombros y la atrajo hacia sí.

—¿Te entregarías a mí, Gwendolyn? ¿Te sacrificarías para salvar a esta pobre y desdichada bestia en que me he convertido?

Invadida por una extraña calma, ella miró las sombras que componían su cara.

—Una vez me dijiste qué tenía que hacer para transformarte de bestia en hombre.

Rodeándole la nuca con una mano, le inclinó la cabeza y posó suavemente la boca en la de él.

Capítulo 14

Saboreando el regalo del beso de Gwendolyn, el Dragón se debatió consigo mismo. Era demasiado tarde para decirle que le había mentido, demasiado tarde para advertirle que su beso sólo tejería un encantamiento más peligroso que cualquiera que hubiera habido antes. En lugar de domarlo, su beso lo volvía loco; loco por besarla, loco por acariciarla, loco por poseerla. Hizo una estremecida inspiración mientras la boca de ella maduraba bajo la suya, con los labios entreabiertos en una invitación que él ya no tenía la fuerza para resistir.

Refrenándose para no asustarla, la rodeó con los brazos y movió la lengua por la húmeda calidez de su boca; ella sabía a inocencia y a avidez, y era justamente ese tímido ardor el que hacía su beso más enternecedor que cualquier caricia de una cortesana.

—Mi preciosa… mi inocente —susurró con la boca pegada a la comisura de sus labios—. Eres un sueño, ¿verdad? Un sueño hecho realidad.

Gwendolyn no habría creído nunca que el Dragón pudiera ser capaz de esa ternura. Su boca se deslizó hacia la curva de su mandíbula, dejándole una estela de hormigueante placer. Le besó el hoyuelo de la mejilla, bajó la boca hasta el hueco de su garganta y luego volvió a sus labios.

Eso no era un casto roce de labios, ni nebulosa mezcla de sus alientos; era un beso tan dulce y misterioso como la propia muerte. Mientras él le devoraba la boca con exquisita meticulosidad, ella tuvo que cogerse de su camisa para no caerse. Podía ser él el que estaba borracho, pero era ella la mareada, embriagada más por su dulce ternura que por el whisky que saboreaba en su lengua. Aunque su respiración era tan resollante como la de ella, sentía el corazón de su dragón latiendo fuerte y uniforme bajo la palma.

Él no interrumpió ese hechicero beso ni siquiera mientras la llevaba hasta ponerla apoyada contra la mesa. Ella había pensado atraerlo hacia la luz de la luna, pero jamás habría soñado que él la llevaría hasta la parte más oscura ni que ella iría con él de buena gana, incluso impaciente.

El borde de la mesa se le hundió en la parte baja de la espalda, él se apretó contra la blandura de su abdomen, demostrando de una vez por todas que no era una bestia sino simplemente un hombre, un hombre que la deseaba desesperadamente.

—Eres una condenada tontita. Deberías haberte marchado cuando te lo ordené —dijo él con voz ronca, estrechándola con más fuerza.

Ella le buscó a tientas la cara, encontrando más irresistible ese ronco reproche que su caricia. Él le rozó los labios con los de él, moviéndolos de un lado a otro en una seductora caricia que le hizo latir el corazón al doble de su ritmo ya desbocado.

Él empezó a desatar las cintas de satén que le cerraban el cuello del camisón. Le sintió temblar las manos cuando se lo bajó, dejándole al descubierto los hombros.

—Qué piel más fina tienes —susurró, pasándole los dedos suavemente, como pluma, por sobre el hueso de la clavícula.

—Las muchachas gordas suelen tenerla así —le informó ella, apoyando la ardiente mejilla en su pecho—. Ese es su consuelo por tener tanta.

Él le cogió la cara entre las dos manos y su voz sonó tan enérgica como sus manos:

—Si no eres una diosa entre las mujeres, ¿entonces por qué Afrodita se está poniendo verde de envidia ante la perspectiva de que te quite el velo?

Gwendolyn se rió temblorosa.

—¿Estás seguro de que no es solamente el moho?

Cuando el Dragón hundió la cara en el cuello de ella para ahogar su risa de exasperación, le fue casi posible creer que esa tierna blandura podría llenar los lugares vacíos de su vida.

—Si no crees los elogios que salen de esta lengua melosa, sencillamente tendré que darle otro uso.

Gwendolyn gimió desde el fondo de la garganta cuando él hizo exactamente eso, deslizando esa lengua melosa por entre sus labios a un ritmo tan antiguo como el del mar azotando las rocas bajo el castillo. Una fuerte excitación la recorrió toda entera cuando él llenó las manos con sus pechos, por encima del camisón de lino, y sus pulgares callosos le frotaron los pezones poniéndoselos rígidos. Ahogó una exclamación dentro de la boca de él, y él gimió en la de ella. El aliento de su dragón pareció llenarla, y sus llamas le encendieron un fuego furioso en la parte baja del vientre. Por encima del rugido de sus oídos, le oyó susurrar su nombre, como si fuera un encantamiento.

No pudo hacer otra cosa que gemir su rendición cuando él metió la mano bajo la falda del camisón, la subió por su pierna, deteniéndose a acariciarle la suavísima piel de la parte interior de la rodilla. Desde la mañana en que él la rescató de la ventana, había tenido buen cuidado de ponerse un par de calzones bajo el camisón. En ese momento comprendió lo tonta que había sido al creer que esa delgada capa de seda le protegería su virtud. Debería haber sabido que para un hombre como el Dragón serían más un aliciente que un estorbo.

Sólo cuando lo oyó hacer una entrecortada inspiración se acordó de la rajita abierta en la seda en la entrepierna de la prenda. Cuando esos dedos diestros y aristocráticos le rozaron el vello mojado por un deseo que ella ya no podía negar, se le pusieron lacios los muslos, invitándolo a, no, suplicándole que hiciera su voluntad con ella.

Así que eso era, pensó, dejando caer la cabeza, impotente, sobre un hombro. Ese era el impío éxtasis por el que Nessa y Glynnis habían trocado su inocencia y orgullo.

Él le bañó la boca con besos mientras al mismo tiempo la acariciaba y frotaba hasta dejarla pegajosa con un néctar más denso y dulce que la miel. Sólo entonces pasó el pulgar por encima del botón hinchado en el centro de los rizos. Sólo entonces introdujo un dedo en el ansioso agujero que jamás había conocido la caricia de un hombre.

Gwendolyn se arqueó, apretándose contra su mano, el placer derramándose por toda ella como una brillante cascada que parecía no tener fin. Estaba a punto de gritar su nombre cuando recordó, con una punzada de consternación, que no sabía cuál era ese nombre.

Era un desconocido. Un desconocido gigantesco ante ella en la oscuridad, con la cara oculta en las sombras y la mano bajo su falda. Sintiéndose repentinamente enferma de vergüenza, le empujó el pecho.

—No —exclamó, apartándose de sus brazos.

Él la siguió, deteniéndose justo en el borde de la oscuridad.

—¿Qué te pasa? ¿Creíste que te iba a forzar? Por el amor de Dios, Gwendolyn, ni siquiera yo soy tan monstruo.

Gwendolyn se cogió de un brazo del sofá, tratando de regularizar la respiración. No quería llorar delante de él; no era una llorona bonita como Glynnis o Nessa.

—No me entiendes. Nos eres tú. ¡Soy yo! —dijo, bajando la cabeza—. Debería haberte advertido. Todas las mujeres de mi familia parecen tener una terrible debilidad de la carne.

A él se le escapó una risa de alivio.

—Ah, ¿eso es todo? Te aseguro, preciosa, que lo que acabas de experimentar es absolutamente normal. No hay nada terrible en eso. Ni para ti ni ciertamente para mí.

Gwendolyn se giró hacia él.

—¿Sabes lo que dicen de mi hermana Nessa los hombres de la aldea? «Cuidado cuando le levantes la falda a esa muchacha Wilder, podrías descubrir que ahí ya hay otro muchacho.» Se hacen guiños y se dan codazos, susurrando: «¿Sabes qué es mejor que una muchacha Wilder de espaldas? Vamos, una de rodillas». —Vio que el Dragón la estaba observando desde las sombras, extrañamente inmóvil—. Nessa se ha entregado hasta que ya no queda nadie a quien podría entregarse. Y ahora mi hermana pequeña ha empezado a seguir ese mismo camino. ¿Pero cómo puedo condenarla cuando he demostrado no ser diferente de ninguna de ellas? Estoy igual de dispuesta a ofrecerme a cualquier sinvergüenza pico de oro que me bañe a besos o me alabe la suavidad de mi piel.

Él estuvo callado un buen rato, tan largo que Gwendolyn comenzó a pensar si no lo habría herido con sus palabras.

—¿Y a cuántos otros sinvergüenzas pico de oro te has ofrecido?

Ella pensó en la pregunta un momento, sorbiendo por la nariz para ahogar un sollozo.

—A ninguno. Solamente a ti.

—Vamos, te sientes toda una ramerita, ¿eh? —dijo él alegremente.

—¡No puedes negar que te dejé tomarte libertades indecibles!

—Ah, yo no las llamaría indecibles —repuso él, con la pronunciación cerrada nuevamente por el enfado—. Primero me dejaste besarte en la boca, después me dejaste acariciar esos exquisitos pechos tuyos a través del camisón, y luego me dejaste poner los dedos en…

—¡Basta! —exclamó ella, tapándose las orejas para no oír su intencionada burla—. ¿Cómo he podido dejarte hacerme esas cosas sin siquiera haberte visto la cara? ¿Sin siquiera saber tu nombre?

—Puede que eso sea cierto —dijo él en voz baja—, pero durante un momento habría jurado que me conocías el corazón.

A ella le tembló el pecho por el esfuerzo de contener las lágrimas. No deseaba otra cosa que correr a echarse en sus brazos, pero estaba tan atrapada por la luz de la luna como él por la oscuridad. Mientras él se negara a revelarle su identidad, la franja de suelo que los separaba seguiría siendo tan imposible de cruzar como el abismo que separaba el castillo del mar. Temerosa de intentarlo de todas maneras, se dio media vuelta y salió corriendo de la sala.

El rayo de luna que entraba por la puerta abierta le parecieron dedos que la llamaban hacia la libertad.

Subió corriendo la escalera, dejando al Dragón entregado a sus sombras. No lo vio salir corriendo de la sala, arriesgándose a la luz para seguirla. Tampoco lo vio desmoronarse contra la pared y pasarse las manos por el pelo cuando oyó los sollozos que resonaban abajo provenientes de la parte más alta del castillo.

Capítulo 15

—¡*P*or los clavos de Cristo! —rugió Izzy, estrellando sobre la mesa de la cocina una palangana llena de camisones de dormir sucios.

Kitty pegó un salto y Glynnis apartó su desayuno de galletas dulces y té de la ruta del agua sucia que cayó por el borde de la palangana. El perro que estaba dormitando junto al hogar echó una mirada al ominoso entrecejo de la criada y salió de la cocina.

Kitty y Glynnis se miraron desconcertadas, pero prudentemente guardaron silencio cuando Izzy tiró el contenido de la palangana en un inmenso perol de hierro que ya estaba humeando sobre la rejilla. Soltando más maldiciones en voz baja, Izzy cogió una cuchara de palo y comenzó a remover la colada, con el aspecto de una bruja preparando una poción de fatigas y problemas.

En ese momento entraba Nessa en la cocina, con los ojos todavía hinchados y soñolientos, aunque ya eran pasadas las diez de la mañana.

—Por el amor de Dios, Izzy, ¿tienes que gritar y dar tantos golpes? Es como para despertar a los muertos.

—A los muertos tal vez, pero no a ti —replicó Izzy, sacando la cuchara del agua el tiempo suficiente para sacudirla hacia ella—. Y tengo todo el derecho a gritar y dar golpes. Ya estaba en pie al alba, cuando tú y Kitty veníais recién entrando después de andar en amores toda la noche con hombres.

Kitty se ruborizó, mientras que Nessa se sentó en una silla y se desperezó, aprovechando el grácil movimiento para coger una galleta del plato de Glynnis.

—Puesto que por el momento el único muchacho que me interesa es Lachlan, deberías decir ese hombre.

La criada puso en blanco los ojos.

—Un hombre por vez, puede ser, pero siempre hay otro directo detrás.

—A diferencia de Nessa —terció Glynnis—, yo sé ser muy leal. Ni una sola vez me extravié de las camas de ninguno de mis maridos.

—Y a lo mejor fue eso lo que los mató —replicó Izzy—. Dos pobres viejos intentando hacer el trabajo de doce muchachos.

Mientras Nessa cacareaba de risa, Glynnis sorbió por la nariz y tomó un delicado bocado de la galleta.

—Tal vez debería llevarme mi desayuno a una de mis dos casas, Izzy. Sencillamente no tiene sentido tratar de hacer conversación educada cuando estás con ese humor de perros.

Izzy apuntó la cuchara hacia la pared.

—También tú estarías con un humor de perros, jovencita, si estuvieras encerrada en esta casa día y noche con ese padre vuestro. No sé cómo pudo aguantarlo vuestra pobre hermana todos estos años. Yo en su lugar le habría rogado al Dragón que me comiera.

Pasado un rato de sombrío silencio en honor de Gwendolyn, Kitty dijo en voz baja:

—Papá me confundió con mamá ayer. Se me cogía de las faldas rogándome que lo perdonara.

—Y bien que pida perdón —ladró Izzy—, puesto que fue su ambición la que mató a la pobre criatura.

Las tres muchachas se giraron a mirarla, puesto que jamás habían oído algo semejante en los labios de la criada.

Por un fugaz instante, la rubicunda cara de Izzy pareció enrojecida por algo más que por el calor del fuego. Desvió la mirada y removió la colada con renovada violencia.

—Sólo quise decir porque continuó intentando engendrarle un varón. Después de todo, ¿qué hombre no estaría contento con vosotras?

—Desde luego, ¿qué hombre no lo estaría? —masculló Kitty, apartando su plato.

Glynnis pasó su preocupada mirada a su hermana menor.

—¿Qué te aflige, gatita? Llevas varios días abatida. Eso no es propio de ti.

—¿No estarás criando, eh, muchacha? —le preguntó Nessa, dándole una palmadita en la mano.

—Eso era lo único que nos faltaba —gimió Izzy—. Otro culo por limpiar.

Kitty retiró la mano de la de su hermana, con los ojos centelleantes de furia.

—Claro que no estoy criando. ¿Cómo podría estarlo cuando tú misma me enseñaste a prevenirlo cuando me vino la primera regla?

Nessa se acomodó en su silla y se sirvió una taza de té, observando con cautela a su hermana.

—Y a mí me gustaría pensar que estás agradecida de eso.

—¿Por qué habría de estarlo cuando podrías haberme enseñado algo más útil? Como zurcir calcetines o abrillantar la plata o manejar la casa de un hombre.

—Créeme, Kitty —le dijo Glynnis, arqueando una ceja perfecta—. Estás mejor sabiendo manejar a un hombre que manejar su casa.

—Sí —añadió Nessa—, no es la plata la que la mayoría de los hombres quieren pulida.

Kitty pareció aún más furiosa.

—Tal vez no a todos los hombres les interesa «eso».

Glynnis y Nessa intercambiaron una mirada de complicidad.

—Si tiene un corazón que late, le interesa.

—¡No me digas que has conocido a un hombre capaz de resistirse a tus encantos! —bromeó Nessa.

La ira de Kitty remitió.

—Tal vez encuentra que no tengo ninguno —balbuceó, mirando afligida su taza de té.

Glynnis estiró la mano para revolverle el pelo.

—No seas ridícula. Vamos, todo el mundo sabe que eres la muchacha más bonita de Ballybliss.

—Y si piensas que a Glynnis no le cuesta reconocer eso, te equivocas —añadió Nessa, dirigiendo una sonrisa felina a su hermana mayor.

Después de arrugar la nariz hacia Nessa, Glynnis volvió su atención a Kitty.

—¿No habrás ido y hecho algo tonto, eh, cariño? ¿Como enamorarte, por ejemplo?

Emitiendo un patético gritito, Kitty hizo a un lado la taza y hundió la cabeza entre sus brazos cruzados sobre la mesa.

—Ay, ¿por qué no podría haber sido yo la que entregaron al Dragón los aldeanos?

—Vamos, ¿y por qué te iba a desear ese viejo Dragón rijoso? —exclamó Glynnis, esperando animarla—. Sólo le apetecen las vírgenes.

Mientras Izzy bufaba y Nessa acompañaba a Glynnis en sus alegres carjadas, Kitty se echó a llorar, se levantó de un salto y salió corriendo de la cocina.

Las dos hermanas la siguieron con las miradas, ya desvanecidas sus risas.

—¿Qué demonios sacas tú de eso? —preguntó Nessa, ceñuda.

—No lo sé —contestó Glynnis, poniéndose de pie—, pero pienso averiguarlo.

El Dragón estaba en las almenas más altas del castillo Weyrcraig, sentado en una de las troneras con la espalda apoyada en el merlón de piedra. No recordaba la última vez que había visto al sol naciente teñir de oro las crestas de las olas ni sentido la brisa del sur en la frente. Volvió la cara hacia el sol, bañándose en su gracia.

La tormenta de la noche había dejado el mundo limpio, haciéndolo oler tan fresco y puro como un bebé recién nacido. Ojalá sus pecados pudieran lavarse con la misma facilidad, pensó.

Incluso con los ojos cerrados seguía viendo a Gwendolyn a la luz de la luna, sus cabellos revueltos en un halo dorado y sus mejillas sonrosadas por el placer que él le había procurado. Era como si una de las semidiosas pintadas en el cielo raso de la torre hubiera caído a la tierra. Pero esos regalos no eran para las manos mortales de un hombre.

Y mucho menos para las de un hombre como él.

Recordando la dolida vergüenza que vio en los ojos de ella cuando se apartó de sus brazos, levantó las manos para mirárselas. Aun cuando querían dar placer sólo producían dolor.

Unos pasos apagados y una tímida tosecita le advirtieron que ya no estaba solo.

—Cuando fui a ver a Gwendolyn hace un momento —dijo Tupper en voz baja—, el panel estaba entreabierto. Al principio pensé que…

—… la encontrarías en mi cama —acabó el Dragón, mirando a su amigo con ironía—. Detesto manchar mi reputación, pero mis poderes de seducción ya no son lo que eran.

—Si eso es verdad, ¿por qué no huyó?

—¿Por qué no se lo preguntas a ella?

—No quise despertarla. Por sus mejillas manchadas de lágrimas deduje que había llorado hasta quedarse dormida.

Estalló la rabia del Dragón.

—¿Qué te pasa, Tup? ¿Ya te has aburrido de atormentar a los aldeanos? ¿No te ofrecen suficiente diversión?

—En realidad —dijo Tupper, apoyando una bota sobre una estrecha tronera—, encuentro muy divertidas sus rarezas. La vieja Granny se echó a la cama porque creyó que mi música de gaita era el lamento de un espíritu agorero que venía a buscar su alma. Uno de los hijos del herrero se lió a puñetazos con uno de los hijos del hojalatero porque los dos estaban convencidos de que fue el padre del otro el que traicionó a MacCullough. Y Ian Sloan casi mató a su mujer de un disparo cuando despertó de su borrachera y la confundió con el Dragón —puso en blanco los ojos—, o al menos eso asegura.

—Te estás poniendo algo amistoso con la buena gente de Ballybliss, ¿eh? —comentó el Dragón, mirándolo atentamente.

Tupper se ruborizó.

—¿De qué otra manera puedo averiguar dónde están escondidas esas mil libras?

El Dragón se volvió hacia el mar. La noche anterior hubo un momento en que le pareció que todos sus implacables planes retrocedían hacia las sombras ante la tierna dulzura del beso de Gwendolyn. Pero ese momento fue tan fugaz como el placer que compartieron. No tenía ningún futuro para ofrecerle, sólo un pasado.

Sus ojos siguieron el vuelo de una gaviota que bajó en picado por el rocoso acantilado.

—El barco está anclado en una cala un poco más allá del acantilado, ¿sabes? Sólo esperan mi señal para llevarnos lejos de este lugar.

—Ah, p-pero no hay n-ninguna p-prisa, ¿verdad? —tartamudeó Tupper—. Después de todo, los aldeanos sólo están empezando a dar señales de ruptura. No debemos precipitarnos. Tal vez si les damos otras dos semanas…

El Dragón se levantó bruscamente de su asiento.

—¡No tengo otras dos semanas para darles! Ni siquiera sé si tengo otra noche.

Se paseó a todo lo largo del parapeto, quitándose de la frente el pelo agitado por el viento. ¿Cómo podía explicarle a Tupper que la oscuridad que lo había protegido tanto tiempo era ahora su enemiga? ¿Que ya no podía seguir merodeando en la oscuridad sin miedo? Miedo a que tan pronto como empezara a descender la oscuridad él traicionaría a su voluntad y subiría el largo camino hacia la torre. Miedo a no contentarse con mantenerse en la oscuridad para verla dormir, y acercarse a esa cama y cubrir esos deliciosos boca y cuerpo con su boca y su cuerpo.

No le había mentido. Jamás la violaría. Pero podía hacer uso de todas las habilidades sensuales de que disponía para seducirla, lo cual lo haría aún más monstruo de lo que ya era.

Se giró a mirar a Tupper.

—Te doy una noche más para asustar a los aldeanos con el fin de sacarles la verdad. Si no tienes suerte, reconoceremos que esto no ha sido otra cosa que una desdichada tontería y nos marcharemos de este maldito lugar por la mañana, para no volver a mencionarlo nunca más. ¿De acuerdo?

—De acuerdo —dijo Tupper con los hombros caídos. Ya estaba en la escalera cuando se volvió para decirle—: Podrías decirle quién eres, ¿sabes?

El Dragón sonrió apenado a su amigo.

—Si lo supiera, podría.

«Podrías decirle quién eres, ¿sabes?»

Cuando Tupper iba atravesando el prado iluminado por la luna sus palabras se burlaban de él. Al tropezar en una raíz se sintió el estúpido inepto que su padre siempre le había dicho que era. «Deja de andar encorvado. Enderézate. No eres ni la mitad del hombre que yo era a tu edad.»

Tal vez su padre siempre había tenido la razón acerca de él. Al fin y al cabo, ¿qué clase de hombre adopta la identidad de otro para impresionar a una jovencita ingenua? Suspiró, antojándosele demasiado fácil imaginarse los luminosos ojos de Kitty pasando de la expresión de respeto a una de duro desprecio al enterarse de la verdad, de que él no era más que un tonto cordero representando el papel de un gallardo lobo.

Cuando estaba disfrazado con las brillantes escamas del Dragón sabía ser elocuente e ingenioso. Era capaz de sacar el ramillete de flores silvestres que llevaba escondido a la espalda y hacer sonrojar las blancas mejillas de Kitty. Era capaz de echarse junto a ella en una cama de hierbas y explicarle las constelaciones desperdigadas como diamantes en el cielo nocturno, haciendo buen uso por primera vez en su vida de la educación recibida en Eton.

Era capaz de ser el misterioso desconocido que veía reflejado en sus ojos en lugar del feo inglés de pelo ralo que hablaba demasiado y se sonrojaba con demasiada facilidad.

Al saltar sobre un rápido arroyo se le hundió la bota en el agua fría, empapándolo hasta la rodilla. Era muy posible que los dos se marcharan a la mañana siguiente, pensó entristecido, y de eso no podía culpar a nadie aparte de sí mismo. Se había engañado al creer que podría enterarse de más cosas acerca de la aldea cortejando a Kitty en lugar de poner bombas de humo o soltar un rugido salvaje cada vez que algún aldeano se alejaba demasiado de su casa en la oscuridad de la noche.

Si no iba a volver a ver a Kitty después de esa noche, ¿para qué revelarle su verdadera identidad? ¿Para qué aplastar sus sueños románticos? ¿Por qué no dejarla con los recuerdos de esos momentos robados que habían compartido? Por lo menos él quedaría como un héroe en el corazón de alguien.

Hasta que Gwendolyn volviera a la aldea después que zarpara el velero y le dijera a su hermana cómo la había engañado.

Tambaleante, se detuvo y cerró los ojos, sabiendo lo que debía hacer.

Cuando los abrió, ella estaba ahí, tan etérea como las volutas de niebla que se elevaban de la hierba mojada. Llevaba la capa del Dragón sobre sus esbeltos hombros, tal como hacía cada noche desde su primer encuentro.

—Catriona —le dijo—. Me alegra que hayas venido. Debo decirte una cosa.

Ella se le acercó, meneando las caderas.

—Estoy harta de que me digas cosas —le dijo con voz apagada—. Eso es lo único que has hecho toda la semana. Decirme lo bonita que soy, decirme que mis ojos brillan como las gotas de rocío sobre el brezo, decirme que mis labios son tan maduros y rosados como los pétalos de una rosa.

Tupper se quedó paralizado de expectación cuando ella le cogió las mejillas entre las manos y le atrajo la cara hasta que esos labios estaban a un aliento de los suyos.

—Tu amigo tenía razón —continuó ella—. Hablas demasiado.

Tupper gimió al ver esa suculenta boca abrirse como un botón de rosa bajo la de él atrayéndolo a un beso tan ardiente e irresistiblemente carnal como la masa de esos pechos pequeños y firmes apretado contra su pecho. Cuando la última gota de su sangre bajó del cerebro a sus ingles casi la dejó arrastrarlo hacia el oloroso montecillo de hierbas que había detrás de ella; casi se permitió aceptar la invitación a lo que ella le ofrecía con tanta claridad.

Tuvo que hacer uso de más fuerza de voluntad de la que creía tener para quitar suavemente los esbeltos brazos de Kitty de su cuello. Tratando de recobrar el aliento, la apartó de él, seguro de que ella ya sabía que era un impostor. El verdadero Dragón jamás se habría dejado aturullar por un simple beso.

Una oleada de consternación lo recorrió todo entero al ver brillar lágrimas en sus mejillas.

—Nessa tenía razón, ¿verdad? Eres capaz de resistirte a mis encantos.

Tupper trató de abrazarla, pero ella ya iba retrocediendo como si él la hubiera golpeado. Se detuvo, temeroso de que echara a correr.

—¿Eso es lo que crees? —le preguntó en un ladrido de incredulidad—. ¿Que no te he besado porque no lo deseo?

Kitty aminoró el paso de su retirada, pero el escepticismo seguía brillando en sus ojos.

—Glynnis dice que sólo te apetecen las vírgenes. Que nunca querrás a una muchacha como yo porque no soy… —Se mordió el labio inferior y miró hacia el suelo.

—Glynnis tiene razón. Justamente por eso no quiero besarte. —Antes que la cara de ella se derrumbara, se atrevió a acercársele un poco—. No quiero besarte porque te mereces mucho más que unas caricias y besos furtivos a la luz de la luna. —Con las yemas de los dedos le limpió una temblorosa lágrima que le bajaba por la mejilla—. La verdad es que jamás te deshonraría gravemente a menos que tuviera la intención de hacerte mi esposa.

Tupper se sorprendió casi tanto como ella por sus palabras. Nunca se había imaginado volviendo a Londres con un trocito de cielo de las Highlands para atesorar el resto de su vida. Jamás se había permitido soñar que la melodiosa risa de Kitty o sus graciosos pasos pudieran hacer un hogar de su solitaria casa.

Una extraña emoción lo recorrió todo entero. Kitty lo estaba mirando como si él hubiera bajado del cielo la luminosa perla de la luna y se la hubiera puesto en el dedo.

Alzó los hombros y hundió el estómago sin poder reprimir una sonrisa.

—Supongo que quiero advertirte, Catriona Wilder, que si comprometes mi virtud con un beso, simplemente tienes que hacer de mí un hombre honrado.

Tupper esperaba ver su alegría reflejada en la cara de ella. Pero cuando ella ahuecó la mano en su mejilla, su expresión de tristeza la hacía parecer mayor que sus años.

—Ya eres un hombre honrado —le dijo ella—. Un hombre bueno. Un hombre bondadoso. Un hombre decente. Por eso no soy digna de ser tu esposa.

Antes que él lograra asimilar sus palabras, ella se giró para marcharse. El verdadero Dragón habría sido rápido para darle alcance, pero él sólo era Theodore Tuppingham, el lerdo hijo de un vizconde de poca monta. Hizo un torpe gesto para retenerla, pero ella ya se había perdido en la niebla dejándolo con una capa vacía que nunca le había quedado verdaderamente bien.

Kitty corrió por el bosque, alejándose de la voz del Dragón que la llamaba. Le había dolido creer que él no la deseaba porque no era virgen, pero le resultaba más doloroso aún que él la deseara de todas maneras.

Se limpió las lágrimas mientras corría, sorteando alisos y robles. Gwendolyn se lo había advertido, pero ella se negó a hacerle caso. ¿Qué sabía Gwendolyn, después de todo? Se pasaba los días atendiendo las aburridas exigencias de su padre mientras Nessa se pasaba las noches aceptando los halagos, las chucherías y las embelesadas atenciones de sus muchos admiradores.

¿Qué importaba que esas atenciones se desvanecieran tan pronto como ellos obtenían lo que deseaban de ella? Siempre había otro muchacho igual de deseoso de un descarado beso o un revolcón rápido detrás del granero del herrero.

Y así ella perdió su inocencia en un encuentro apresurado y torpe que le resultó más doloroso que placentero, dejándola sin nada para llevar a la cama del hombre que deseaba hacerla su esposa. El hombre al que amaba. Se le escapó un ronco sollozo. Lo amaba, su cara fea, su corazón bondadoso, sus serios ojos castaños. Y exactamente por eso no podía casarse con él.

Detuvo la carrera cogiéndose al curtido tronco de un abedul. Ya no oía la voz del Dragón, a su alrededor sólo se oían crujidos y otros misteriosos sonidos del bosque; una brisa fresca agitaba las hojas y ramas de los árboles. Se estremeció, había estado tan cegada por las lágrimas que no prestó atención hacia dónde corría y en ese momento todo lo que debería resultarle conocido le parecía horripilante y desconocido. Detrás de ella sonó el crujido de una ramita al romperse, se giró bruscamente, con el corazón en la garganta.

—¿Quién va?

Sólo contestó la noche, susurrando sus secretos, burlándose de su miedo, en una voz tan baja que no llegó a oírla. Echó a andar por donde había venido, esperando encontrar el camino antes que la luna iniciara su descenso.

Aún no había alcanzado a dar tres pasos cuando un fornido brazo le rodeó la cintura, y una mano le cubrió la boca, ahogando su sobresaltado grito para pedir auxilio. Enterró las uñas en los peludos nudillos de su asaltante, estremecida por el sofocante calor de su aliento en su oreja.

—Guarda las uñas, gatita, o te las arrancaré una a una.

Sólo entonces cayó en la cuenta de que era la gorda manaza de Ross la que le cubría la boca. Agrandó los ojos al ver salir a Glynnis, Nessa y Lachlan de la oscuridad, con sus caras insólitamente sombrías.

Levantó un pie y dio un fuerte golpe a Ross en el empeine; al aflojar éste la presión, mascullando una feroz maldición, se desprendió de su brazo y se giró a mirarlo.

—¿Cómo te atreves a ponerme las manos encima, patán grandullón?

Ross dio un paso hacia ella, en actitud amenazadora.

—¿Te dejas manosear por una bestia pero eres demasiado fina para tipos como yo?

Kitty pensó que Glynnis y Nessa correrían a defenderla, pero ellas cerraron filas con Ross, mirándola con expresión de reproche. Los miró uno a uno, buscando alguna señal de que todo eso no era más que una broma.

—No sé de qué hablas —dijo.

—Sabemos lo que has estado haciendo —dijo Nessa.

—Y con quién —añadió Glynnis afablemente.

La pena que vio en los ojos de Glynnis perturbó más a Kitty que las bravatas de Ross.

—Todo este tiempo hemos creído que el Dragón era una especie de monstruo —dijo Lachlan—, pero gracias a ti, muchacha, ahora sabemos que sólo es un hombre. —Una sonrisa burlona dio a su rostro un aspecto siniestro—. Un hombre mortal.

Instintivamente Kitty dio un paso hacia atrás. Su único pensamiento era huir, no para salvarse ella sino para avisar al Dragón.

—¿Qué vais a hacer? —preguntó en un susurro, con la intención de ganar tiempo, para ella y para él.

En respuesta a su pregunta, el bosque adquirió vida. Aparecieron figuras oscuras salidas de todos los árboles, de todos los arbustos y sombras, tal como en otro tiempo habrían hecho los druidas. Pero en lugar de llevar piedras sagradas o hierbas medicinales, los habitantes de Ballybliss venían armados con toscos garrotes, mosquetes, cuerdas, antorchas sin encender y todas las dagas y espadas que habían tenido enterradas en sus patios y ocultas en sus bodegas desde que los ingleses las proscribieran. Algunas todavía estaban manchadas con la sangre seca de los enemigos del clan MacCullough. Incluso la vieja Granny Hay aferraba en su marchita mano una bielda, cuyas puntas melladas brillaban letales a la luz de la luna.

Retrocediendo, Kitty chocó con el huesudo pecho de Ailbert, entonces Ross la cogió del codo.

—¿Qué te parece que vamos a hacer, muchacha? ¡Vamos a ir a cazar un dragón!

Capítulo 16

Gwendolyn estaba subida sobre la mesa de la torre, cogida a las frías rejas de hierro, observando cómo las sombras le iban robando al día sus últimas luces. Ya no tenía ninguna necesidad de mirar nostálgica hacia el mar, soñando con la libertad. Se le había concedido ese regalo, sólo para hacerla descubrir que no era eso lo que deseaba. Tal vez nunca la había deseado.

Se bajó de la mesa y empezó pasearse por la habitación. *Toby* estaba echado cuan largo era sobre los almohadones de la cama, como un sultán sobrealimentado a la espera de que las mujeres del harén comiencen el baile. Al verlo mover de lado a lado la cabeza siguiendo su paseo por la habitación, le era muy fácil imaginar un destello de desprecio en sus arrogantes ojos dorados.

En su primer encuentro había acusado de cobarde al Dragón, y sin embargo ella se había pasado el día acurrucada en esa celda, hecha por ella misma al no hacer caso del panel. Ya ni siquiera sabía decir de qué exactamente tenía miedo. ¿De él? ¿De ella?

Él podía ocultarse en la oscuridad, pero ella se había pasado los quince últimos años escondida detrás de un muro levantado con sus propias manos; el mortero que unía las piedras de su muro eran la mezcla del deber, el orgullo y la virtud. Había llevado su deber hacia su padre como un penitente lleva su amado cilicio; se había enorgullecido de ser fea y virtuosa tanto como sus hermanas se enorgullecían de ser bonitas. Incluso su amor sin esperanzas por un muchacho muerto hacía tanto tiempo sólo le había servido para protegerse el corazón de los riesgos de vivir y de amar.

Cogió el libro *The Triumph of the Rational Thinking* [El triunfo del pensamiento racional], de Manderly y se puso a hojearlo. La clara letra impresa, con sus ordenadas explicaciones, raciocinio, premisas y conclusiones eran un galimatías para sus ojos doloridos. Por una vez, la lógica la había abandonado, dejándola en las garras de una emoción que desafiaba a toda razón.

Recordando la última vez que vio al Dragón, dejó deslizarse el libro de sus manos. Él había estado ahí, al borde de las sombras, como un fantasma solitario, y sin embargo con más sustancia que cualquier persona que hubiera conocido en su vida.

«¿Cómo he podido dejarte hacerme esas cosas sin siquiera haberte visto la cara? ¿Sin siquiera saber tu nombre?»

«Puede que eso sea cierto, pero durante un momento habría jurado que me conocías el corazón.»

Cerró los ojos, pensando si tal vez él tenía razón. Podía no saber su nombre ni haber visto su cara, pero se sentía como si le conociera el alma: su amabilidad, su ternura, la generosidad de espíritu que él quería ocultar bajo una fachada brusca y una indiferencia burlona. Tal vez fue ese atisbo del hombre que se escondía detrás de la máscara lo que la asustó tanto, lo que la impulsó a decir palabras que le hirieran el orgullo y lo obligaran a dejarla libre.

Pero jamás sería libre mientras su corazón siguiera siendo prisionero de él.

Lentamente se giró a mirar el panel. Podía ponerse el camisón, apagar las velas y meterse en esa invitadora cama, pero el instinto le decía que el Dragón no iría a verla como había hecho antes.

Si deseaba liberarse tendría que ir ella a verlo a él.

Vaporosas lenguas de niebla subían de los valles y depresiones, girando como aliento de dragón por las almenas del castillo Weyrcraig. Abajo el mar azotaba las rocas del acantilado, rugiendo con implacable furia. La luna llena arrojaba un brillo glacial sobre el castillo, enfriando todo lo que tocaba e intensificando la ilusión de que las antiguas piedras se habían congelado en el tiempo.

Gwendolyn bajó por la oscura escalera, resuelta a no dejarse estancar en el pasado ni un sólo momento más. Ya no era una niña en busca de un niño, sino una mujer en busca de un hombre. Un hombre hecho no de mito y luz de luna sino de carne y hueso.

Puso una mano alrededor de la llama de la vela para protegerla de una racha de viento, sin siquiera mirar la enorme herida de la pared norte de la escalera ni el aterrador abismo que caía hacia el mar. Sorteó los bloques de piedra caídos como si sólo fueran un puñado de piedrecillas desperdigadas en su camino.

Los rayos de luna que entraban por los agujereados restos de la puerta principal no la atrajeron para nada. Les dio la espalda para escudriñar las sombras, tratando de imaginar dónde podría esconderse un dragón si no quería que lo encontraran.

Vio que la sala grande había sido abandonada por todos a excepción de sus fantasmas; el decantador de cristal seguía sobre la mesa, el dedo de whisky del fondo intacto.

Fue pasando de habitación en habitación, apresurando el paso al ritmo de su creciente impaciencia, hasta llegar a una polvorienta capilla. Aparte de una ventana redonda de vidrio coloreado situado en lo alto de la nave sobre el altar, poco del santuario había sobrevivido a la impía ira de los cañones de Cumberland.

Dando la vuelta por los bancos rotos, trató de combatir la desesperación. ¿Y si el Dragón ya se había marchado? ¿Y si había salido a hurtadillas para subir al barco que ella viera anclado cerca de la orilla sólo unas noches atrás?

—Por favor —rogó en un susurro, levantando la vista hacia el círculo de luz, cuyos colores le daban la apariencia de una joya.

Cerró los ojos al sentirse reconfortada por una profunda convicción. Si se había marchado, ella lo sabría, lo sentiría en los huesos. Estaba ahí todavía, entre esas paredes, en alguna parte.

Abrió los ojos y salió a toda prisa de la capilla, sus pasos la llevaron hasta la destartalada estructura que en otro tiempo fuera la casa del guarda. En un rincón vio un disco de tenue luz rojiza, al acercarse a mirar, vio que la luz subía por una húmeda escalera de piedra, lo que le confirmó lo que ya había adivinado.

Que el Dragón se había metido en su guarida.

Movió un poco la vela delante de ella, haciendo bailar las sombras, pero no logró ver el final de la escalera; daba la impresión que la espiral de peldaños seguía y seguía bajando hasta el corazón del mismo infierno.

Bajó la vela para hacer una temblorosa inspiración. Sería arriesgado desafiar a la bestia en su propia guarida, pero no tenía muchas opciones. No sabía cómo reaccionaría él al ser arrinconado, pero si le daba un coletazo, sólo podía rogar que su corazón fuera lo bastante fuerte para sobrevivir al golpe.

Inició el descenso, recogiéndose la falda de tafetán plisado del vestido azul celeste bien pegada al cuerpo para que no rozara las brillantes paredes tapizadas de liquen. Era fácil creer que ese estrecho túnel de escalones fuera a dar al corazón de una inmensa caverna; que allí encontraría al Dragón echado sobre un nido de oro, diamantes, esmeraldas y rubíes; que él levantaría su enorme cabeza, sus escamas iridiscentes relucientes en medio de la niebla, y arrojaría por las fauces una llamarada que la consumiría hasta la médula de los huesos.

Se detuvo un momento para desechar esa fantasía. Si el Dragón había demostrado algo la noche anterior, era que no era un monstruo.

Cuando llegó al pie de la escalera, se intensificó la luz rojiza, invitándola a pasar por un corredor abovedado que llevaba a una antesala de piedra. Allí fue donde por fin encontró al Dragón, estaba durmiendo no sobre un tesoro escondido sino sobre un revuelto montón de mantas y cojines.

Una oleada de ternura la pilló desprevenida. El Dragón estaba acostado de espalda, con un brazo extendido hacia un lado, los dedos doblados en un puño relajado. Tenía la cara vuelta hacia el lado opuesto a las agonizantes brasas del hogar. El tenue calor que emanaban las brasas no suavizaba el filo del frío húmedo de la sala, pero él había echado atrás la manta que debería cubrirlo, dejando a la vista un largo y esbelto muslo envuelto en la pernera de unas calzas de ante hasta la rodilla y un pie descalzo con su media. La camisa abierta hasta la cintura dejaba ver los dorados planos de un pecho ligeramente tapizado por vello oscuro rizado.

Gwendolyn sintió caer una gota de cera caliente en los dedos; se le resecó la boca al comprender que tenía en sus temblorosas manos el medio para descubrir su verdadera naturaleza.

Titubeó. Le parecía en cierto modo incorrecto espiarlo estando él tan indefenso como un crío. Pero, se dijo, él no sufría de ningún remordimiento de conciencia cuando entraba furtivamente en su habitación a verla dormir.

Se arrodilló a su lado y levantó la vela.

Él levantó repentinamente la mano y le cogió la muñeca. En un instante ya había arrojado la vela contra la pared y cambiado las posiciones entre ellos. Gwendolyn ahogó una exclamación. Una cosa era estar de pie en sus brazos y otra cosa muy diferente estar de espalda debajo de él, sus muelles pechos apretados contra la dura pared del pecho de él.

—¿Se le ha extraviado algo, señorita Wilder?

Conque volvía a ser la señorita Wilder, ¿eh? Recordando cómo él había susurrado su nombre contra sus labios, como si fuera un ensalmo sagrado, sintió una punzada de dolor de pérdida.

—Lo único que he extraviado, milord Dragón, es mi vela.

—Lo cual es una suerte, puesto que estaba a punto de prenderle fuego a mi pelo con ella.

—Supongo que ahora va a señalar que debería darle las gracias por no haberme cortado el cuello.

—No me lo agradezca todavía. La noche aún es joven.

Gwendolyn tragó saliva, paralizada por el brillo predador de sus ojos y el calor de su enorme cuerpo masculino sobre el de ella. No había asomo de whisky en su aliento, lo que le confirmó la sospecha de que era más peligroso sobrio que borracho.

Él rodó a un lado y de un tirón la puso de pie.

—Es usted un ser de lo más fastidioso —dijo, caminando a largas zancadas hacia el hogar. Allí cogió el atizador y golpeó las brasas, apagando las menos tozudas—. Cuando tiene que quedarse, trata de escapar; cuando tiene que escapar, se queda.

—¿Es eso lo que desea? ¿Que me marche?

Él se giró a mirarla, su silueta oscura dibujada por la tenue luz de las brasas.

—Lo que yo desee tiene poca importancia. Eso lo dejó muy claro anoche.

Incluso a través del calor que calaba su cuerpo, ella sintió arder las mejillas. Estaba muy consciente de que ella había saboreado el placer que él se negó.

—Debería ruborizarse con más frecuencia, señorita Wilder —añadió él dulcemente—. Le sienta bien.

Ella se tocó la mejilla.

—¿Cómo supo…?

—Es un hecho bien sabido que los dragones ven en la oscuridad.

Si la había visto ruborizarse, pensó ella, entonces vería también el cuidado que había puesto en arreglarse; vería que se había peinado hasta dejarse los cabellos cayendo en una ondulante y reluciente cascada sobre la espalda; vería que había elegido el vestido que mejor quedaba a sus curvas; vería cuánto se había esforzado en verse a través de sus ojos.

—Lo sospechaba —dijo, sarcástica—. Las sombras nunca me ofrecieron mucha protección de su parte.

—¿Es eso lo que creía necesitar? ¿Protección? ¿De mí?

—Más de lo que se imagina.

Aun después de haberle confesado su debilidad, se le acercó.

El destello receloso de los ojos de él se intensificó.

—Si ha venido a despedirse para volver volando a esa encantadora aldea suya, puedo ahorrarle el trabajo. Me marcharé mañana a primera hora.

A Gwendolyn le dio un vuelco el corazón.

—¿Sin las mil libras que vino a buscar?

—He llegado a sospechar que el precio de encontrarlas podría ser superior a su valor.

—¿Y cuándo hizo ese descubrimiento?

Ella esperaba que él le tomaría a la ligera la pregunta, pero cuando él contestó al fin, lo hizo sin el menor asomo de humor.

—Anoche. Cuando usted se zafó de mis brazos como si yo fuera el más vil de los monstruos.

Gwendolyn negó con la cabeza.

—Los dos estábamos equivocados anoche, milord Dragón. No es el beso de una doncella el que tiene el poder para convertir una bestia en hombre o una niña en una mujer. Por dulce que pueda ser un beso, hay algo mucho más poderoso.

—¡No! —exclamó él ásperamente—. Por mucho que yo la desee en mi cama, no le permitiré que comprometa su preciosa virtud por mí.

—¿A eso cree que he venido aquí esta noche? ¿A ofrecerme a usted? —dijo ella, avanzando otro paso.

—Debo advertirle que si comete esa estupidez, no sé si tendré la fuerza para rechazarla. Pero sí tendré la fuerza para abandonarla mañana.

Extendió la mano como si esta pudiera tener el poder para detenerla si sus palabras no lo lograban.

Gwendolyn le cogió la mano.

—He venido a ofrecerte algo más poderoso que un beso y más duradero que una caricia. —Se puso la palma de él en el pecho, sabiendo que él sentiría el temblor de su corazón—. Mi amor.

En ese momento el Dragón no se habría apartado ni aunque Gwendolyn le hubiera arrojado una antorcha encendida en la cara. Con esas dos palabras ella comprometía algo mucho más precioso que su virtud, un tesoro que había guardado toda su vida: su orgullo.

—¡No seas estúpida! ¿Cómo puedes amar a un hombre cuyo nombre no sabes? ¿Un hombre cuya cara no has visto nunca?

—No lo sé —dijo ella, subiéndole la mano hasta sus labios—. Pero sí sé que si te marchas de aquí mañana, te llevarás mi corazón contigo dondequiera que vayas.

Mientras los labios de Gwendolyn se abrían sobre sus dedos, el Dragón emitió un gemido. Casi sentía agrietarse y caerse las duras escamas que le habían servido de armadura a su corazón durante tanto tiempo. Al bajar su boca a la de ella no pudo impedir aspirar la fragancia de sus cabellos, meter los dedos por su incandescente suavidad.

En otro tiempo había sido lo bastante tonto para preguntarse quién tenía más poder, si el Dragón o la doncella. Pero cuando los labios de Gwendolyn se abrieron bajo los de él, suplicándole que la amara, se le doblaron las piernas y cayó de rodillas.

Ni siquiera lo sobresaltó el trueno que retumbó en la distancia. Al menos él pensó que era un trueno, los oídos le rugían tan fuerte que igual podría haber sido un trueno, el fuego de un cañón o simplemente los latidos de su corazón al entregarlo a las manos de Gwendolyn.

—¡Matemos al Dragón! ¡Matemos al Dragón!

El lejano cántico le produjo un estremecimiento de alarma a Gwendolyn que le recorrió todo el cuerpo.

—¿Qué demonios…?

El Dragón ladeó la cabeza para escuchar. El cántico se oía más cerca y más fuerte por momentos.

> ¡Matemos al Dragón!
> ¡Matemos al Dragón!
> Cortémosle la cabeza
> y estará muerto.
> Y no nos dará más problemas.

Soltando una maldición en voz baja, el Dragón se incorporó, cogió la cara de Gwendolyn entre las manos y le besó fieramente los labios.

—Perdona que interrumpa nuestro agradable interludio, mi amor, pero creo que estamos a punto de recibir unas visitas no invitadas.

Antes que ella pudiera recuperar el aliento, él le cogió la mano y echó a correr escalera arriba arrastrándola detrás.

Capítulo 17

*E*l Dragón la había llamado «mi amor».

A tropezones detrás de él, Gwendolyn se sentía desgarrada entre el terror y la euforia. Aunque su maldito sentido común le advertía que él podría haber dicho esas palabras cariñosas simplemente como una burla, el corazón le saltaba de alegría.

Y por eso era una pena que fueran a morir.

Cuando salieron de la escalera a la casa del guarda, el cántico de la multitud que se acercaba ya se había desintegrado en gritos y alaridos. El Dragón apoyó la espalda en la pared y le pasó el brazo por la cintura atrayéndola hacia él.

—Aun no han llegado al castillo —musitó—. Si logramos llegar a las almenas antes que entren en el patio, puedo dar la señal a mi barco para que venga a recogernos.

No hubo necesidad de explicaciones. Mientras él le rozaba la sien con los labios y le apretaba la mano para animarla, Gwendolyn comprendió que lo seguiría hasta el mismísimo infierno. Cogidos de la mano salieron de la casa del guarda, pasaron junto a la capilla, en dirección a la puerta principal del castillo. Aunque entraba la luz de la luna por la puerta, no tuvo tiempo para mirarle la cara; no había tiempo para hacer nada que no fuera correr, correr, y tratar de hacer entrar aire en sus pulmones hambrientos. Cuando iban subiendo las escaleras, una mancha gris pasó junto a ellos, adelantándolos. A Gwendolyn le llevó un momento darse cuenta de que era *Toby*, moviéndose a un paso mucho más rápido que lo habitual en él.

Corrieron todo el largo del corredor hasta llegar a una escalera de caracol de piedra idéntica a la que subía a la torre de ella. Aun cuando en ese momento él era la presa y no el predador, el Dragón parecía anticiparse a cada giro, a cada bloque de piedra roto, a cada agujero en el mortero que pudiera haberle entorpecido los pasos. Dieron la vuelta al primer rellano y tuvieron que parar en seco cuando casi se enterraron de cabeza en Tupper.

Tupper tenía el pelo revuelto y la camisa rota en varias partes; llevaba una sola bota y le salía sangre de una herida superficial en la sien.

—Logré eludir a los aldeanos justo el tiempo suficiente para subir a la almena y hacer la señal al barco —exclamó, doblándose para recuperar el aliento—. Los hombres ya deben de estar enviando la lancha en este momento.

Comprendiendo que el hombre estaba agotadísimo y casi histérico, Gwendolyn le arrancó un encaje del puño y se lo pasó por la herida.

—No entiendo, Tupper. ¿Cómo ocurrió esto?

El Dragón miró a su amigo con los ojos entornados.

—Sí, Tupper. Es posible que tú puedas explicarle a la señorita Wilder cómo ha ocurrido esto. —Miró hacia la ventana y luego a Gwendolyn. Aunque su cara seguía en la sombra, la luz de las antorchas subiendo por el sendero iba haciéndose rápidamente más luminosa—. Y rápido.

—Es todo culpa mía —contestó Tupper resollante, enderezándose—. Siguieron a Kitty cuando vino a encontrarse conmigo y…

—¿Kitty? —repitió Gwendolyn. Le quitó el improvisado apósito, haciéndolo hacer una mueca de dolor, y lo cogió por el codo—. ¿Mi Kitty?

Tupper negó con la cabeza.

—«Mi» Kitty. O por lo menos esperaba que fuera mía. Por eso le pedí que…

—Me importa un comino de quién era la maldita gata —interrumpió el Dragón apuntando hacia la ventana con un dedo—. Sólo quiero saber por qué viene ahí una multitud furiosa pidiendo mi cabeza.

Tupper lo miró azorado.

—No es tu cabeza la que desean. Es la mía. Creen que yo soy el Dragón.

—¿Y me harás el favor, señor Tuppingham, de decirme cómo llegaron a esa determinada conclusión? —preguntó el Dragón con voz mortalmente más calmada.

La querúbica cara de Tupper era de inocencia pura.

—La verdad es que no lo sé. Pero me han seguido durante horas, dándome caza como a un zorro. Y me habrían cogido si por casualidad no me hubiera caído cerro abajo hasta un saliente rocoso al que no pudieron llegar. Creo que entonces fue cuando decidieron subir al castillo.

El Dragón se arrimó hacia un lado de la ventana, todavía vigilante de mantener la cara en la oscuridad. Los aldeanos ya estaban claramente visibles. Gwendolyn se estremeció al oír resonar un grito de batalla de las Highlands que no había oído en el valle desde hacía más de quince años.

—Si los cabrones hubieran mostrado ese celo para defender a su jefe, tal vez podría estar vivo ahora —dijo el Dragón con voz ronca y amarga.

Tupper le tiró la manga.

—No hay tiempo para perder. Tenemos que darnos prisa. Si logramos llegar a las cuevas antes que la multitud llegue al castillo, todavía podríamos escapar con nuestras cabezas.

El Dragón se giró a dar una palmada en el hombro de su amigo.

—Así se habla, hombre. Vámonos.

Le cogió la mano a Gwendolyn y ya había dado unos cuantos pasos cuando se dio cuenta de que ella no se movía. Le tiró la mano.

—Vamos, Gwendolyn, ya has oído a Tupper. Tenemos que darnos prisa.

—Yo no iré —dijo ella en voz baja.

—¿Qué es eso de que no irás? Claro que irás. —Le puso las manos en los hombros—. ¡Estás loca si crees que te voy a dejar a merced de esa manada de lobos sanguinarios! Ya casi te asesinaron una vez. No les daré otra oportunidad.

Gwendolyn le puso las palmas en el pecho, pensando rápido.

—Esta vez no vienen a por mí. Quieren al Dragón. Me creen muerta. Tal vez la impresión que se llevarán al encontrarme viva y coleando os dará el tiempo que necesitáis para llegar a la lancha. Puedo incluso detenerlos mientras vais remando hacia el barco.

—No te dejaré aquí, maldita sea —bramó él, inflexible.

—No tienes otra opción. Si nos encuentran aquí juntos, mi vida no tendrá más valor para ellos que la tuya. —Le dio un violento empujón en el pecho—. ¡Ahora vete, maldita sea! ¡Antes que nos maten a todos!

El Dragón miró por la ventana y luego por encima del hombro a Tupper, que estaba tres peldaños más abajo, con la cabeza gacha, no queriendo influir en él ni con una mirada ni con una palabra. La luz de las antorchas se iba haciendo más luminosa por momentos. Si se quedaba mucho tiempo más, toda su mascarada habría sido para nada.

Ella comprendió que él la iba a dejar incluso antes que él le cogiera la cara entre las manos y le pasara los pulgares por los pómulos como si quisiera grabar su recuerdo en sus dedos.

—Volveré a buscarte —le dijo él enérgicamente—. Te lo juro por mi vida.

Ella le acarició la cara, sonriendo a través de las lágrimas que amenazaban con brotarle de los ojos.

—Una vez me dijiste que yo te hacía desear ser un hombre de palabra. Bueno, ahora me has hecho desear a mí que lo seas.

Antes de que él pudiera hacer otro juramento que tal vez no podría cumplir, le cogió los sedosos cabellos revueltos y le bajó la cabeza acercando su boca a la suya. Fue un beso como ninguno de los que se habían dado antes, una ardiente comunión dulce y salada, hecha de promesas y pesares, de sueños rotos y deseos insatisfechos.

Oyeron el golpe de lo que quedaba de la puerta de entrada al patio al soltarse de sus goznes, seguido por un alarmado grito de Tupper.

—¡Vete! —gritó ella, empujándolo hacia la escalera—. ¡Antes que sea demasiado tarde!

Mirándola una última vez, él se sumergió en la oscuridad de la escalera, bajando pegado a los talones de Tupper.

Cuando se desvaneció el eco de sus pasos, Gwendolyn se arregló el pelo, inundada por una extraña calma. Sabía que tanto el castillo como sus sueños podrían desmoronarse a su alrededor consumidos por las llamas, pero nada de eso le importaba mientras tuviera a un dragón que defender.

Cuando Gwendolyn se materializó en lo alto de la ancha escalinata de losas de tres peldaños que bajaba al patio del castillo, los aldeanos retrocedieron pasmados.

Gwendolyn creyó que su sorpresa se debía únicamente al descubrimiento de que estaba viva y no comida. No tenía idea de la apariencia que les presentaba, con las mejillas todavía muy sonrosadas por los besos del Dragón y sus curvas ya no envueltas en el informe vestido de lana picajosa sino ceñidas por el elegante vestido de tafetán cuyo color hacía juego perfecto con el azul de sus ojos. Sus cabellos sueltos le caían a la espalda en doradas ondas en las que brillaban destellos de colores fuego y hielo, de las antorchas encendidas y la blanca luz de la luna.

Se mantuvo firme ahí, ya no con la cabeza gacha sino derecha y muy erguida.

—¡Gwennie! —gritó Kitty, la primera en romper el silencio, tratando de desprenderse de las manos de Niall, que la tenía fuertemente aferrada—. ¡El Dragón me dijo que estabas viva! Trataron de convencerme de que era una tonta por creerle, pero yo sabía que nunca me mentiría.

Confusa, Gwendolyn pestañeó, hasta que de pronto cayó en la cuenta de que Kitty no se refería a «su» Dragón. La azorada confesión de Tupper empezaba a cobrar sentido.

Nessa y Glynnis la estaban mirando boquiabiertas, como si no la hubieran visto nunca antes. Paseó la vista por la multitud en busca de Izzy, con la esperanza de tener por lo menos una aliada, pero no vio señales de ella. La fiel criada debió de quedarse en casa acompañando a su padre.

Ailbert avanzó, separándose de la multitud, flanqueado por sus dos corpulentos hijos.

—Hazte a un lado, muchacha. No tenemos nada en tu contra.

—Entonces tal vez os sorprenda saber que yo sí tengo algo en vuestra contra. Después de todo, fuisteis vosotros los que me dejasteis para morir aquí en este mismo patio, sólo hace poco más de dos semanas.

—Y parece que te ha ido muy bien —gruñó Ross.

Al ver cómo él detenía la mirada en las redondeces de sus pechos que dejaba asomar el escote cuadrado de su corpiño, Gwendolyn comprendió repentinamente qué era el desprecio que siempre había visto en sus ojos: deseo. Todas las veces que le había hecho zancadillas, pellizcado e insultado cruelmente, sencillamente había querido castigarla por hacerlo desearla.

—Supongo que me ha ido mejor que a ti, Ross —le dijo amablemente—, puesto que nunca me he sentido tan poca cosa en mi interior que haya tenido necesidad de apocar a otros sólo para sentirme más grande.

Se oyeron varias exclamaciones ahogadas. Ross dio un paso hacia ella en actitud amenazadora, pero su hermano menor lo retuvo.

Lachlan se quitó un mechón de pelo oscuro de los ojos, sin dejar de rodear a Ross con su musculoso brazo.

—¡No querrás defender a ese tipo Dragón, supongo! —exclamó—. Vamos, se ha estado sirviendo de todas las muchachas de la aldea, como de la pequeña Kitty y Dios sabe cuántas más.

—¡Quería hacerme su esposa! —protestó Kitty.

—Si yo tuviera un chelín por cada vez que he oído eso —rió Nessa.

—Probablemente tienes un chelín por cada vez que has oído eso —replicó Glynnis, provocando un murmullo de risas entre la gente.

La expresión de Ailbert ya no era severa, sino suplicante.

—Siempre has sido una buena muchacha, Gwendolyn. Una muchacha sensata.

Al oír esas conocidas palabras en sus labios, Gwendolyn sintió que empezaba a movérsele un músculo de la mandíbula.

—Sin duda ves que ese sinvergüenza nos ha engañado a todos, incluso a ti —continuó él—. Nos ha mentido y robado con engaño todas las cosas que eran legítimamente nuestras.

—Sus motivos tendría —repuso ella, deseando saber cuáles serían esos motivos.

—Puede que los tuviera —concedió él—. Tal como nosotros tenemos nuestros motivos para venir aquí esta noche. Hemos venido a por la cabeza del Dragón, y su cabeza tendremos. Ahora, hazte a un lado mujer, antes que me vea obligado a hacer algo que los dos lamentaremos.

Gwendolyn no sabía si les había ganado tiempo suficiente a Tupper y al Dragón para llegar a la lancha, pero sí veía que se le estaba acabando el tiempo a ella. Cuando Ailbert avanzó, esperando que ella se hiciera a un lado para dejarlo pasar, bajó de un salto la escalinata y cogió la bielda de las manos de Granny Hay; sin hacer caso del asustado grito de la anciana, la blandió hacia el pecho de Ailbert, haciéndolo bailar una alegre giga para no quedar clavado en las puntas.

—Maldición, muchacha —gimoteó él, retrocediendo hasta los brazos de los aldeanos—. ¿Es que has perdido el juicio?

—Apostaría a que no es el juicio lo que ha perdido sino su alma —vociferó Ross. Sus palabras produjeron una oleada de miedo en la gente—. ¡Miradla! ¿Es esa la misma dulce Gwendolyn Wilder con la que todos nos criamos?

Al notar el silencio que descendía sobre la gente, Gwendolyn recordó que Ross nunca había sido inteligente, pero sí astuto.

Él avanzó, teniendo buen cuidado de mantenerse fuera del alcance de las puntas de la bielda.

—Vamos, la Gwendolyn que conocimos era gorda y fea. Andaba con la cabeza gacha y siempre estaba con la nariz metida en un libro. Habría estado muy contenta pasando el resto de su miserable vida cuidando a ese padre bobo suyo.

—¡Mi padre es un héroe! —exclamó Gwendolyn—. Su cordura fue el precio que tuvo que pagar por la cobardía de tu padre y la cobardía de todos los hombres de Ballybliss.

Ailbert palideció, pero no hizo amago de defenderse.

La sonrisa de Ross se hizo más despectiva aún.

—¿Y cuál fue el precio que tuviste que pagar tú para ganarte el favor del Dragón? ¿Tu virtud? ¿Tu alma mortal? —Se giró hacia sus compañeros aldeanos para atraer su atención—. Miradla, con el pelo suelto y los pechos saliéndosele de ese vestido tan indecente como el de cualquier ramera. Se atreve a desafiarnos sólo porque sabe que el Dragón le ha dado el poder para encender la lujuria en todos los hombres presentes aquí. Como ella misma ha dicho —continuó en voz más baja, obligando a todos a estirar los cuellos para oírlo; y los estiraron, devorándola con los ojos, considerando las palabras de Ross—, ha estado más de dos semanas sola con la bestia. Vamos, sólo Dios sabe qué actos impíos le ha enseñado él a hacer.

Lachlan tragó saliva, agitando la nuez por el esfuerzo. Incluso el estoico Ailbert tuvo que sacar su pañuelo para secarse la frente, atrayéndose una furiosa mirada de su mujer.

—¡El Dragón no es ninguna bestia! —gritó Gwendolyn, odiando a Ross por hacer algo tan sórdido de los tiernos encuentros entre ella y el Dragón—. Vamos, es dos veces el hombre que tú ni puedes soñar con ser.

—¡Lo veis! —exclamó Ross—. Es tal como yo temía. ¡El monstruo la ha hechizado!

—¿Cómo podría haberla hechizado cuando tú mismo dijiste que sólo era un hombre mortal? —dijo Kitty.

Unas lágrimas inesperadas le hicieron arder los ojos a Gwendolyn. Si vivía el tiempo suficiente le daría un enorme abrazo a su hermanita.

—Podría haberme equivocado en eso, ¿sabes? —repuso Ross, encogiéndose de hombros.

—O tal vez tú estabas hechizado —sugirió Gwendolyn, provocando una ola de risas nerviosas.

La risa se desvaneció rápidamente ante la mirada furiosa que les dirigió Ross.

—Yo digo que la quememos.

—¡Sí, quemadla! —gritó su madre, clavando una mirada victoriosa en Ailbert.

La multitud repitió el grito, haciendo pasar un escalofrío por

Gwendolyn. La estaca a la que la habían atado esa noche cuando la dejaron a merced del Dragón seguía clavada entre los adoquines en el centro del patio. No les costaría nada atarla allí, apilar escombros a sus pies y encenderlos con sus antorchas.

Retrocedió un paso, luego otro, agitando la bielda en un amplio arco. Si se precipitaban sobre ella, estaría acabada.

—¡El Dragón no me ha hechizado! —gritó, tratando de hacerse oír por encima del creciente griterío—. ¡No es un monstruo! ¡Es un hombre! ¡Un hombre amable y noble!

Los aldeanos empezaron a avanzar hacia la escalinata, las hojas de sus armas brillantes a la luz de sus antorchas. Glynnis y Nessa se quedaron atrás, impotentes. Kitty logró desprenderse por fin de los brazos de Niall y trató de llegar hasta Gwendolyn, pero sólo consiguió ser tragada por la multitud.

Cuando Gwendolyn llegó al escalón superior miró hacia el cielo iluminado por la luna. No oyó el menor eco de rugido ni vio ninguna sombra alada bajando en su rescate. Si no hubiera sido tan tonta para creer en algo tan imposible como un dragón, no estaría ahí en lo alto de la escalinata esperando que la cogiera la multitud. Pero no lamentaba nada, nada, ni un solo beso ni una sola caricia.

Al ver avanzar a Ross, flanqueado por su padre y su hermano, retrocedió hasta la sombra de la puerta.

Un fuerte brazo le rodeó la cintura por detrás, envolviéndola en un cálido capullo. Aspiró la fragancia a sándalo y especias y una oleada de júbilo recorrió sus venas. El Dragón había vuelto a por ella, tal como prometiera.

Él avanzó con ella, poniéndolos a los dos a la luz, y los aldeanos retrocedieron, ahogando exclamaciones de horror. Gwendolyn los comprendió perfectamente: la pistola que brillaba en la mano del Dragón hacía parecer todas sus espadas y dagas oxidadas nada más que juguetes de niños malhumorados jugando a soldados.

Entonces él habló, no con la pronunciación inglesa, cerrada y desprovista de emoción, sino con la melodiosa pronunciación gutural escocesa, a rebosar de pasión:

—Será mejor que salgáis de este patio inmediatamente si queréis salir con vida, porque no habrá nada de cortar cabezas de dragones ni quema de brujas mientras un MacCullough sea el señor y amo del castillo Weyrcraig.

Segunda Parte

¡Qué feliz corría yo de campo en campo
saboreando todo el orgullo del verano,
hasta que vi al príncipe del amor
resplandeciente bajo los rayos del sol!

William Blake

Capítulo 18

Gwendolyn se quedó paralizada en los brazos del Dragón, tratando de asimilar la impresión de oír una voz que había creído no volver a oír jamás. Demasiadas noches en vela y demasiados cigarros podrían haberle dado el timbre más grave de la humosa voz de barítono de un desconocido, pero sus inflexiones le eran tan conocidas como los latidos de su propio corazón.

Ross había palidecido como si hubiera visto un espectro, pero en realidad no había nada espectral en el musculoso brazo que le rodeaba la cintura.

Las horas parecieron retroceder vertiginosamente devolviéndola a ese momento en el tiempo cuando estaba en ese mismo patio hacía dos semanas, cuando el Dragón salió de su escondite, la capa ondeando sobre sus anchos hombros, exhalando humo por las narices. Entonces, cuando él salió de las sombras, por un fugaz instante ella le vio la cara, esa cara hermosa, terrible por lo imposible.

Ese recuerdo se le había borrado porque su mente se negó a creerlo; el recuerdo se le había negado hasta ese mismo instante.

Lentamente se giró dentro de su brazo.

Al instante comprendió lo estúpida que había sido al confundir a Bernard MacCullough con un simple mortal. Pese al destello implacable que brillaba en sus ojos verde esmeralda, su rostro poseía la áspera pureza de la cara de un arcángel. Su fuerte frente estaba suavizada por un mechón revuelto de sus cabellos negros atados descuidadamente en la nuca en una coleta que parecía terciopelo negro. Su inflexible mandíbula estaba suavizada por el pesaroso humor de una boca esculpida no para la piedad sino para los placeres paganos, y capaz de tentar incluso a la más virtuosa de las mujeres.

En su cara no había ninguna marca de nacimiento, ninguna cicatriz, ninguna fea deformidad que estropeara sus atractivos planos, aunque el sol, el viento y la disipación sí habían dejado sus marcas en el niño que había sido. Sin poder reprimirse, le pasó las yemas de los dedos por las arrugas que le surcaban la frente, por las finas arruguitas que irradiaban desde las comisuras de sus ojos, los hondos surcos que le enmarcaban la boca. En lugar de disminuirlo, esos indicios de vulnerabilidad lo hacían más seductor aún.

Retiró bruscamente la mano, sintiéndose traicionada hasta el fondo del alma al descubrir que su amado Dragón no era una bestia sino una belleza. Siempre se había considerado inteligente, pero él la había tomado por una tonta de remate.

Incapaz de soportar mirarlo, e igualmente incapaz de dejar de mirarlo, empezó a desprenderse de su brazo.

Él ya no era el niño larguirucho que ella recordaba. Era delgado de talle, pero más alto y ancho de hombros de lo que ella se hubiera imaginado jamás. Aunque seguía sin sus botas y la camisa le colgaba abierta sobre la impresionante extensión de su pecho, su desaliño sólo parecía acentuar el poder enroscado en sus tensos músculos. Sostenía la pistola cargada en su mano con tanta naturalidad como si hubiera nacido para eso.

Continuó apartándose de él, tratando de escapar de lo ineludible, pero él le cogió la muñeca con la mano libre, con expresión recelosa, no de la multitud sino de ella. Le escudriñó la cara y sus ojos se ensombrecieron.

—No pude dejarte aquí —le dijo en voz baja y urgente—. Tuve que volver.

Eso fue casi más de lo que Gwendolyn podía soportar: oír salir la voz del Dragón de esa traicionera boca.

—Por lo menos esta vez no tuve que esperar quince años.

Trató se soltarse, pero Bernard la atrajo hacia él bruscamente, delatando un pronto de genio.

—Lamento muchísimo si te ofende que esté vivo, señorita Wilder —le dijo con los dientes apretados, con un ojo vigilante sobre los aldeanos—, pero tenemos asuntos más importantes que atender en este momento, como por ejemplo, salvar nuestros pellejos.

—¿Y qué si yo ya no estoy tan segura de que el tuyo sea digno de salvarse? ¿Qué harás entonces? —Miró la pistola—. ¿Dispararme?

Casi deseó que le disparara. No se había sentido tan humillada desde aquella vez que se cayó del roble y aterrizó en su pecho. Estaba empezando a pensar si no habría sido mejor si entonces lo hubiera matado con el golpe; se habría ahorrado el sufrimiento de enamorarse de él, y por segunda vez para más inri.

Antes que él pudiera responder salió Tupper tambaleante por la puerta, frotándose la mandíbula.

—Cáspita, hombre, no tenías para qué tenderme una emboscada. Si me lo hubieras pedido simpáticamente no habría tratado de impedirte que saltaras de la lancha.

Gwendolyn miró hacia abajo. Las medias y la mitad inferior de las calzas de Bernard estaban empapadas de agua de mar, pegadas a los ya pecaminosamente bien definidos músculos de sus pantorrillas y muslos.

—¡Dragón!

Todas las cabezas se giraron a mirar el vuelo de la grácil beldad de cabellos oscuros que se precipitó escalinata arriba a echar sus brazos al cuello de Tupper.

Aunque sus blancas mejillas se tiñeron de rubor, Tupper correspondió el abrazo con conmovedor fervor.

—¿Esa sería la Kitty tuya o la de él? —susurró Bernard al oído de Gwendolyn.

—Ya no lo sé —repuso ella fríamente, observando a Tupper hocicar en el pelo de Kitty.

—¿Cómo puede ese sujeto ser el Dragón? —preguntó Granny Hay—. Yo creía que él era el Dragón —añadió, apuntando a Bernard con un dedo.

—No seas tonta —graznó el viejo Tavis, arrastrando los pies hasta la escalinata—. Cualquiera puede ver que él es el mismísimo MacCullough, que ha salido de su tumba para arrojar venganza sobre nuestras cabezas.

Ante las severas palabras pronunciadas por el viejo, varios aldeanos se hicieron una rápida señal de la cruz en sus pechos y otros empezaron a retroceder hacia las puertas del patio. Hasta ese momento Gwendolyn no había comprendido del todo por qué los aldeanos se habían quedado tan desconcertados ante la aparición del Dragón. Ella también se estremeció al ver que se había convertido en la imagen misma de su padre.

—¡Eres tú el tonto, viejo! —gritó Ailbert, arrastrando a Tavis hacia la multitud—. Estabas con el resto de nosotros cuando subimos este cerro a la mañana siguiente del ataque de Cumberland. MacCullough estaba apenas aferrado a la vida.

Gwendolyn miró disimuladamente la cara de Bernard. De sus fuertes planos se había borrado toda expresión. El efecto era escalofriante.

—MacCullough no podría estar vivo —dijo Ailbert girándose hacia los aldeanos, con una pasión que indicaba que no sólo quería convencerlos a ellos, sino a sí mismo también—. ¡Lo vimos exhalar su último suspiro! ¡Lo oímos decir sus últimas palabras!

—Que las alas del dragón vuestra ruina presagien —recitó la sonora voz de Bernard, dejando clavados a los aldeanos donde estaban, como hipnotizados—, que su fiero aliento vuestras tumbas selle, caiga sobre vuestras cabezas mi venganza, hasta que se derrame sangre inocente —concluyó, con un indiferente encogimiento de hombros—. Aunque mi padre se consideraba más un erudito que un poeta, no le salió nada mal la estrofa. —Paseó su brillante mirada por el patio—. En especial si consideramos que su sangre vital le estaba brotando del corazón cuando la compuso.

—No es el padre sino el hijo —suspiró Granny Hay, aferrando el deslustrado crucifijo que llevaba oculto debajo de la enagua.

—Pero es que encontramos tu cadáver también, muchacho —dijo Ailbert en un susurro—. Todo quemado en el rincón de la sala grande. Yo mismo lo amortajé y lo subí al lomo de tu poni. ¿Cómo…?

—Sí, ¿cómo? —preguntó Gwendolyn vehementemente.

Bernard le dirigió una intencionada mirada antes de avanzar un paso.

—Sospecho que el cadáver que encontraste era el de uno de los muchachos exploradores de Cumberland, muerto por error por la bala de cañón. Cuando lo encontraste yo ya hacía mucho que no estaba. Los ingleses me tomaron prisionero.

Con esas cinco sencillas palabras, Bernard aludía a un destino que superaba lo que cualquiera podía imaginarse. Gwendolyn trató de no imaginarse lo que habría tenido que sufrir ese inocente niño de ojos claros a manos de los enemigos de su padre.

—¡Es un milagro! —gritó la mujer de Ailbert, y haciendo a un lado a todo desventurado que se interpusiera en su camino, subió los escalones como una bala de cañón. Arrodillándose a los pies de Bernard, le cogió la mano y le bañó el dorso de reverentes besos—. Por fin nos recompensa Dios nuestra paciencia. ¡Nuestro señor ha vuelto a nosotros!

Cuando Bernard retiró la mano y se la limpió en las calzas, ella retrocedió, casi de rodillas. Aunque su numerito desencadenó una ola de agitados murmullos y desanimados vivas, la mayoría de los aldeanos seguían con más aspecto de petrificados que de complacidos. A excepción de sus hermanas mayores, observó Gwendolyn con una cínica risita. Los ojos de Glynnis tenían el inconfundible destello de la codicia, mientras que Nessa estaba mirando a Bernard como si fuera el más suculento de los bistecs y ella llevara mucho tiempo con sólo patatas para calentarse el vientre.

Entonces Ross se puso bruscamente delante de su madre, con su ancha cara roja de emoción.

—¡Miente! —exclamó—. Todo el mundo sabe que los ingleses no tomaron prisioneros, ni en Culloden ni aquí. ¡Es un impostor, eso es lo que es! —Miró a Gwendolyn despectivo—. Y esa puta está confabulada con él.

Un instante Ross estaba mirándola despectivo, y al siguiente estaba aplastado contra la pared del patio con la boca de la pistola de Bernard clavada en la blanda carne bajo la mandíbula. Bernard le habló en voz baja, pero audible para todas las almas congregadas en el patio:

—Me asombra que después de quince años todavía no hayas aprendido modales para dirigirte a una dama. ¿Cuántas veces tengo que advertirte que jamás olvido una injusticia hecha a uno de los míos?

A Ross se le agrandaron los ojos mirando la cara del hombre que había nacido para tener dominio absoluto sobre su destino.

—No q-quise… L-lo siento m-muchísimo, señor… pe-perdóneme… m-milord —tartamudeó, igual que hiciera esa tarde de verano hacía tanto tiempo.

Gwendolyn se estremeció al comprender que Bernard debía de recordar ese día tan claramente como ella. ¿Pero por qué no? Había sido su último día de libertad; el último día que recorrió esos cerros de las Highlands como dueño de su destino.

Una daga de dolor se le retorció en el corazón. Cuando él era un hombre sin pasado ella había sido capaz de creer que podrían compartir un futuro. Pero eso ya era imposible. El castillo podía haberse librado de las antorchas de la enfurecida multitud, pero su precioso Dragón había muerto una muerte feroz, quemado junto con el resto de sus sueños.

Haciendo caso omiso de las asombradas miradas de Tupper y Kitty, bajó un escalón y le tocó el hombro a Bernard. Él se giró lentamente, dejando marchar al palidísimo Ross.

Su gigantesca figura ante ella la cogió con la guardia baja; se obligó a sostener su recelosa mirada, aunque sentía más que un poco de miedo de ver un encantador atisbo del niño al que en otro tiempo adorara.

—No hay ninguna necesidad de que me defiendas, milord —le dijo—. No soy tuya ni lo seré jamás.

Dejando el eco de sus palabras flotando sobre el pasmado silencio, se abrió paso por entre el gentío en dirección a las puertas, deseosa de alejarse de él todo lo que le permitieran sus resueltos pasos.

Gwendolyn estaba sentada sobre una roca contemplando tristemente el oleaje: allí las olas eran más suaves, susurraban en lugar de rugir. Las frías gotas le rociaban la piel, pero estaba demasiado aturdida para enterarse. Ni siquiera sabía cómo había llegado a esa solitaria franja de playa.

No bien llegó a las puertas del patio echó a correr como desesperada, hasta que de pronto cayó en la cuenta de que no tenía dónde ir. La aldea le era tan extraña como antes había sido para ella el castillo. Tenía la impresión de que ya no era de ninguna parte.

Así pues, se desvió del camino principal y tomó un serpenteante sendero que bordeaba el castillo y bajaba por el acantilado. Cuando llegó a la rocosa franja de arena, estuvo caminando un largo rato, tratando de escapar de las sombras del castillo.

El castillo ya no era una guarida de dragón sino una simple ruina de escombros. Muy pronto la luz gris de la aurora iluminaría sus habitaciones quemadas y sus torres desmoronadas, exponiendo cruelmente su fealdad. Acabaría la noche y ella no tendría más remedio que despertar del hermoso sueño que había estado viviendo esas dos últimas semanas.

Estaba contemplando la fría e indiferente luna cuando oyó unos suaves pasos detrás de ella.

—Todavía no has aprendido a dar las debidas gracias a alguien por rescatarte, ¿eh?

Gwendolyn se incorporó y se giró lentamente a mirar a Bernard MacCullough, que estaba descalzo sobre la arena a unos palmos de ella. El viento le tironeaba la camisa y le agitaba sus oscuros cabellos.

—Me sorprende que no hayas permitido que los aldeanos me quemaran —contestó—. Te habrías ahorrado toda esta molestia.

—No debería haberte dejado a su merced para empezar, pero no quería que lo descubrieras de esa manera. Cuando comencé a temer que podrían hacerte más daño del que yo podía hacerte, vine en tu busca.

—¿Así que volviste de los muertos sólo por mí? Supongo que debería sentirme halagada. ¿Cuándo pensabas decirme quién eras realmente? —Le subió el calor a las mejillas—. ¿Después que te llevara a mi cama?

Él negó con la cabeza, indeciso.

—Hubo momentos en que ansié decírtelo. La primera vez que te besé. La noche de la tormenta, cuando me contaste lo de los aldeanos bajando mi cadáver por el cerro…, cuando lloraste por mí.

—Esas sólo fueron unas pocas de las muchas lágrimas que desperdicié por ti a lo largo de los años. Pero eso ya lo sabes, ¿verdad? Porque te vacié mi corazón. Y tú tuviste la audacia de quedarte ahí escuchándome mientras yo hablaba y hablaba del niño amable y noble que eras y de lo mucho que siempre te adoré. —Desvió la cara hacia otro lado, enferma de desprecio por sí misma—. ¡Qué ridícula tienes que haberme encontrado!

—Nunca te he encontrado ridícula —dijo Bernard, atreviéndose a acercarse un poco—. Lo único que pensaba era lo desilusionada que te sentirías si llegabas a conocer al hombre en que se convirtió ese niño. —Levantó la mano para girarle la cabeza hacia él, pero ella se apartó bruscamente—. No lo entiendo. Actúas como si me tuvieras más miedo que cuando creías que era un desconocido.

—No te tengo miedo —mintió ella—. Es sólo que no puedo soportar que me toques.

—¿Por qué?

—Porque permitiste que me enamorara de un hombre que nunca existió. ¡Y tú no eres él! —Retrocedió hacia las olas, mientras dejaba salir todo el dolor que había estado conteniendo—. ¡No eres el Dragón! Hueles como él, hablas como él, pero no eres él, y no soporto saber que estés aquí y él se haya marchado para siempre.

Negándose a que él la viera derramar una sola lágrima más por él, corrió hacia el sendero del acantilado, dejándolo solo ahí a la luz de la luna.

Bernard continuó en la playa, con un pie apoyado en la roca donde había estado sentada Gwendolyn, contemplando el cielo pasar de color lavanda a rosa. No quería marcharse de ese lugar, sabiendo que podría ser la última vez que se sentiría tan cerca de ella. Nunca, ni una sola vez había suplicado piedad a los ingleses, ni les había rogado por su vida, pero al ver huir de él a Gwendolyn, estuvo a un pelo de llamarla, de gritar su nombre, a punto de implorarle que no se marchara.

El Dragón la habría seguido, habría tomado por asalto la aldea si era necesario para volver a hacerla su cautiva. La habría llevado de vuelta a la torre y allí le habría hecho el amor hasta que ella no lograra recordar su nombre ni el de él.

Pero Gwendolyn ya no creía en dragones. Y fue su fe en él la que hacía real al Dragón. Sin esa fe, él no era otra cosa que un charlatán despiadado que había engañado a una mujer inocente haciéndola enamorarse de una ilusión.

Apareció el sol por el horizonte cayendo sobre el agua con mareadora fuerza. En otro tiempo habría huido de su luz, pero en ese momento dio la bienvenida a sus cegadores rayos.

Habían llegado a su fin las noches de ocultarse en las sombras. Había pasado quince años renegando de su herencia. Había llegado la hora de que Bernard MacCullough entrara en posesión de lo que le pertenecía legítimamente, quitándoselo a quienes se lo habían robado.

La gente de su clan estaba esperando para dar la bienvenida a su hijo tanto tiempo perdido, y él no tenía la menor intención de decepcionarlos. Tal vez no lograra tener a la mujer que deseaba, pero que lo colgaran si se marchaba de ese lugar antes de obtener lo que había venido a buscar.

La verdad.

Capítulo 19

*L*a esperanza había retornado a Ballybliss.

Las serpenteantes callejuelas del pueblo hervían de actividad, sus ciudadanos corriendo de aquí allá con un entusiasmo que nunca manifestaron cuando tenían que calmar los apetitos del Dragón. Casi cada hora traqueteaban carretones llenos de madera, leña y alimentos por el escarpado camino hacia el castillo. Los aldeanos ya no llevaban sus regalos a regañadientes, sino con una impaciencia casi patética, envolviendo sus humildes ofrendas con desteñidas cintas para el pelo y trocitos de cuerdas que conservaban desde las mañanas de Navidad de un lejano pasado.

Las luces que parpadeaban en las ventanas de Weyrcraig una vez caída la oscuridad ya no eran de fantasmas sino de los trabajadores que estaban dispuestos a laborar hasta bien entrada la noche para devolver su antigua esplendor a las salas y habitaciones del castillo. Cuando se propagó por las Highlands la noticia de que había cambiado la suerte de Ballybliss, muchos de los que habían abandonado la aldea comenzaron a regresar. Las calles resonaban con las alegres exclamaciones de los padres que abrazaban a hijos que no habían visto desde hacía más de una década y de las madres llorosas que recibían a nietos a los que veían nunca habían visto.

Por primera vez en casi quince años, Ballybliss estaba saliendo de la sombra de su pasado. Y todo esto debido a que el príncipe del clan MacCullough había vuelto a casa a tomar posesión de sus dominios.

Una mañana en que Gwendolyn iba a toda prisa a su casa de vuelta del mercado, miró furtivamente hacia el castillo Weyrcraig, deseando poder escapar con la misma facilidad de la sombra que este había arrojado sobre su vida. Aunque ya habían transcurrido más de dos meses desde la última vez que posó los ojos sobre su amo, lo sentía, tal como lo había sentido en la oscuridad de su habitación. Él estaba esperando, observando, tomándose su tiempo.

Durante esos dos meses había demostrado su paciencia evitando toda referencia a las mil libras que antes exigiera con tanta tenacidad. En lugar de maldecir los ardides del Dragón, los aldeanos se reían se la astucia de su joven amo, simulando que no les importaba que su broma hubiera sido a sus expensas. Tontos y llenos de esperanza, incluso se atrevían a creer que él les había perdonado su terrible pecado. Sólo Gwendolyn lo conocía lo bastante para sospechar que su paciencia no era otra cosa que la calma antes de la tempestad.

Ross estaba echado en los peldaños de la taberna de la aldea. Antes que Gwendolyn pudiera cruzar la calle para eludirlo, él se levantó de un salto y se inclinó en una reverencia.

—Y muy buenos días tenga, señorita Wilder. Está muy bonita esta hermosa mañana de verano.

Si no hubiera sido por su expresión seria, Gwendolyn habría creído que se estaba burlando de ella. Desde su regreso a la aldea no se había puesto otra cosa que sus insulsos vestidos de lana complementados por delantales sucios que hacían muy poco para halagar su figura. Llevaba el pelo recogido en un severo moño, y bien sujeto por una modesta redecilla casera. Bien podía dolerle la cabeza y sentir los ojos ligeramente turnios, pero por lo menos no tenía que imaginarse los dedos del Dragón pasando por sus sedosos cabellos sueltos.

—Vamos, gracias, Ross, muy amable de tu parte —contestó en tono agridulce, pisándole intencionadamente el pie al pasar.

El gruñido de dolor de él todavía se cernía en el aire cuando la prima de Ross, Marsali, salió de la botica y le metió a su nerviosa nena en la cara.

—¿Ha visto a mi angelito últimamente, señorita Wilder? Se está convirtiendo en toda una belleza.

Gwendolyn sacó un pañuelo de uno de sus paquetes y lo pasó por la cetrina mejilla de la pequeña para quitarle una mancha de tierra con baba.

—Creo que es la imagen misma de su mamá —dijo.

El movimiento para esquivar la espumosa baba que escupió la nena sólo le sirvó para encontrarse cara a cara con la madre de Ross, que bajó tanto el cuerpo para hacerle una venia que le crujieron las rodillas cuando trató de enderezarse.

—¿Y cómo está ese encantador padre tuyo, hija? —le preguntó con una afectada sonrisa.

—Muy bien, espero.

Cuando ella ya había pasado, la señora se acercó a una de sus amigas y le dijo en un susurro tan fuerte como para despertar a los muertos:

—Una lástima que esta muchacha ya esté tomada. Siempre dije que sería una esposa perfecta para uno de mis muchachos.

Gwendolyn apresuró el paso, sin saber si echarse a temblar o a reír. Los aldeanos se negaban a creer que no era la amante del señor. Su pétreo silencio sobre el tema de lo que ocurrió entre ella y su captor durante sus dos semanas de ausencia sólo echaba leña a las elucubraciones. No podía salir de la casa sin que alguno de ellos se inclinara en una reverencia limpiándose los zapatos en el suelo, tratando de expiar la mala jugada que le habían hecho. Si bien la divertía toda esa adulación, le fastidiaba que creyeran que ella se había entregado a Bernard MacCullough, o que a él todavía pudiera interesarle lo que había sido de ella.

Suspiró aliviada cuando por fin cerró la puerta de atrás de la casa.

—¿Gwennie?

—Sí, papá, estoy aquí.

Dejó los paquetes en el pórtico y corrió hacia patio lateral, donde estaba su padre reclinado en un sillón bajo la sombra moteada de un manzano.

Arrodillándose a su lado le arregló la manta de lana sobre las debilitadas piernas. Había bajado tanto de peso esas últimas semanas que le dolían los ojos con solo mirarlo. Las costillas parecían a punto de salírsele por la frágil piel que le cubría el pecho y sus ojos parecían hundirse más y más en las órbitas con cada día que pasaba. Izzy no tenía que hacer ningún esfuerzo para levantarlo en sus fuertes brazos y llevarlo fuera. Los días calurosos de verano, como ese, a él le gustaba sentarse a contemplar las piedras que cercaban la tumba de su bienamada esposa. Eso parecía consolarlo, casi como si sintiera la presencia de ella.

Él le enterró los dedos en el brazo, con sus ojos de un azul ya desteñido brillantes de alarma.

—Tuve un sueño, hija. Soñé que él venía a por mí.

—Ay, papá —dijo ella, negando con la cabeza—. ¿Cuántas veces tengo que decirte que Cumberland está muy lejos de aquí? Nunca te volverá a hacer daño.

—Cumberland no, ¡el Dragón! Ha vuelto, ¿verdad?, a destruirnos a todos.

Un nudo de pena mezclada con miedo le oprimió la garganta a Gwendolyn.

—El Dragón se marchó para siempre, papá. No nos volverá a dar problemas.

—Pero si viene, tú me tendrás a salvo de él, ¿verdad muchacha? —le dijo él, apretándole la mano hasta que ella hizo un gesto de dolor.

—Sí, papá, te tendré a salvo, te lo prometo —le aseguró, dándole un ligero beso en la cabeza.

Él la miró sonriente.

—Sabía que podía contar contigo. Siempre has sido mi niña buena, ¿verdad?

Él nunca sabría que en realidad era una niña mala, llena de pasiones pecaminosas y deseos vergonzosos. Una niña buena estaría agradecida por no haber sucumbido a los seductores ardides del Dragón, pero ella a veces despertaba por la noche con las mejillas mojadas de lágrimas y el cuerpo ardiendo de pesar. Creyendo que estaba de vuelta en la guarida del Dragón, se sentaba y escudriñaba la oscuridad buscando su figura oscura, sólo para volver a la realidad al oír la suave respiración de Kitty.

Casi se sintió aliviada cuando salió Izzy de la cocina con una cesta de ropa mojada. Si conseguía trabajar hasta el agotamiento, esa noche tal vez podría dormir sin sueños. Dejando a su padre echando una cabezada en el patio lateral, empezó a tender la ropa en la cuerda extendida desde la casa hasta el muro de piedra.

Izzy acababa de desaparecer por la puerta de la cocina con los paquetes cuando entraron Glynnis y Nessa por la puerta de atrás de vuelta de un paseo. Gwendolyn casi se quejó en voz alta. Sus hermanas eran más alborotadoras y curiosas que los aldeanos. Cada vez que ella se negaba a contestar alguna de sus intencionadas preguntas acerca del tiempo que pasó con el Dragón, se pasaban horas poniendo morros y malhumoradas.

Observándolas recelosa, sacó una galleta del delantal y tomó un bocado. Nessa y Glynnis intercambiaron una mirada maliciosa. Las dos se habían fijado en su saludable apetito desde su regreso, aunque la oportuna llegada de su regla había aplastado cualquier sospecha de que estuviera embarazada.

—Deberías haber venido con nosotras, Gwennie —canturreó Nessa—. Sólo esta mañana llegó de Edimburgo otro de los barcos de MacCullough, cargado de cosas. Fuimos a mirar desde el risco a esos fornidos y jóvenes marineros suyos cuando lo subían todo al castillo.

Glynnis se cogió las manos en el pecho.

—Nunca había visto cosas tan hermosas, chimeneas doradas, abanicos de cristal coloreado, sofás tapizados en seda de aguas. Nuestro señor debe de tener un gusto realmente impecable.

—Y ni una onza de sentido del ahorro —replicó Gwendolyn, tratando de no pensar en la cama absurdamente extravagante que nunca compartió con él.

Glynnis se encogió de hombros.

—¿Y para qué tendría que ser ahorrador cuando posee toda una flota de barcos? Uno de sus lacayos me dijo que incluso la Corona lo hizo caballero por su valor cuando rescató a un almirante o alto dignatario de las garras de los franceses en Louisbourg.

—Fue una suerte para los ingleses que decidieran meterlo en la Real Armada en lugar de matarlo —dijo Gwendolyn, sarcástica—. Pero encuentro raro que nunca nos hayamos enterado de ninguna de esas heroicas proezas suyas.

—Ah, pero es que él se hacía llamar por otro nombre —explicó Nessa—. Bernard Grayson. Al parecer en Inglaterra nadie sabía que era escocés.

Gwendolyn movió la cabeza, tendiendo uno de sus vestidos caseros en la cuerda.

—Nunca entenderé cómo pudo acabar combatiendo justamente por el país que destruyó a su padre.

Esa era sólo una de las muchas cosas de Bernard MacCullough que no entendería jamás.

Mirando de soslayo a Gwendolyn, Nessa le dio un codazo a Glynnis.

—La madre de Maisie se enteró por una de las lavanderas que también era un libertino. Aunque después que se retiró de la Armada era bien recibido en algunos de los salones más elegantes de Londres, dice que se pasaba la mayoría de las noches rondando por las casas de juego y los burdeles.

Pensando en lo ridículos que encontraría sus tímidos besos y torpes caricias un hombre de su experiencia, Gwendolyn dio un salvaje estrujón a una de las camisolas de Nessa.

—Es probable que esos días ya sean del pasado —comentó Glynnis, arrastrando la punta del zapato por el suelo, con el fin de parecer indiferente—. Puesto que ya ha amasado una fortuna propia y ha vuelto para tomar posesión de su herencia, es sólo cuestión de tiempo que empiece a buscar esposa.

—Será mejor que se dé prisa si quiere cogerte entre maridos —dijo Gwendolyn, colgando una toalla empapada que por un pelo no le golpeó la nariz a Nessa—. Pero claro, tal vez tenga plata suficiente en el bolsillo para tus gustos, pero no la suficiente en su pelo. Porque no te gustaría casarte con un hombre que pudiera vivir más que tú, ¿verdad?

—Puedes ser su esposa si quieres, Glynnis —canturreó Nessa—, porque yo tengo toda la intención de ser su amante.

Mientras sus hermanas sufrían un ataque de risitas infantiles, Gwendolyn buscó más galletas en el delantal. Estaba tragándose la última cuando oyó cerrarse la puerta del jardín.

Cuando vio al hombre que estaba a la sombra del muro, el corazón le dio un extraño vuelco. Pero cuando él salió de la sombra a la luz del sol, comprobó que sólo era Tupper, vestido muy formal: levita y calzas hasta la rodilla negras.

—Buenos días, señoras —saludó él. Hizo una educada reverencia, dirigida a las dos hermanas, y luego volvió sus serios ojos castaños hacia Gwendolyn—. Querría saber si puedo tener una conversación con usted, señorita Wilder. A solas.

—Vamos, ciertamente, señor Tuppingham —repuso ella, con la misma afectada formalidad de él.

Aunque Tupper había visitado asiduamente la casa en las pasadas semanas, siempre encontraba algún pretexto para marcharse cuando aparecía ella. Gwendolyn suponía que eso se debía a que todavía se sentía culpable por su participación en mantenerla prisionera.

Glynnis y Nessa se marcharon de mala gana, no antes de mirar curiosas varias veces a Tupper por encima del hombro. Todavía no lograban creer del todo que su hermanita pequeña hubiera atrapado a ese admirador tan exótico.

Tupper se quitó el sombrero y comenzó a pasarlo de una a otra mano evitando mirar a Gwendolyn a los ojos.

—Espero que me perdone el cargarla con esto, pero no sabía con quién debía hablar. Si el padre de Catriona estuviera... —titubeó, sin saber qué decir.

—¿Cuerdo? —le ayudó Gwendolyn.

Tupper asintió, agradecido.

—Si el padre de Catriona estuviera cuerdo, habría venido a verle a él. Sé que no usted no es su hermana mayor, pero me parece que es la más...

—¿Sensata? —dijo ella, al ver que volvía a titubear.

—¡Exactamente! Por eso me siento muy turbado al verme en la muy engorrosa posición de encontrarme ante usted para pedirle... eh... pedirle...

Presintiendo que él se iba a poner totalmente tartamudo, ella le sugirió:

—¿El pie de Catriona?

Él la miró tímidamente acusador.

—No, no. Es su mano la que deseo, en santo matrimonio. —Como si su osadía lo hubiera desconcertado, bajó los ojos y empezó a estrujar el ala de su sombrero—. Claro que lo comprendería si no me encuentra digno de ella.

—No seas tonto, Tupper. Siempre ha sido mi deseo que Kitty se case con un secuaz de secuestrador.

Tupper pareció tan abatido que ella lamentó al instante la broma. Amablemente le quitó el sombrero de las manos, le alisó el ala con mucho esmero, se lo devolvió y, mirando sus tristes ojos castaños, le dijo:

—Al margen de lo que opine sobre tu elección de amigos, no puedo negar que serás un buen marido para mi hermana. Así pues, ¿cuándo tenéis planeado casaros?

Una placentera sonrisa iluminó la cara de Tupper.

—Puesto que nos vamos a casar en suelo escocés, no habrá necesidad de obtener una licencia especial de la Corona. Si lo tienes a bien, esperamos ser marido y mujer antes de la próxima semana.

—Eso no nos deja mucho tiempo —dijo Gwendolyn, ceñuda, con la cabeza ya llena de todo lo que había que hacer—. Kitty tiene que tener un vestido nuevo, aunque supongo que podríamos pedir prestado el que usó Glynnis en su última boda. Además, Izzy tendrá que preparar un pastel de jengibre y algunos otros refrigerios para los invitados. No podremos permitirnos mucho lujo, claro, pero si todos nos sacrificamos, podemos...

Se interrumpió al ver que Tupper metía la mano en el interior de su levita y sacaba una hoja de papel doblada y sellada con lacre rojo. Él se la tendió, con aspecto de estar más nervioso que antes.

Ella conocía muy bien ese papel vitela cremoso.

—Si nuestro señor necesita venado fresco —dijo fríamente—, le sugiero que pruebe en la carnicería.

—Esta vez no es una petición —le aseguró Tupper—, sino una oferta.

Sucumbiendo a su mirada suplicante, cogió la nota y la desplegó, sosteniéndola entre las puntas del índice y el pulgar, como si la tinta pudiera mancharle los dedos.

—Así que MacCullough quiere daros una gran fiesta de bodas —dijo, sintiendo que se le tensaba la boca al leer la misiva—. E invita a toda la aldea a la celebración. —Cerró bruscamente la misiva—. Es una propuesta muy generosa, pero no tenemos ninguna necesidad de su caridad.

—Me dijo que te dijera que prefiere considerarlo el pago de una parte de su deuda.

Gwendolyn no deseaba otra cosa que romper la nota de MacCullough en mil pedazos, subir al castillo y arrojárselos a la cara. Pero sabía lo que significaría para Kitty una boda grandiosa. Habría mesas cubiertas de carne, pasteles y manjares, barriles de whisky recién abiertos, música de gaita y cantos que durarían hasta el alba. Y toda esa grandiosa fiesta, jolgorio y baile estaría presidida por el pródigo príncipe del clan. Sería una noche que su hermana recordaría toda su vida; y una noche que ella no podría olvidar, por mucho que lo intentara.

Suspiró. Había estado dispuesta a sacrificarse para que su hermana tuviera una hermosa boda, pero no se había imaginado que el precio sería tan alto.

—Puedes informar a MacCullough que aceptaré su oferta, pero le dirás también que él debería saber mejor que nadie que ciertas deudas no se pueden pagar jamás.

Capítulo *20*

*L*os sones de la gaita ya no eran plañideros lamentos por la pérdida del príncipe de Ballybliss. El castillo Weyrcraig estaba resplandeciente de luces, sus fantasmas por fin en reposo. Los aldeanos subían en tropel por el escarpado camino, sus coloridas faldas y mantas de tartán y sus gorros emplumados en franco desafío a la Ley de Proscripción que dictara la Corona después de la derrota de Bonnie el príncipe Charlie en Culloden, que prohibía el uso de toda clase de ropa típica de las Highlands.

Cuando comenzaron a entrar en el patio iluminado por antorchas y por las recién restauradas puertas de hierro forjado, llenando el fresco aire nocturno con sus risas, desde una elevada ventana los contemplaba una figura solitaria, escudriñando sus filas en busca de una cara que temía no encontraría.

Aunque los mejores albañiles de Escocia e Inglaterra habían pasado todos los momentos de vigilia de los dos últimos meses reparando las grietas y reconstruyendo muros, a Bernard le parecía que el castillo estaba más ruinoso que antes. Echaba en falta la soledad; echaba en falta la oscuridad.

La echaba en falta a ella.

Apoyado en el marco de la ventana, cerró los ojos un momento. Echaba de menos el valor de Gwendolyn, sus desafíos, su ternura, la dulzura de tenerla en sus brazos. Su marcha había dejado enormes agujeros y grietas que ninguna cantidad de mortero podía llenar. Habían quedado muchas cosas sin decir entre ellos, muchas preguntas que ella no le dio la oportunidad de contestar.

Durante esos dos meses había logrado mantenerse alejado de ella, diciéndose que no había cambiado nada desde esa noche de tormenta cuando la encontró en el patio. Podía vestirse como un caballero y vivir como un príncipe, pero en el fondo del corazón seguía siendo una bestia, un ser sin conciencia ni remordimientos.

Lo atormentaba el miedo que vio en sus ojos esa noche en la playa. Era casi como si ella temiera más a Bernard MacCullough de lo que había temido al Dragón. Y no podía dejar de comprenderla.

Reanudó la observación de los aldeanos que iban entrando como un enjambre por las puertas que se habían abierto de par en par para recibirlos. Ellos no tenían idea de que iban entrando en una trampa. Antes que acabara esa noche estarían ansiosos por entregar al traidor que destruyera a su familia. Tal vez sería mejor que no estuviera Gwendolyn. Ciertamente no podía pedirle su bendición para lo que pensaba hacer.

Se enderezó y dio sus muy practicados capirotazos a los volantes de sus puños. Había llegado a su fin el tiempo para entregarse a sus pesares. Los adoradores miembros de su clan estaban esperando para brindar a la salud de su anfitrión, y, cómo no, él estaba muy bien dispuesto para complacerlos.

Gwendolyn estaba sentada junto a la cama de su padre, resuelta a continuar ahí todo el tiempo que se atreviera. Deseaba poder pasar toda la noche con la nariz metida en el último boletín de la Real Sociedad para Mejorar el Conocimiento Natural mediante la Experimentación, pero le partiría el corazón abandonar a Kitty en su día de bodas. Ya la echaba de menos, pensó, suspirando. Después de esa noche nunca más tendría que volver a preocuparse de que el codo de Kitty metido en su oreja la despertara.

El alegre sonido de las gaitas se filtraba por las persianas cerradas. El viejo bosque no conseguía amortiguar la música ni las risas que resonaban por el valle. Gracias a la pródiga generosidad del señor, sin duda el jolgorio iría haciéndose más bullicioso a medida que transcurriera la noche, y el liberal caudal de whisky acabaría con las inhibiciones y soltaría las lenguas tan controladas durante años.

Su padre se agitó, dormido. Había estado inquieto todo el día, asustándose de las sombras, tironeándole la mano y mascullando algo sobre la ira de los dragones, hasta que ella ya estaba desesperada por irse a la cama y meter la cabeza debajo de la almohada. Era una lástima que él no pudiera enterarse de que su hija menor estaba a punto de convertirse en la esposa de un futuro vizconde.

Se abrió bruscamente la puerta y por ella irrumpió Izzy, que se quedó pasmada al encontrarla ahí.

—¿Cómo es que estás aquí todavía, muchacha? Tus hermanas salieron hacia el castillo hace casi una hora.

Gwendolyn se levantó y, evitando mirarla, se puso a arreglarle la manta a su padre, metiéndosela bajo el mentón.

—Papá ha estado muy desasosegado hoy. He pensado que tal vez sería mejor que yo me quede con él mientras tú vas a divertirte con el resto de la gente.

—¿Y qué tiene que andar divirtiéndose una vieja como yo? El jolgorio es para los jóvenes, para los que tienen suficiente savia en las venas para que les suba. Vete, muchacha —añadió, haciendo un gesto hacia la puerta—. Yo cuidaré de tu padre. Tu hermana no te perdonará jamás si te pierdes su boda.

Gwendolyn dio unos golpecitos a los almohadones para ahuecarlos, todavía sin mirarla.

—Si tú le recuerdas el mal día que ha tenido papá hoy, seguro que lo entenderá.

Izzy se puso en jarras.

—Puede que Kitty lo entienda, pero que me cuelguen si lo entiendo yo.

Gwendolyn bajó la cabeza y dejó de moverse sin sentido.

—No sé si puedo volver a ese lugar. No estoy preparada para enfrentarlo.

Izzy movió la cabeza.

—En todos los años que te conozco, muchacha, nunca te he visto echarte atrás ante una batalla. No sé qué te hizo ese pícaro en ese castillo, pero me da pena pensar que puedas ser capaz de dejar que alguien, hombre o bestia, te impida estar al lado de tu hermana el día más importante de su vida.

Gwendolyn levantó lentamente la cabeza, asimilando esas palabras. Izzy tenía razón, era egoísmo de su parte permitir que sus temores arrojaran una sombra en la felicidad de Kitty. Miró disimuladamente la cama. Su padre estaba durmiendo sin agitarse, apacible por primera vez en todo ese interminable día.

—Muy bien, Izzy, iré.

Se le aceleró el corazón cuando cogió el chal del respaldo de la silla.

—No, vestida así no —replicó Izzy, mirándole el vestido de lana marrón—. No me parece bien que te confundan con una de las pinches de cocina en la boda de tu propia hermana.

Salió corriendo de la habitación y a los quince minutos volvió trayendo sobre el brazo varios metros de brillante tafetán. Gwendolyn ahogó una exclamación de asombro.

Era el vestido azul cielo que llevaba en su última noche en el castillo. Empezaban a asomar las primeras luces del alba cuando se lo quitó y lo arrojó en un rincón del altillo, con la esperanza de no volverlo a ver nunca más. Supuso que lo habrían tirado, pero por lo visto Izzy lo había rescatado y reparado laboriosamente los rasgones de la delicada tela.

—Tu madre tenía vestidos así de finos antes de casarse con tu padre —le dijo Izzy, pasando su huesuda mano por la suave tela—, pero nunca tuvo verdadera necesidad de ellos. La belleza de lady Leah estaba en su interior, y habría brillado incluso a través de los más feos de los harapos. —Tendió hacia ella su ofrenda, sus vivos ojos empañados por una finísima niebla—. Igual que la tuya.

Las lágrimas le hicieron escocer los ojos a Gwendolyn mientras doblaba suavemente el vestido en sus brazos. La hosca criada acababa de hacerle un regalo mucho más grande de lo que imaginaba. Deseando agradecérselo de alguna manera, se puso de puntillas y le besó la mejilla.

Con la cara de un rojo mucho más subido que su color habitual, Izzy la empujó hacia la puerta.

—Vete, muchacha. No tienes el tiempo para estas tonterías, ni yo tengo la paciencia. Es probable que ese inglés rijoso les tenga levantadas las enaguas y bajados los calzones a tus hermanas antes que logres subir tu culo por ese cerro.

Cuando Gwendolyn iba subiendo a toda prisa el sendero del acantilado ya no lograba resistirse a la música de la gaita; su lamento pagano le agitaba la sangre, la hacía desear tirar al viento sus inhibiciones y bailar con desenfado bajo el glacial brillo de la luna que se cernía en el cielo norteño. La noche parecía susurrar su nombre igual como lo hiciera en el castillo Weyrcraig, invitándola a abrazar los seductores peligros de la oscuridad.

Oía el frufrú de la falda de reluciente tafetán alrededor de los zapatos. Se tocó el pelo. Junto con cambiarse de vestido se había cambiado la redecilla de lana por dos peinetas de carey que dejaban escapar suaves bucles del moño francés en que se había recogido el pelo a la nuca.

Un carruaje esperaba fuera de las puertas del patio, sus caballos profusamente engalanados con flores y cintas. Después de la boda, Tupper y Kitty partirían rumbo a Edimburgo, donde pasarían una corta luna de miel. Un viaje embriagador, sin duda, pensó ilusionada, para una muchacha que se habría contentado con pasar toda su vida entre los protectores muros montañosos del valle.

Aunque las ventanas del castillo estaban iluminadas, la mayor parte del jolgorio parecía estar centrada en el patio. En las paredes brillaban antorchas metidas en sus candeleros que desvanecían las sombras con su luz. La estatua de Afrodita presidía la fiesta, con su cabeza y sonrisa burlona restauradas a su primitiva belleza. Los criados se abrían paso por entre el gentío, portando bandejas rebosantes de comida y bebida. Sus libreas escarlata y sus pelucas empolvadas provocaban más de unas pocas risitas disimuladas entre los aldeanos.

El viejo Tavis estaba resollando una alegre melodía en la gaita, agitando su huesudo pecho como si cada nota fuera a ser la última. Lachlan rasgueaba las cuerdas de su arpa, acompañado por tambores, pífano y violín. Aunque metido en su severos chaqueta y calzas negros el reverendo Throckmorton parecía un oscuro y soso cuervo en medio una jactanciosa bandada de petirrojos, al parecer había decidido hacer la vista gorda a la frívola rebelión del clan. Una sonrisa iluminaba su arrugada cara mientras batía palmas al ritmo de la música, aunque más desacompasado que acompasado.

Gwendolyn no tardó mucho en localizar a su radiante hermana. Cogidos de las dos manos, ella y Tupper encabezaban las dos filas de bailarines que estaban bailando un animado reel. Llevaba los oscuros rizos coronados por un halo de rosas silvestres y ramitas secas de brezo, que le daban una apariencia más angelical que de costumbre.

Los hoyuelos de Kitty se ahondaron cuando la vio. Al instante se retiró de la fila llevando detrás a un agotado Tupper.

—¡Empezaba a pensar que no vendrías! —exclamó.

Soltó la mano de su inminente marido el tiempo suficiente para darle un apretado abrazo; Gwendolyn lo correspondió con igual fuerza.

—No me habría perdido esto por nada del mundo, gatita. O tal vez debería decir «gata», puesto que pronto vas a ser una señora adulta casada.

Tupper sonrió de oreja a oreja a su prometida, su ancha cara sonrosada por el ejercicio y el orgullo.

—Dentro de muy poco podrás llamarla señora Tuppingham.

—Pensé que tal vez ella preferiría «señora Dragón» —dijo Gwendolyn, mirándolo con picardía.

Kitty frunció el ceño y lo golpeó en el brazo.

—No debes bromear con eso. Todavía no le he perdonado del todo esa inicua farsa.

—Después de esta noche tendrás el resto de tu vida para hacérmela pagar —dijo él, llevándose su puño a sus labios.

—Y yo creo que no lo haré —ronroneó Kitty.

Antes que el coqueteo se desintegrara en franco escarceo amoroso, pasó junto a ellos la fila de bailarines y los reintegraron al reel.

—¡No te vayas! ¡Volveré! —gritó Kitty a modo de disculpa, por encima de la música y las risas.

Suspirando, Gwendolyn los observó alejarse girando al ritmo de la música. Se suponía que ella era la hermana sensata, pensó. ¿Por qué no podía haberse enamorado de un hombre tan dulce y sin complicaciones como Tupper?

El pensamiento la indujo a pasear disimuladamente la mirada por el patio. No había señales de MacCullough.

En un rincón en la sombra estaban una muchacha y un muchacho dándose un largo beso. Gwendolyn sólo cayó en la cuenta de que los estaba mirando fijamente cuando la muchacha levantó la cabeza y la miró.

Con las mejillas ardientes, se dirigió a la mesa más próxima. El ritmo de la música ya iba aumentando a una cadencia febril que le hacía sentir la sangre demasiado caliente para sus venas. Dentro de nueve meses habría sin duda una racha de nacimientos de bebés en la aldea, algunos engendrados en muchachas bien dispuestas y otros engendrados por la fuerza en mujeres bebidas o lo bastante tontas para extraviarse lejos de la protección de la luz. Deseando haberse quedado junto a la cama de su padre, donde le correspondía estar, se sirvió un esponjoso pastelillo. Tal vez si comía los suficientes engordaría tanto que no podría volver a salir jamás por la puerta de su casa.

Tenía metida la mitad del pastelillo en la boca cuando oyó una conocida risita aguda. Se giró y vio a Nessa y Glynnis frente a ella. Nessa arrugó su impertinente nariz.

—Por el amor de Dios, Gwennie, ¿es que tienes que darte un atracón?

—Por todo lo que ha comido estos dos meses pasados, uno pensaría que MacCullough no le daba nada de comer la última vez que fue su huésped.

Gwendolyn apretó el pastelillo entre los dedos, y este se deshizo en migas. Se estaba hartando del acoso de sus hermanas.

—Ah, pues sí que me daba de comer. Me ofrecía suculentos banquetes de néctar y ambrosía mientras yo estaba reclinada en cojines de seda pura.

Nessa y Glynnis se le acercaron más al mismo tiempo, hipnotizadas por la nada típica voz ronca y seductora de Gwendolyn. Aunque ella no se dio cuenta, varios de los aldeanos que estaban cerca se pararon a escuchar.

—Me dejaba caer gordas uvas en la boca, una a una, y luego me limpiaba con besos las gotas que habían caído como rocío en mi agitado pecho.

Nessa ahogó una exclamación y Glynnis se tapó la boca con una mano, pero Gwendolyn estaba tan ocupada saboreando su reacción que no se fijó que la atención de ellas ya no estaba en ella sino en algo que asomaba justo por encima de su hombro.

—Después que yo acababa de lamerle el néctar de los dedos —continuó, permitiéndose curvar los labios en una lasciva sonrisa—, me echaba de espaldas entre esos cojines, me quitaba toda la ropa y me hacía el amor apasionadamente durante toda la noche.

—No hay ninguna necesidad de que me halague, señorita Wilder —dijo alguien detrás de ella—. Supongo que a sus hermanas, de tan buen corazón que parecen ser, no las decepcionará saber que incluso un hombre de mi energía podría necesitar echar una breve cabezada. entre uno y otro de esos vigorosos... ¿cómo diríamos?... ejercicios.

Sobre Gwendolyn cayó como suave lluvia la humosa voz de barítono con el embriagador aroma a brezo, seguida por una oleada de horror. Después de esperar el tiempo suficiente para asegurarse de que Dios no respondía a sus ruegos abriendo la tierra bajo sus pies para tragársela, se giró lentamente y se encontró mirando la sonrisa satisfecha de Bernard MacCullough.

—¿Nunca se cansa de espiar furtivamente a las personas? —le preguntó.

Si hubiera creído que él poseía aunque sólo fuera un gramo de vergüenza, podría haberle resultado bastante convincente la bajada de tupidas pestañas oscuras que hizo él.

—Comprendo que mi grosería es imperdonable, pero si anunciara mi presencia dondequiera que voy, ¿cómo podría oír estas conversaciones tan «deliciosas»? —dijo él arqueando una ceja y recordándole la tórrida escena que acababa de explicar a sus hermanas.

Por lo que a ella se refería, él había elegido un muy mal momento para tomar posesión de su herencia. En desafío al edicto de la Corona, llevaba una falda escocesa corta y una manta de tartán a juego atravesada sobre su nívea camisa. Los volantes de encaje de sus puños y cuello sólo acentuaban la fuerza masculina de su imponente pecho y largas piernas. Llevaba las rodillas desnudas y las piernas metidas en polainas de tartán y los pies en zapatos de cuero. Sus abundantes cabellos oscuros le rozaban los hombros.

Bien podía ser una ilusión creada por la luz de las antorchas, pero parecía ser al mismo tiempo el niño al que ella había amado más de la mitad de su vida y el hombre que siempre había soñado que sería. Se sintió como si volviera a tener nueve años, deseosa de algo que nunca tendría.

—Buenas noches, milord —gorjeó Nessa, al tiempo que ella y Glynnis hacían sus respectivas venias, moviendo las cabezas de arriba abajo como los pájaros con cuerda de un reloj mecánico.

—Buenas noches, señoras —contestó él, sin desviar la mirada de la cara de Gwendolyn.

En ese momento alguien le arrebató la gaita al viejo Tavis y otros empezaron a tocar una seductora melodía en pífano y arpa. Era una balada que todos conocían, una que lamentaba el destino de una muchacha que cometió la estupidez de entregar su corazón al primer muchacho que posó en ella sus ojos.

Bernard tendió la mano hacia Gwendolyn, sus ojos oscurecidos por una emoción que ella no logró ni llegar a comprender.

—¿Bailamos, señorita Wilder?

Un repentino silencio descendió sobre la muchedumbre, dejando girar alrededor de ellos las notas de la canción: dulces, seductoras, peligrosas.

Ella bajó la vista hacia la mano de él.

—¿Es esa una invitación o una orden, milord?

—¿Cuál prefiere?

—¿De usted? Ninguna —contestó ella.

Acto seguido giró sobre sus talones, con toda la intención de dejarlo a merced de sus gorjeantes hermanas.

—Entonces, considérelo una orden. Le guste o no, todavía soy su amo y señor.

Gwendolyn se giró con un golpe de falda.

—Ahí es donde te equivocas, Bernard MacCullough, porque ningún hombre será jamás mi amo y señor.

Los aldeanos ya estaban francamente boquiabiertos, era impensable ese franco desafío a la voluntad de su señor.

A él se le curvaron los labios en una sonrisa.

—Yo en tu lugar no estaría tan segura de eso, muchacha.

Le cogió la mano, pero en lugar de iniciar el baile con ella, empezó a llevarla hacia el castillo. Gwendolyn no tuvo más remedio que caminar detrás de él, nuevamente la cautiva del Dragón.

Capítulo 21

—El colmo de lo engreído, arrogante, despótico… —iba mascullando Gwendolyn detrás de Bernard—. Puedes esconderte detrás de la ropa de tartán MacCullough todo lo que quieras pero, hombre o bestia, sigues siendo un déspota.

—Y tú sigues siendo una cría —replicó él sin hacer más lentas sus largas zancadas.

—¿Y qué pretendes hacer con eso? ¿Encerrarme en la torre?

—Si lo hiciera —se burló él—, nadie vendría a rescatarte. Estoy seguro de que creen que es mi derecho divino tomar a cualquiera de las muchachas de la aldea para mi placer.

Como para probar este argumento, a los criados y juerguistas extraviados que estaban en el vestíbulo les bastó una sola mirada a la cara de él para salir corriendo por la puerta.

Con gran alivio para Gwendolyn, él pasó de largo por la escalera y continuó hacia la sala principal. Cuando pasaron bajo el hermoso arco, ella ahogó una exclamación de asombro.

Los duendes del Dragón habían hecho su trabajo otra vez.

La luna ya no tenía libertad para espiar a los ocupantes de la sala. Habían reparado el techo, reemplazado las vigas rotas, y enyesado y pintado el cielo raso. De la viga central colgaba una lámpara de araña sobre cuyos candeleros las velas de cera encendidas hacían resplandecer suavemente la mesa recién abrillantada. La tela de lino de desvaído color pastel que otrora tapizara las paredes había sido reemplazada por exquisito damasco color burdeos. Sobre la repisa de caoba del hogar colgaban cruzadas un par de viejas espadas de dos manos recién pulidas y abrillantadas. Cortinas de terciopelo color verde bosque cubrían las ventanas que daban al patio.

Cuando pasaron junto a la mesa, Gwendolyn hizo lo imposible por no recordar la noche en que cometió la estupidez de intentar domar a un dragón con un beso.

Delante del hogar había dos sillones de oreja de cuero. Bernard le dio un suave empujón hacia uno de ellos. Se sentó. No la sorprendió ver a *Toby* echado a todo lo ancho y largo sobre las cálidas piedras del hogar, como una mullida alfombra de piel de gato; éste salió de su adormecimiento sólo el tiempo suficiente para hacerle un soñoliento guiño. Sin duda tenía la impresión de que ella había salido de esa sala sólo hacía dos minutos, no dos meses.

Mientras ella se acomodaba rígidamente en el borde del sillón, su anfitrión fue hasta el aparador y sirvió dos copas de oporto. Le ofreció una a ella.

—Tendremos que contentarnos con esto, me temo. Se me agotó la sangre de gatito.

Ofendido tal vez, *Toby* bajó de un salto de las piedras del hogar y salió trotando de la sala, moviendo su peluda cola.

—No, gracias, no tengo sed —repuso ella—. Pero estoy muerta de hambre. ¿No tienes algún refrigerio?

—Ni néctar ni ambrosía, me temo —contestó él con voz sedosa—, aunque podría haber una o dos uvas por ahí.

Esperando calmar un poco sus destrozados nervios, ella aceptó la copa y se bebió su contenido de un solo trago. Un embriagador calorcillo la recorrió toda entera, y le soltó la lengua.

—¿Así que es costumbre arrastrar a una mujer por los cabellos cuando rechaza una invitación a bailar? ¿Así es como se hace en los salones de Londres? —Jugueteó con la copa vacía—. Claro que me han dicho que no eran los salones los que preferías frecuentar.

Él paladeó tranquilamente un sorbo de su oporto.

—Cuando uno tiene que forjarse un camino en el mundo, y solo, muy pronto descubre que es más sensato pagar el placer por adelantado. Así hay muchos menos pesares llegada la mañana.

Gwendolyn se levantó a dejar la copa sobre la repisa, y se quedó allí pasando los dedos por las borlas tejidas en oro que adornaban las empuñaduras de las espadas, resuelta a evitar mirarlo a los ojos.

—Si quieres —dijo él, acercándose a poner su copa junto a la de ella—, puedo apagar las velas para ahorrarte la desagradable tarea de mirarme.

—¡No! —exclamó ella, con más pasión de lo que habría querido.

Él continuó a su lado, tan cerca que ella sintió su cálido aliento agitándole los cabellos. Sabía que era un error cerrar los ojos, pero el conocido aroma a sándalo y especias era más embriagador que el de whisky escocés envejecido.

—Mírame, Gwendolyn.

—No puedo —susurró ella, con voz ahogada.

—¿Por qué no? ¿Porque no soy tu precioso Dragón? Estás equivocada, Gwendolyn —añadió en tono más suave—. Soy el mismo hombre que te besó. —Posó los labios en la comisura de su boca, pero ella giró la cara hacia el otro lado—. El mismo hombre que te tuvo en sus brazos. El mismo hombre que...

Amabas.

Él no fue tan cruel para decirlo.

—No, no eres —dijo ella cerrando los ojos—. Eres Bernard Mac-Cullough, el señor del castillo Weyrcraig, y jefe del clan MacCullough.

—Ese niño murió —dijo él lisamente—. Tenías razón respecto a él. Murió en esta misma sala hace casi quince años, víctima de su equivocada fe en sus prójimos. Él murió, pero yo viví. —Le cogió el mentón y le giró la cabeza hacia él—. ¡Mírame, Gwendolyn! ¡Mírame!

Si él hubiera sido rudo, ella podría haber sido capaz de resistirse. Pero la presión de su mano en el mentón era tan suave e irresistible como la recordaba. Lentamente levantó las pestañas.

La cara de él ya no estaba oculta por las sombras, sino expuesta a la luz, y se veía vulnerable. Su indecisa mirada le escudriñó los rasgos, viendo la misma frente que ella había explorado con las yemas de los dedos, los mismos labios que la habían besado con tanta ternura.

—Tienes razón —le dijo en voz baja, apartándose de sus brazos—. No podrías ser Bernard MacCullough, porque el niño que yo conocí no habría luchado jamás por los ingleses. Nunca habría vendido su espada ni su alma a los enemigos de su padre.

Bernard la miró un largo rato, sus ojos ensombrecidos por la amargura.

—Entierras tu puñal directamente en las costillas, ¿eh, querida mía? —Le pasó suavemente los dedos por la mejilla—. Los ingleses podrían dispararte al corazón, pero por lo menos verías venir el disparo. —Cogió su copa de la repisa y fue hasta el aparador a servirse más oporto—. Los soldados ingleses mataron a mi padre, pero fueron los desleales miembros de su clan los que lo entregaron en sus manos.

A Gwendolyn se le oprimió el corazón.

—No los has perdonado, ¿verdad? Estás haciendo tiempo, esperando el momento para hacerlos pagar lo que hicieron a tu familia.

Bernard terminó de beberse el oporto.

—Ah, ya se ha acabado el tiempo de espera.

—No sé qué pretendes hacer —dijo ella mirando aprensiva hacia la ventana—, pero te suplico que no le estropees esta noche a mi hermana.

—¿De veras crees que estropearía la boda de Tupper? —dijo él mirándola con expresión de reproche—. No soy tan monstruo. Tengo toda la intención de esperar a que Kitty y Tupper ya hayan emprendido su viaje a Edimburgo para hacer mi anuncio.

—¿Tu anuncio?

Bernard se sirvió otra copa y la levantó en brindis.

—Si los leales miembros de mi clan no me traen las mil libras que se pagaron por la vida de mi padre mañana al alba, los expulsaré.

Gwendolyn estuvo un buen rato sin poder hablar. Sabía acerca de crueles señores ingleses que expulsaban a los escoceses de la tierra donde habían vivido durante siglos, pero no lograba imaginarse a uno de los suyos haciendo eso.

—No harías eso… no puedes…

Bernard dejó la copa en el aparador con un fuerte golpe.

—¡Demonios si no puedo! ¡Es mi tierra y puedo hacer lo que me dé la maldita gana con ella!

El sonido gutural escocés se intensificó en su voz por el pronto de genio, dejando ver un atisbo de ese muchacho tozudo resuelto a trepar al árbol simplemente porque ella le había dicho que no subiera.

Al asimilar todo el sentido de sus palabras, le aumentó el terror.

—Pero han vivido en Ballybliss toda su vida. Sus padres vivieron aquí… sus abuelos. No conocen nada más. ¿Adónde irán? ¿Qué harán?

—No tendrán que preocuparse por eso si me traen el oro, ¿verdad?

—No es el oro lo que quieres, ¿verdad? —le dijo ella, estremecida por el brillo despiadado de sus ojos—. Nunca has querido el oro. Quieres al hombre que lo ha tenido guardado todos estos años. No deseas justicia. Deseas venganza.

—Dejé de creer en la justicia la noche que vi morir a mi madre, ahogada en su propia sangre. Comencé a creer en la venganza cuando entraron los hombres de Cumberland y me arrastraron lejos de todo lo que conocía, de todo lo que amaba, incluso de mi padre, que estaba moribundo, con dificultad para respirar, viéndolos atar a su único hijo y llevárselo como un animal.

Gwendolyn bajó la cabeza.

—Ciertamente no hay nada que pueda decir para hacerte cambiar de decisión. Entonces, si me disculpas, milord, iré a casa a preparar mis cosas.

—Tú no tienes por qué marcharte —dijo él, poniéndose frente a ella.

Ella retrocedió, levantando una mano para mantenerlo a distancia.

—Debes de estar loco si crees que me voy a quedar sentada aquí junto a tu agradable fuego a brindar por tu brillante plan de desalojar a todo un pueblo que depende de tu buena voluntad para subsistir.

—Quise decir que no tienes por qué abandonar Ballybliss —dijo él, acercándosele un paso—. Ni a mí.

Gwendolyn levantó lentamente la vista hacia su cara.

—¿Qué es lo que me pides, señor?

—Te pido que te quedes. Aquí. En el castillo Weyrcraig. Conmigo.

Gwendolyn tuvo que hacer un esfuerzo para respirar.

—Los aldeanos pueden creer que soy tu amante, señor, pero creo que ni tú ni yo puede engañarse respecto a eso.

—No te pido que seas mi amante. Te pido que seas mi esposa.

Lo primero que pensó ella fue que eso tenía que ser una cruel broma, pero no vio ni un asomo de humor en sus ojos. Era justamente su tristeza lo que lo hacía parecer tan vulnerable. Tenía más el aspecto de un hombre preparado para beber un veneno que el de un hombre que acaba de pedirle a una mujer que se case con él.

Se dejó caer en uno de los sillones, recordando todas las veces que había soñado con oírlo decir esas mismas palabras. Cuando sólo tenía siete años Nessa la sorprendió aceptando una proposición de matrimonio del perro cazador, al que ella había vestido con una bonita chaqueta hecha con trozos de tartán escarlata con negro que se había robado en el castillo. Durante meses sus hermanas la embromaron sin piedad llamándola «milady Cachorro».

Pero ahora la broma era para ellas. Podía ser la esposa de MacCullough. Podría dormir en su cama todas las noches y despertar en sus brazos todas las mañanas. Podría darle bebés de cabellos oscuros, ojos verde esmeralda y ni la más mínima propensión a la gordura. Los dos juntos, con sus hijos, podrían reinar sobre el valle, el valle abandonado que en otro tiempo resonara con las risas y la música del clan MacCullough.

Se puso de pie y se volvió hacia él.

—Muy bien, milord. Si lo deseas, me casaré contigo. —Antes que pudiera brillar el triunfo en los ojos de él, añadió—: Pero sólo si renuncias a tu plan de venganza y permites que los aldeanos continúen en Ballybliss.

Bernard la miró un largo rato, la frustración y la admiración batallando en sus ojos.

—¿He de entender que me ofreces tu cuerpo a cambio de que los absuelva?

Sin hacer caso de la oleada de vergüenza que le subió a la garganta, ella sostuvo osadamente su mirada.

—Te ofrezco la oportunidad de pagar tu placer por adelantado. Así tendrás menos pesares llegada la mañana.

—Me has picado la curiosidad, señorita Wilder. Suponiendo que mi parte del trato no incluyera la proposición de matrimonio, ¿seguirías dispuesta a hacer ese noble sacrificio por ellos?

Gwendolyn sólo tardó el tiempo suficiente para recuperar el aliento.

—Sí.

Cuando él cerró la distancia que los separaba, ella creyó que venía a recoger su premio, pero en lugar de cogerla en sus brazos él le ahuecó la mano en una mejilla.

—Mentiría si dijera que no haría cualquier cosa por hacerte mía. Pero por tentadora que pueda ser tu oferta, creo que tendré que declinarla. He esperado quince años este momento, y nadie me lo va a arrebatar. —Metió los dedos por entre sus sedosos cabellos y ella vio en sus ojos el pesar que le causaba su decisión—. Ni siquiera tú.

Retirando la mano, él se giró y echó a andar hacia el arco de entrada.

—¿Ni siquiera si te digo quién entregó a tu padre a los ingleses?

Sus palabras fueron poco más que un susurro, pero lo detuvieron en seco. Lentamente se giró a mirarla.

—¿Quién?

La palabra resonó como un toque de difuntos en el tenso silencio.

Gwendolyn levantó la cara para mirarlo, ya incapaz de impedir que le corrieran las lágrimas por las mejillas.

—Yo.

Capítulo 22

M ientras Bernard volvía sobre sus pasos, con expresión incrédula, Gwendolyn se sentó nuevamente en el sillón, con la mirada fija al frente.

Se cogió las manos en la falda y a pesar de las lágrimas que le corrían por las mejillas, habló con voz tranquila:

—¿Recuerdas esa vez que me caí del roble y casi te maté?

—Por supuesto que la recuerdo. Eras una muchachita rara, toda espinosa y orgullosa. No supe decidir si necesitabas que te azotara o te besara. —Arrugó más el entrecejo—. Y todavía no lo sé.

—Casi tan pronto como te dejé esa tarde, me encontré en un campamento de soldados ingleses. Estaba tan furiosa que no me había fijado por dónde iba. No bien me enteré de dónde estaba, uno de ellos me sujetó por las trenzas y otro me pinchó el estómago diciendo: «Creo que hemos capturado una gordita perdiz de las Highlands. ¿La ponemos a asar en el espetón?». —Se le escapó un tembloroso hipo de risa—. Debo confesar que pensé que de verdad me iban a comer. Verás, Ross me había dicho que Cumberland y sus hombres acostumbraban a comer niños escoceses para la cena. —Lo miró de soslayo, pesarosa—. Pero supongo que eso no fue tan tonto como creer que tú podrías acudir en mi rescate otra vez.

Bernard buscó a tientas el sillón detrás de él y se dejó caer como si sus piernas ya no tuvieran fuerzas para sostenerlo.

—Uno de ellos dijo: «Tiene aspecto de espía, ¿no te parece?». —Sin darse cuenta imitó el ceño del soldado—. «Tal vez deberíamos torturarla para ver si tiene algún secreto». Sin duda no pensaban ha-

191

cerme nada más que unas cosquillas, pero en ese momento a mí me pareció una amenaza horrible. Y sólo tenía un secreto. —Lo miró fijamente a los ojos—. El tuyo.

Al no ver ningún cambio de expresión en él, se levantó y empezó a pasearse delante del hogar.

—No te atrevas a pensar que se lo dije sólo porque tenía miedo. Seguía furiosa contigo por haberme llamado «niñita». Quería castigarte por no fiarte de mí. Por no... —Bajó la cabeza, sin poder terminar la frase—. Así que les dije que el hijo de nuestro señor acompañaría a un invitado muy ilustre esa noche. Un verdadero héroe...

—Un príncipe entre los hombres —susurró Bernard, pasándose una mano por la cara.

—Los soldados se miraron entre ellos un poco raro, y yo logré escabullirme y correr a casa. No sabía la importancia que tenía lo que les había dicho... hasta cuando ya era demasiado tarde. Así pues, como ves, no hubo ningún trato con Cumberland ni hubo mil libras. Si buscas al traidor que destruyó a tu familia, no necesitas mirar más lejos.

Agotada la pasión, Gwendolyn se dejó caer en el sillón. La vergüenza que había tenido enterrada todos esos años era tan abrumadora que no habría podido emitir algo más que un asomo de protesta si él hubiera cogido una de las espadas de la pared y procedido a cortarle la cabeza.

Él continuó sentado con la cabeza gacha y los ojos cubiertos por una mano. Cuando su condenador silencio se le hizo más que intolerable, Gwendolyn lo miró furtivamente por debajo de las pestañas.

A él le temblaban los hombros y tenía las mejillas mojadas de lágrimas. Estuvo a punto de levantarse para acercársele, pero cuando él bajó la mano, comprobó que no eran sollozos lo que le estremecía el cuerpo sino incontrolables bufidos de risa.

Lo miró boquiabierta, pensando si tal vez su terrible confesión lo había hecho perder el juicio. Jamás antes lo había visto reír con tanto desenfado; y la risa producía en él una extraordinaria transformación, borrando las señales de tensión y amargura que normalmente le ensombrecían el semblante. Nuevamente parecía un niño en el umbral de la edad adulta, con todos sus sueños y esperanzas brillando ante él.

Él agitó la cabeza, sonriéndole como si ella fuera una especie de ser delicioso hecho exclusivamente para su diversión.

—Para ser una muchacha bendecida con belleza y cacumen, tienes unas ideas muy tontas, Gwendolyn Wilder. No lograba entender por qué vivías defendiendo a los aldeanos, incluso después que te entregaron a un dragón para que te comiera e intentaron quemarte en la estaca. Pero te echas la culpa de su difícil situación, ¿verdad? Vamos, incluso has estado dispuesta a entregar tu preciosa virtud a un demonio como yo. Y ya no me extraña que te enfadaras tanto cuando descubriste quien soy realmente. Debes de haber creído que debido a tu «traición» no teníamos esperanza de un futuro juntos. —Se limpió las lágrimas de risa de las mejillas, mirando con encantador afecto su expresión pasmada—. Supongo que para ti no es muy divertido, ¿verdad, cariño?

Sin dejar de sonreír como un tonto, fue a arrodillarse delante de ella, y le cubrió las heladas manos con las grandes y cálidas suyas.

—El ataque de Cumberland al castillo Weyrcraig fue una empresa militar de gran envergadura —le explicó, pausadamente, como si ella no fuera la mujer que era sino la niña que había sido—. De ninguna manera podría haberlo planeado todo en una tarde.

—Pero esos soldados… los casacas rojas…

—… ya estaban en las tierras MacCullough cuando tú diste con su campamento. También estaban los cañones que usarían después para destruir el castillo. —Le acarició los dedos con los pulgares—. Sólo eran un par de hombres crueles que quisieron divertirse jugando con una niña asustada. ¿No lo ves, Gwendolyn? No podías haberles dicho nada que ya no supieran.

Ella frunció el ceño, tratando de asimilar la enormidad de lo que él acababa de decirle.

—¿Quieres decir que ya sabían que tu padre le había ofrecido refugio a Bonnie el príncipe Charlie?

—Eso es exactamente lo que quiero decir. —Bernard le cogió la cara entre las manos, su expresión y su caricia rebosantes de ternura—. Había un traidor en el pueblo ese día, pero no eras tú.

Diciendo esas palabras acercó la cara y la besó dulcemente en la boca, absolviéndola de un pecado que ella no había cometido. Ella le acarició la mejilla con la mano temblorosa.

—¡Uy, Bernard! Todos estos años me he sentido tan avergonzada, porque creía que te había matado. —Pensando solamente en aferrarse a esa maravilla, le echó los brazos al cuello—. No te habría hecho daño ni en un pelo de tu cabeza intencionalmente, te lo juro, por muy arrogante e insufrible que fueras.

Él se rió con la boca en sus cabellos.

—¿No has querido decir por muy arrogante e insufrible «que soy»?

Sin soltarle la manta que tenía aferrada, ella echó la cabeza hacia atrás, al venirle otra sorprendente comprensión.

—Y mi padre... uy, papá...

Bernard le apartó suavemente un mechón de pelo de la mejilla, dejando allí posados los dedos.

—¿Tu padre qué?

Gwendolyn sintió oprimido el corazón por la conocida mezcla de orgullo y pena.

—Mi padre trató de llegar al castillo esa noche. Fue el único que tuvo el valor de intentar ir a avisarle a tu padre que venían los hombres de Cumberland. Pero en el camino lo atacaron los soldados ingleses. Le dieron una paliza... —Se mordió el labio inferior, moviendo la cabeza—. Siempre creí que yo tenía la culpa...

Gwendolyn estaba tan ocupada explicando su equivocado sentimiento de culpabilidad que no vio desvanecerse la sonrisa de Bernard ni sintió cómo se evaporaba el calor de su caricia.

—¿A qué hora salió tu padre de la casa esa noche?

Ella frunció el ceño, reflexionando.

—Acababa de oscurecer. Poco después oímos el estruendo del primer cañonazo.

Bernard estuvo casi un minuto en absoluto silencio, después, sin decir ni una sola palabra de explicación, se desprendió de sus brazos y fue a coger una de las espadas colgadas sobre la repisa, sus movimientos fríos y metódicos.

Desconcertada por ese brusco abandono, Gwendolyn se levantó.

—¿Qué vas a hacer?

Él se giró a mirarla, empuñando con tanta fuerza la espada que tenía los nudillos blancos.

—Tu padre sufrió un ataque, sí, querida mía, un ataque de remordimiento de conciencia.

Con expresión implacable, pasó junto a ella y salió al corredor.

Gwendolyn se quedó clavada donde estaba, su mente trabajando frenéticamente por llegar a una conclusión que era a la vez imposible e innegable.

—Papá —susurró finalmente, como si la palabra fuera una maldición y una oración al mismo tiempo.

Comprendiendo que había perdido varios minutos preciosos, se recogió las faldas y echó a correr detrás de Bernard.

• • •

No era el señor del castillo Weyrcraig el que atravesó a largas zancadas el patio esa noche, sino el peligroso ser que naciera de esas quemantes ruinas.

Cuando pasó por las puertas de hierro forjado y comenzó a bajar el sendero del acantilado, su cara más hermosa y terrible que la de cualquier bestia, los aldeanos echaron a andar detrás de él, incapaces de resistirse a su tácita autoridad. Algunos tuvieron la buena ocurrencia de coger antorchas de los candeleros de las paredes, mientras que otros simplemente salieron corriendo detrás de él como ovejas aturdidas.

Ninguno de ellos tenía la menor idea de adónde se dirigía, pero hacía tanto tiempo que no tenían a nadie que los dirigiera que no les importaba. Donde fuera él, allí irían.

Gwendolyn bajó de un salto la escalinata del castillo y salió corriendo por las puertas, pero encontró su camino bloqueado por una pared de aldeanos.

—¡Bernard! —gritó, tratando de hacerse oír por encima del confuso bullicio de la gente.

Saltó varias veces, por si lograba verlo por encima del mar de cabezas inclinadas.

Animada por un esperanzador atisbo de colores escarlata y negro, se abrió paso a codazos y empujones por entre los rezagados, y de pronto se encontró atrapada en medio de la multitud y fue arrastrada hacia el pueblo en una implacable marea. De tanto en tanto captaba vislumbres de la cara curiosa de Nessa, la cara perpleja de Kitty y la cara pálida y preocupada de Tupper. Pero no tenía tiempo para detenerse; no tenía tiempo para dar explicaciones ni para pedir ayuda. No tenía tiempo para nada de eso si quería salvar la vida de un hombre y el alma de otro.

Bernard caminó, pasó por las calles de Ballybliss hasta detenerse en seco delante de la casa principal.

Cuando los aldeanos se detuvieron, manteniéndose a cierta distancia detrás de él, y sus murmullos dieron paso al silencio, Gwendolyn trató de abrirse paso por entre sus filas. Dio un fuerte pisotón a Ross y continuó sin hacer caso de su aullido de dolor.

Cuando por fin logró llegar al lado de Bernard, él echó atrás la cabeza y rugió:

—¡Alastair Wilder!

Gwendolyn le cogió el brazo armado, pero él lo desprendió bruscamente.

—¡Déjame en paz, muchacha! Esto es entre tu padre y yo. No tiene nada que ver contigo.

—¡No lo entiendes! Mi padre ya no es el hombre que tú recuerdas. La paliza que le dieron los hombres de Cumberland lo cambiaron. Nunca ha vuelto a ser él mismo desde esa noche.

—Tampoco yo —repuso él, con las mandíbulas apretadas como una piedra—. ¡Alastair Wilder! —gritó otra vez, como si ella no hubiera hablado.

Una cortina se agitó en una de las ventanas de la fachada. «Izzy», rogó Gwendolyn, «que sea Izzy.»

Volvió a cogerle el brazo a Bernard y esta vez no le permitió soltarse. Aunque él reprimía a duras penas la violencia enroscada en sus músculos, ella sabía que nunca la golpearía.

—Está loco, Bernard, total y absolutamente loco. No ha estado en posesión de su juicio desde que te marchaste de Ballybliss. —Aflojó un poco la presión en su brazo, convencida de que si lograba que la mirara podría llegar a él—. Sea lo que sea que hiciera o no hiciera en el pasado, ahora sólo es un anciano indefenso.

Bernard giró lentamente la cara para mirarla, receloso. Pero Gwendolyn no alcanzó a saborear su triunfo, porque en ese preciso instante se abrió la puerta de la casa y apareció Alastair Wilder en el umbral, metido en un desteñido camisón y armado con una espada más vieja aún de la que sostenía Bernard en la mano.

—Te he estado esperando Ian MacCullough —gruñó, con voz más vibrante que la que se le había oído en años—. Sabía que ni el mismo demonio podría retener eternamente en el infierno a un hombre de tu calaña.

Capítulo 23

*A*lastair salió a trastabillones a la calle arrastrando la espada por el suelo.

—Sí, sabía que vendrías —dijo, mirando a Bernard con los ojos entornados—. Podía llevarte quince largos años, viejo cabrón tozudo, pero nunca dejé de mirar por encima de mi hombro.

—¿Papá? —susurró Gwendolyn, tratando de reconciliar a ese buitre de lengua mordaz con el amable anciano que había dejado durmiendo en la cama de su padre.

—¿Papá? —repitieron Glynnis y Nessa, poniéndose delante de la muchedumbre.

Kitty estaba aferrada a Tupper con la cara tan blanca como su vestido. Izzy estaba en el oscuro umbral de la puerta, con su ancha cara triste.

Si a Bernard lo sorprendió encontrarse cara a cara con el enemigo desconocido que lo había atormentado todos esos años, lo escondió bien detrás de su máscara. Tampoco reveló nada en su cara, ni siquiera con un respingo, al verse aludido por el nombre de su padre.

La mano fláccida de Gwendolyn se soltó de su brazo cuando él dio un paso hacia Alastair.

—¿Cómo pudiste? Eras su administrador, su amigo. Él confiaba en ti más que en cualquier otro hombre.

Alastair movió un huesudo dedo hacia él.

—Si hubieras confiado en mí, Ian, habrías seguido mi consejo. No podía permitir que nos destruyeras a todos con tus nobles ideas, tus románticas ideas de restablecer al legítimo rey de Escocia en su trono.

¡Traté de advertirte! Te supliqué que no ofrecieras refugio a ese traidor, pero no quisiste hacerme caso. Si no le hubiera dado cien libras a Ailbert para que impidiera al clan acudir en tu defensa, nos habrías hecho matar a todos, igual como esos pobres tontos en Culloden.

Ailbert se puso más pálido que Kitty, pero Bernard no se dignó dirigir al herrero ni siquiera una mirada de desprecio.

—Por lo menos habríais muerto como hombres.

—Con razón o sin razón, un MacCullough siempre da la batalla, ¿eh? —dijo Alastair moviendo tristemente la cabeza—. No quedó mucho para dar la batalla después que Cumberland acabó contigo, ¿verdad?

Bernard flexionó los dedos en la empuñadura de la espada y por un aterrador momento Gwendolyn pensó que iba a abatir de un golpe a su padre ahí mismo.

—Me alienta saber que fue la preocupación por tus prójimos la que te impulsó a traicionar a tu señor, no la codicia.

Alastair encogió sus huesudos hombros.

—Cumberland ya tenía todas las pruebas que necesitaba. Iba a hacer un ejemplo de ti tanto si yo cogía el oro como si no.

—Pero lo cogiste, ¿verdad?

El desconcierto nubló los ojos de Alastair por primera vez desde que salió de la casa, haciéndolo más parecido al padre que Gwendolyn conocía, al padre que amaba.

—No habría cogido el oro si no hubiera sido por mi Leah —dijo con voz lastimera—. Ella se merecía cosas mejores de las que yo podía darle. Ni una sola vez se quejó de no tener suficiente, pero yo quería que tuviera mucho más. —Se pasó la mano por los ojos como para borrar un recuerdo que no soportaba—. Siempre fue muy generosa. Murió tratando de darme un hijo.

Izzy salió a la luz de las antorchas con sus macizos brazos cruzados en el pecho.

—No fue el bebé el que la mató, viejo bobo. Sí, perder el bebé la debilitó, pero fue la vergüenza la que mató a mi señora. La vergüenza de que su marido hubiera vendido al jefe de su clan. Cuando le contaste esa terrible cosa que habías hecho, te envió a avisarle a MacCullough. Pero era demasiado tarde y cuando volviste ya no eras otra cosa que un loco de remate.

La espada cayó de la mano de Alastair, aterrizando en la tierra con un sonido apagado.

Las lágrimas empezaron a bajar silenciosamente por las mejillas de

Gwendolyn, cuando su padre cayó de rodillas, desaparecida su bravuconería, revelando lo que realmente era: un anciano cansado con la mente y el corazón rotos.

Pasando junto a Bernard, fue a arrodillarse junto a su padre.

—No pasa nada, papá. Estoy aquí.

—¿Gwennie? ¿Eres tú Gwennie? —Le buscó las manos y se aferró a ellas como un niño asustado—. Tuve un sueño terrible. Soñé que venía a buscarme el Dragón. No lo dejarás que me lleve, ¿verdad, muchacha?

—No papá, no permitiré que te lleve.

Miró a Bernard por encima del hombro, pero no logró interpretar la expresión de sus ojos, observándolos a ella y a su padre. Girando la cabeza hacia su padre, le dijo:

—Necesito que pienses, papá. Necesito que me digas dónde escondiste el oro.

—Lo hice por ella —susurró él, con los ojos empañados por la conocida niebla—. Todo por ella. Quería que ella lo tuviera, para que pudiera comprarse cosas finas y elegantes.

A Gwendolyn no le llevó más tiempo que una estremecida respiración para comprender lo que intentaba decirle.

—Vamos, papá —le dijo, acariciándole la mejilla suave como papel—. Mamá nunca deseó cosas finas. Sólo deseaba tu amor.

Cuando él comenzó a mecerse atrás y adelante sobre la tierra, se limpió enérgicamente las mejillas para borrar las huellas de lágrimas, y alzó los ojos hacia Bernard.

—Espero que ahora estés satisfecho, milord. Creo que encontrarás tu precioso oro en el patio lateral. En la tumba de mi madre.

Bernard negó con la cabeza, sus ojos brillantes por una emoción peligrosamente parecida a pesar.

—Sabes que no vine por el oro, Gwendolyn. Vine a por él.

—¡Bueno, no puedes tenerlo! —exclamó ella—. ¿Es que no ves que ya ha sido castigado bastante?

—Soy su señor —repuso Bernard calmadamente—. A mí me corresponde decidir eso.

—¿De veras crees que matar a un anciano patético lo mejorará todo? ¿Corregirá los errores del pasado? ¿Hará retroceder el tiempo para hacerte el niño que fuiste? ¿Te devolverá a tus padres? —Vio agitarse algo en su cara, diciéndole que había tocado un nervio sensible. Continuó, sabiendo que no tenía otra opción—: Mira a tu clan, Bernard. Sí, cometieron un error, igual que mi padre, un error terrible. Y desde entonces lo están pagando. No por la maldición de tu padre sino por su propia vergüenza. —Oyó moverse nerviosos los pies de los aldeanos, como si no supieran si quedarse o echar a correr—. Volviendo a Ballybliss los has enorgullecido de su apellido y les has dado una esperanza para el futuro. Además, está en tu poder darles algo aún más precioso que el orgullo y la esperanza. Puedes demostrarles piedad.

—Condenación, mujer —rugió él, quitándose la máscara y dejando ver una cara deformada por la aflicción—. No tengo piedad, no me queda ni un ápice de piedad.

Gwendolyn se levantó y se situó entre los dos hombres que amaba.

—Muy bien, entonces. Si es sangre lo que deseas, pues sangre tendrás. ¡La mía!

Bernard entornó los ojos.

—¿Qué pretendes ofrecerme?

Gwendolyn se encogió de hombros.

—¿Qué si no? ¿Venganza? Una vida por otra.

Cuando él avanzó hacia ella, espada en mano, Glynnis soltó un gritito ahogado, Kitty escondió la cara en la levita de Tupper, e Izzy descruzó los brazos, pero Gwendolyn dirigió una furiosa mirada a la criada, negando con la cabeza. Como si no soportara ver lo que iba a ocurrir, Izzy giró bruscamente sobre sus talones y entró en la casa.

Solamente Gwendolyn permaneció firme, sin encogerse ante el avance de Bernard, porque ella sabía algo que los demás no sabían.

Conocía el corazón del Dragón.

Pese a la confianza que sentía en el fondo del corazón, tuvo que alzar un poco el mentón para no estremecerse de miedo. Era como si nuevamente la hubieran atado a esa estaca en el patio del castillo, viendo cómo se desvanecía su destino en las sombras.

Entonces Bernard tiró la espada hacia un sobresaltado Lachlan.

Le tendió la mano; Gwendolyn estaba a punto de cogerla cuando esa mano se cerró como unas tenazas en su muñeca.

—¿Qué pretendes hacer? —le preguntó, mirando como una tonta su brazo cautivo.

—Aceptar tu oferta. —La atrajo bruscamente hacia él, y le acercó la cara hasta que sus labios estaban a menos de un pelo de los de ella—. Si no puedo tener a tu padre, señorita Wilder, entonces, pardiez, te tendré a ti.

Capítulo 24

Cuando Bernard echó a andar hacia el acantilado, sin dejar a la aturdida Gwendolyn otra opción aparte de seguirlo, Nessa se interpuso en su camino.

—Perdone que me entrometa, milord —le dijo agitando sus sedosas pestañas—, pero si es venganza lo que desea, yo soy la muchacha para usted. Nuestra dulce y querida Gwennie ya ha sufrido bastante en sus manos.

—Qué amabilidad la suya al señalarlo —repuso Bernard.

Entonces apareció Glynnis, como llovida del cielo.

—No seas ridícula, Nessa, en mi calidad de hermana mayor, a mí me corresponde expiar los pecados de nuestro padre. —Aplastó la mano contra el pecho de Bernard—. Le aseguro, milord, que estoy totalmente preparada para apagar su sed de venganza.

Bernard le retiró amablemente la mano de su pecho.

—Si bien encuentro muy… mmm…. conmovedora vuestra preocupación por el bienestar de vuestra hermana, me temo que ese sacrificio no será necesario.

Haciendo una seca inclinación con la cabeza a las dos alicaídas hermanas, continuó caminando hacia el acantilado, sus dedos entrelazados con los de Gwendolyn. No bien había dado tres pasos cuando se presentó otro obstáculo en su camino. Aunque la coronilla de la canosa cabeza del hombre escasamente le llegaba al esternón a Bernard, estaba armado con una expresión de obstinada santurronería y una enorme Biblia negra.

—¿Debo elegir un testigo y enviar a buscar mis pistolas, señor?

—Le preguntó Bernard, deteniéndose—. Faltan algunas horas para el amanecer, pero tal vez podríamos pasar el tiempo leyendo algunos salmos.

Al reverendo Throckmorton le tembló la mano que levantó para ajustarse los anteojos, pero su aflautada voz sonó aguda como un latigazo:

—No serán necesarias pistolas, muchacho, a menos que persistas en esta locura. En calidad de autoridad espiritual asignada para este pueblo por la Corona y Dios omnipotente, no puedo en buena conciencia permitir que lleves a esta pobre muchacha a ese castillo para tus nefandos fines. Ya pasó dos semanas en tu compañía sin la compañía de una mujer ni la bendición de la Iglesia. Es posible que su reputación ya esté dañada sin remedio, pero su alma todavía podría ser salvable.

—Le puedo asegurar —dijo Bernard, con voz tan sedosa que provocó miradas aprensivas entre varios aldeanos—, que no encontrará en este pueblo otra alma que pueda compararse con la de la señorita Wilder.

El reverendo tuvo la decencia de parecer avergonzado.

—Justamente por eso no puedo permitir que la tomes a no ser que vuestra unión sea aprobada ante Dios.

Los dos hombres se miraron en pétreo silencio. La frente del reverendo se perló de sudor, pero fue Bernard el que finalmente suspiró, derrotado. Puso a Gwendolyn de cara a él.

—Parece que el buen reverendo está resuelto a darnos su bendición, la queramos o no. ¿Qué dices, mi amor? ¿Quieres casarte conmigo?

Las palabras de Bernard volvieron a Gwendolyn a la realidad. Descargó su ira en el desventurado pastor.

—¿Cómo puede pedirme eso? Este hombre es un ogro despiadado, rencoroso, sin un grmao de piedad ni compasión en su arrogante alma.

—Ya ha oído a la dama. El asunto está resuelto. Ahora, si nos disculpa…

Dejando al reverendo con la Biblia abrazada al pecho, Bernard reanudó la marcha.

Ya estaban a punto de llegar a las afueras del pueblo cuando una sombra se cruzó en su camino. Cuando Bernard miró de arriba abajo a la enorme figura que estaba delante de ellos, sus ojos se iluminaron con un destello evaluador. Si sus años en la Real Armada le habían enseñado algo, era justamente lo extraordinario que es encontrar un adversario digno.

Izzy sostenía un hacha en la mano, apoyada en el hombro, sus rizos agitándose como un nido de víboras.

—Si quieres conservar esa bonita cabeza tuya, muchacho, harás bien en hacer con mi muchacha lo que dice el reverendo. Puede que yo no la haya cuidado como debería, pero que me cuelguen si me quedo sentada mientras un sinvergüenza cachondo se la tira sin siquiera decirle «con permiso».

Bernard miró hacia atrás por encima del hombro y vio la cara del reverendo convertida en toda una guirnalda de sonrisas angelicales. Se inclinó en una galante reverencia ante Izzy.

—Que jamás se diga que he rechazado a una dama con un hacha. Vamos, Gwendolyn. —Le puso la mano en la curva de su codo—. Parece que te vas a convertir en mi esposa.

Gwendolyn y Bernard se casaron en la casa principal del pueblo menos de una hora después. No dispuestos a perderse ni un momento del espectáculo, los aldeanos se apretujaron en la cocina, haciendo turnos para mirar boquiabiertos a su jefe con su malhumorada flamante novia. Jamás se habían derramado tantas sinceras lágrimas en una boda en las Highlands.

—Ésta tenía que ser mi boda —gimoteaba Kitty, manchando con sus lágrimas la levita de seda de Tupper.

—Él tenía que ser «mi» marido —gemía Glynnis, con la cara metida en su pañuelo de encajes.

—¡No es justo! ¿Por qué Gwennie tiene que tener toda la suerte? —sollozaba Nessa, sorbiendo por la nariz para no sonársela, no fuera a ponérsele roja. De pronto se le iluminaron los ojos—. Puede que tenga una esposa, pero de todos modos va a necesitar una amante, ¿verdad?

Lágrimas de orgullo paternal no paraban de empañar los anteojos del reverendo Throckmorton, mientras los berridos de la cetrina nena de Marsali ahogaban la mayoría de las promesas nupciales. Incluso a la estoica Izzy, que se había plantado firmemente detrás del novio por si se le ocurría escapar, se la vio bajar el hacha el tiempo suficiente para limpiarse una sensiblera lágrima de la mejilla.

Solamente la novia conservaba los ojos secos mientras repetía las palabras que la unían a Bernard MacCullough hasta la muerte de uno de los dos. Alguien había quitado el halo de rosas de los rizos de Kitty para ponérselos en la cabeza a Gwendolyn, donde no paraba de caérsele sobre un ojo furioso.

La ceremonia tuvo que interrumpirse dos veces, una cuando Lachlan sorprendió al viejo Tavis saliendo sigilosamente al patio lateral con el fin de excavar en la tumba para sacar el oro, y otra cuando el padre de Gwendolyn se bajó por segunda vez de su cama y se presentó en la habitación llevando puestos solamente un gorro emplumado y una sonrisa boba.

Alguien tuvo la previsión de enviar a buscar el carruaje que debía llevar a Kitty y Tupper a Edimburgo, y fue en ese carruaje donde pusieron a Gwendolyn como un paquete después que Bernard le rozara los labios en un casto beso y le prometiera adorarla con su cuerpo. Él se sentó en el asiento tapizado en terciopelo del frente, y dio un fuerte golpe a la puerta para indicar al cochero que partiera.

Cuando el coche se puso en movimiento, los aldeanos gritaron sus vivas a coro. La alegría de sus caras dejaba muy claro que creían que su deuda para con el señor estaba totalmente pagada y estaban libres para continuar con el asunto de vivir.

Durante el zarandeado trayecto en coche por el escarpado sendero del acantilado, la rabia de Gwendolyn fue dando paso poco a poco a la aprensión. Miró disimuladamente a Bernard y le resultó difícil creer que era su marido. Antes él sólo podía robarle lo que deseara de ella, pero ahora ella le pertenecía en cuerpo y alma.

De todos modos, se le antojaba que ese hombre era más desconocido para ella que el ser sin rostro que solía entrar en su habitación de la torre. Tratando de vencer su timidez, se puso a mirar por la ventanilla opuesta, pero la luz de la luna que se filtraba a través de la oscuridad sólo le recordó las muchas horas que faltaban aún para el amanecer.

Bernard debió de advertir su ligero estremecimiento, porque desprendió el alfiler del broche MacCullough, se quitó la manta de tartán y se la puso sobre los hombros. Él le había tenido fuertemente cogida la mano mientras hacían su promesas nupciales, pero allí en el carruaje, estando los dos solos, parecía casi renuente a tocarla.

Cuando él volvió a acomodarse en su asiento, ella le dijo:

—Felicitaciones, milord Dragón. Parece que vas a tener tu sacrificio de una virgen después de todo.

Él reanudó su contemplación por la ventanilla, su perfil tan pétreo como el paisaje.

—Nunca debes ofrecerle a un hombre algo que no desees que tome. Y mucho menos…

—… ¿a un hombre como tú? —terminó ella en voz baja.

Antes que él pudiera manifestar su acuerdo, apareció el castillo Weyrcraig, como una gigantesca sombra en la oscuridad.

El coche se detuvo ante las puertas y apareció un lacayo corriendo para abrir la portezuela. Cuando iba caminando al lado de él hacia el castillo, Gwendolyn recordó la noche de tormenta cuando él la llevó por ese patio en sus brazos. Y ahora volvía a ese lugar no como su cautiva, sino como su esposa.

Un hombre vestido todo de negro los recibió en la puerta.

—Buenas noches, señor. ¿Le digo a la cocinera que prepare una cena tardía para usted y su… —bajando su larga nariz patricia miró a Gwendolyn, revelando muchísimo con su titubeo— señora?

Bernard negó con la cabeza.

—Eso no será necesario Jenkins. Quiero que os marchéis, tú y el resto de los criados. Coged las lanchas y pasad la noche en el barco.

—Pero señor —protestó el hombre, visiblemente escandalizado ante la idea de abandonar sus deberes—, ¿y si necesitan algo durante la noche?

Bernard colocó una posesiva mano en la cintura de Gwendolyn.

—Te aseguro que soy más que capaz de dar a mi señora lo que sea que necesite.

Esas palabras le produjeron a Gwendolyn un escalofrío que le bajó por todo el espinazo. Por lo menos antes estaba Tupper, ahora estaría totalmente a merced de un hombre que ya había admitido que no tenía ni un ápice de piedad. Antes que el criado se apresurara a ir a cumplir sus órdenes, Bernard ya la iba guiando con mano suave pero firme hacia la escalera.

La escalera principal ya no estaba atestada por piedras caídas ni envuelta en sombras, estaba limpitísima e iluminada por dos hileras de parpadeantes velas montadas en candeleros de hierro. Las barandas astilladas habían sido reemplazadas por otras de caoba labrada en imaginativas espirales y volutas. Gwendolyn supuso que encontraría esos acogedores detalles en todas partes, pero cuando iniciaron el ascenso por la escalera de caracol que llevaba a la torre, una ráfaga de viento azotó la manta de Bernard en que iba envuelta. Los escombros sobre los peldaños dejaban muy claro que a ninguna mano de albañil se le había permitido alterar el desolado caos de esa escalera.

Cuando dieron la vuelta del primer rellano, se encontró cara a cara con el enorme agujero abierto en la pared norte. La civilización podía estar llegando lentamente al resto del castillo, pero ahí la noche seguía imperando en toda su belleza salvaje y tempestuosa.

Desperdigadas por el negro cielo las estrellas brillaban como trocitos de hielo, al pie del acantilado las olas golpeaban las rocas y el mar estaba agitado como una burbujeante caldera.

Sintió tensarse la mano de Bernard y por un aturdidor momento llegó a pensar que él la iba a empujar a ese precipicio para castigarla por la traición de su padre. Pero entonces él le rodeó la cintura con el brazo, apartándola del abismo. Cerrando los ojos, se apoyó en él.

—Ve con tiento —le dijo él, instándola a pasar junto al abismo.

Cuando llegaron al último escalón, él sólo tocó la puerta panel y ésta se abrió. Por las rejas de la ventanuca entraban rayos de luna iluminando con su neblinosa luz las velas medio derretidas y la ropa de cama toda revuelta.

El arcón del rincón estaba abierto, dejando a la vista un buen surtido de encajes y cintas. *The Triumph of Rational Thinking* de Manderly seguía tirado en el suelo. Todo estaba exactamente igual a como ella lo dejara.

—¿Así que reservaste todo esto para mí? —preguntó ella—. ¿O esperabas que los aldeanos te dejaran otra virgen a la puerta?

Bernard apoyó la espalda en el panel y se cruzó de brazos.

—La verdad es que esta vez habría preferido una ramera. Las vírgenes dan demasiados problemas.

Gwendolyn fue hasta el arcón y empezó a pasar la mano a lo largo de una cinta.

—Y a propósito de rameras. Yo me imaginaba que ya habrías devuelto estos vestidos a quienquiera que fuera la veleidosa amante a la que pertenecían.

—Me temo que eso no será posible. —Se le tensaron los labios—. Pertenecían a mi madre.

A Gwendolyn se le escapó la cinta de los dedos. Se pasó las manos por la falda de tafetán plisado.

—Mi madre era un alma práctica sin un sólo hueso vanidoso en el cuerpo, pero a mi padre le encantaba sorprenderla con rollos de las más hermosas telas que tenían para ofrecer París y Londres. —Recogió el libro y pasó sus páginas con cantos dorados—. Los libros eran de él. Siempre deseó que yo pusiera más interés en la lectura, pero yo estaba demasiado ocupado cazando y explorando los cerros. Me consideraba más un guerrero que un estudioso.

—Estaba muy orgulloso de ti.

Bernard dejó el libro sobre la mesa.

—No demostré ser muy buen guerrero la noche que Cumberland tomó el castillo.

—Sobreviviste, ¿no?

—Sólo porque uno de los oficiales de Cumberland era un cabrón astuto que odiaba todo lo escocés y tenía un apetito antinatura por los niños bonitos.

Gwendolyn estuvo un momento casi sin poder respirar.

—¿No te…?

—Lo deseaba. Ah, al principio era muy sutil, un chiste verde aquí, una amenaza allí, un manoseo casual. Hasta el día en que me arrinconó en un bosque camino a Edimburgo. Me tiró al suelo. —Bajó la cabeza, su rostro ensombrecido por una vieja vergüenza—. Trató de ponerme sus asquerosas manos encima.

—¿Qué hiciste?

Él levantó la cabeza y sostuvo su intensa mirada.

—Lo maté. Le enterré su propio cuchillo en el vientre. Una vez hecho, me incorporé, con las manos chorreando de sangre, y estuve un momento mirándolo. Y no sentí nada, ni vergüenza, ni lástima ni remordimiento.

Si con eso pensaba horrorizarla, se equivocó. Gwendolyn sólo sintió una alegría salvaje de que ese hombre estuviera muerto.

—Podrían haberme ejecutado por eso, pero decidieron que era mejor que me domara la Real Armada. Cuando me subieron a bordo del barco en Edimburgo, el capitán me hizo encerrar en la bodega, en uno de los compartimientos que en otro tiempo usaban para transportar esclavos. No era más grande que una tumba, y me tuvieron a pan y agua para mantenerme vivo, mucho después que yo empezara a suplicar que me mataran.

Gwendolyn cerró los ojos, tratando de no imaginarse al orgulloso niño de ojos vivos, que había pasado toda su infancia explorando las montañas y páramos, encerrado en la oscuridad, ahogado por el hedor de su propia suciedad.

—¿Cómo lograste no volverte loco?

Él se encogió de hombros.

—Tal vez no lo logré. Cuando llegamos a Inglaterra yo ya era muy poco más que un animal, irreconocible incluso para mí mismo. Cuando atracó el barco me sacaron de la bodega y me arrojaron a los pies de un almirante. Pensé que era como el otro, así que me abalancé sobre él. Si no hubiera estado tan débil, igual podría haberle destrozado el cuello a mordiscos. Él podría haberme hecho colgar por eso, pero en lugar de hacerlo ordenó que a todos los hombres de ese barco los desnudaran hasta la cintura y les dieran veinte azotes por maltratar así a un niño. Lo único que pensé —añadió, moviendo la cabeza—, fue ¿cómo se atreve a llamarme «niño» este cabrón?

Gwendolyn reprimió una trémula sonrisa.

—El almirante Grayson era un hombre decente para ser inglés, un poco severo tal vez, pero no falto de bondad. Su esposa había muerto antes de poder darle un hijo, así que tomó interés por mí. Cuando yo ya tenía edad para ello, me compró una comisión en la Real Armada, y cuando me retiré de la armada, persuadió a sus amigos ricachos a que invirtieran en mi empresa naviera. Siempre tuve la intención de volver a Ballybliss algún día, pero me pareció justo esperar hasta después que él muriera.

Por primera vez Gwendolyn comprendió la lealtad de Bernard hacia un pueblo del que debía haberse considerado enemigo jurado. Comprendió por qué había aprendido a hablar como ellos, a vestirse como ellos y a luchar a su lado.

Echó a andar hacia él y la manta se le deslizó por los hombros y cayó al suelo. Él la observó acercarse con ojos recelosos, pero no hizo ningún ademán para detenerla, ni siquiera cuando ella levantó la mano para acariciarle la mejilla con las yemas de los dedos. Una vez había explorado su cara en busca de alguna horrible desfiguración, pero acababa de comprender que las cicatrices que había buscado no estaban en su cara sino en su alma.

—Mi pobre Dragón —susurró, acariciándole el contorno de la mandíbula—. Te trataron como a una bestia, por lo tanto no tuviste otra opción que convertirte en una.

Él le cogió las muñecas en su puño inflexible.

—Maldita sea, Gwendolyn, no quiero tu lástima.

—¿Entonces qué quieres de mí? —preguntó ella, alzando la cara hacia él.

—Esto —susurró él con voz ronca, bajando su ávida mirada desde sus ojos a sus labios—. Quiero esto.

Capítulo 25

*B*ernard posó los labios sobre los de ella, lamiéndole la boca con una lengua apremiante y ávida, encendiéndole una abrasadora llama de deseo. Ella enredó los dedos en sus cabellos, invitándolo con el dulce movimiento de su lengua a hacer su magia en ella, aunque no quedara nada de ella cuando él terminara el trabajo, aparte de un montón de cenizas. Debería haber sentido miedo, pero esa habitación, esa noche y ese hombre le habían echado un ensalmo expulsando todos sus miedos e inhibiciones.

Suspiró cuando los labios de él abandonaron los de ella, pero el suspiro se convirtió en un gemido de placer cuando esos labios le trazaron un ardiente sendero desde la comisura de la boca hasta la mejilla.

—Dios, cuánto me gustan tus hoyuelos —dijo él—, y tengo la intención de saborear cada uno de ellos antes que acabe esta noche.

Bajó los labios hasta el sensible hueco de la base de la garganta, siguió por su desbocado pulso y continuó hacia arriba mordisqueando hasta cogerle el lóbulo de la oreja entre los dientes y luego hizo girar la lengua por los terriblemente sensibles pliegues de la oreja.

Gwendolyn ahogó una exclamación, sorprendida por la fuerte explosión de deseo que sintió en el bajo vientre. Bernard recogió el sonido con su boca, ahogándolo con un gemido de él. Ella había creído que él se daría un festín con ella, pero era ella la que se estaba dando el festín de placer con cada ávida caricia de su lengua, con cada ardiente caricia de sus dedos sobre la piel. Estaba tan inmersa en su beso que sólo se dio cuenta de que él le había desatado los lazos del corpiño bajándoselo hasta la cintura cuando sintió el fresco aire de la noche en sus pechos desnudos.

Antes que pudiera taparse los pechos con las manos, Bernard ya los tenía cubiertos con las de él. Ahuecó las palmas sobre sus pechos y luego le cogió los vibrantes pezones entre los índices y los pulgares, y la atormentó frotándoselos y tironeándoselos hasta que a ella se le escapó un sollozo de placer.

—No puedo creer que no sepas lo hermosa que eres —le susurró al oído—. Eres tan muelle, tan dulce, tan redondeada en todas las partes que más desea acariciar un hombre.

Como para demostrar ese punto, deslizó las manos desde sus pechos hasta sus nalgas, apretándoselas contra él. Le bañó la boca con besos, meciéndose contra ella, su rígido miembro agitándose bajo la falda escocesa en busca de blanduras más profundas.

Gwendolyn retuvo el aliento cuando esa exquisita fricción le encendió otra llama, tan violenta y ardiente que pensó que la iba a incinerar ahí mismo. Metiendo las manos por debajo de su camisa, le acarició suavemente el duro plano del abdomen; sintió estremecerse su cálida piel.

—Si bajas las manos un poquitín más —dijo él con los dientes apretados—, esta noche de bodas acabará antes de empezar.

Entonces Gwendolyn subió la mano y le acarició los ligeramente velludos músculos del pecho.

—He esperado esta noche más de la mitad de mi vida. Quiero que dure eternamente —dijo.

—Entonces haré todo lo que pueda para impedir que llegue la mañana.

Bernard cogió el voluminoso vestido de tafetán y se lo sacó por la cabeza, ella lo dejó hacer con los ojos cerrados, agradeciendo que no hubiera corsés ni miriñaques que le entorpecieran el trabajo, suavemente él le bajó los calzones por las piernas hasta que ella sólo tuvo que dar un paso para salir de ellos y quedar ante él tan desnuda como una recién nacida.

Él la miró hacia abajo con un destello de admiración tan intenso en los ojos que ella pensó que igual se levantaba la falda y la poseía ahí mismo apretada contra la puerta.

Pero él la cogió en brazos y la llevó a la cama. Después de haber pasado la mayor parte de su vida con los pies firmemente puestos en el suelo, sintió una embriagadora emoción al sentirse levantada así.

Bernard cayó encima de ella sobre la cama de plumas. Debería haberse sentido aplastada por su peso, pero no, sintió placer ante el posesivo embite de su lengua y la ardiente presión de su miembro contra su vientre.

Cuando él se apartó de ella para quitarse la camisa y la falda, se estremeció de expectación. La luz de la luna dibujaba rejas sobre la cama, haciéndola nuevamente su cautiva. La luna la bañaba con su suave luz, pero lo dejaba a él en la oscuridad.

Sólo podía imaginarse cómo la vería él, echada desnuda sobre las sábanas de satén como una de esas voluptuosas semidiosas lascivas que los miraban desde el mural del cielo raso. Aunque él tenía los ojos en la sombra, sentía su mirada sobre ella, haciéndole hormiguear la piel.

—Ésta era mi habitación cuando era niño —dijo entonces Bernard, con el melodioso canturreo gutural escocés, desaparecido de su voz todo rastro de sus años en Inglaterra—. Todas las noches me pasaba horas y horas insomne mirando ese maldito mural. Soñaba que una de esas diosas caería del cielo a mis brazos. —Su respiración era resollante—. Y ahora la tengo en mis brazos.

Ella sintió subir un repentino calor a la garganta, los pechos se le tensaron y dolieron, como anhelando un poquito de atención. Era una dulce tortura saber que él la acariciaría, pero sin saber cuándo ni dónde.

Un estremecimiento de ansias la recorrió toda entera cuando él bajó la cabeza y le acarició uno de los vibrantes pezones con la punta de la lengua. Se arqueó contra él y enterró las uñas en la sábana cuando el suave tironeo de sus dientes y labios le hicieron salir una oleada de néctar derretido de la entrepierna.

Antes que pudiera recobrar el aliento él le estaba besando reverentemente la curva interior de una rodilla. Su mejilla áspera por la barba le hizo cosquillas en la pantorrilla pero sus labios estaban húmedos y cálidos. Y cuando sintió deslizarse hacia arriba su boca, instándola a separar las piernas, se echó a temblar.

Él pasó las manos por la crema virgen de su vientre.

—No hay por qué tener miedo, mi preciosa, mi ángel. Esta noche no soy una bestia. Soy simplemente un hombre que no desea otra cosa que hacerle el amor a su flamante esposa.

Su esposa.

Gwendolyn casi había olvidado que esos pecaminosos y deliciosos placeres podían ser aprobados por Dios. Y por eso no estaba preparada para la impresión que le produjeron las grandes y cálidas manos de Bernard curvándose en sus nalgas, levantándola y abriéndole las piernas para que aceptara el más dulce e impío de los besos.

Se aferró a sus sedosos cabellos revueltos cuando sintió pasar por ella una espiral de placer indecible. Mirando a las diosas del mural con los ojos aturdidos, pensó si ellas conocerían ese éxtasis prohibido. Perséfone la miró con ojos de conocedora. Las ruborosas mejillas y labios entreabiertos de Psique reflejaban los suyos.

Entonces Bernard la hizo trizas a ella y al cielo con sólo el hábil movimiento de su lengua. Todavía estaba atrapada en los estremecimientos de ese puro placer cuando él puso su boca sobre la de ella dándole a probar la ambrosía de su propio deseo.

—Si hubiera sabido que es tan dulce ser entregada a un dragón para que me devore, habría ido bien dispuesta a la estaca —susurró dentro de la boca de él.

—Ah, pero saborearte sólo me abre el apetito —gruñó él, mordisqueándole el cuello.

Las ávidas caricias de sus dedos no dejaban ninguna duda acerca de qué lo satisfaría. Le introdujo dos de esos dedos hasta el fondo, aprovechando el rocío que con su boca había hecho brotar de esos exuberantes pétalos para prepararla para lo que vendría. Cuando su sombra la cubrió, bloqueando la luz de la luna, volvió a estremecerse.

Él le cogió la cara entre las manos.

—Has tenido el valor de desafiar al dragón en su propia guarida. No me digas que tienes miedo ahora.

—No, miedo no —susurró ella, apartándole tiernamente el pelo de los ojos—. Tengo terror.

—Yo también —dijo él, mirándola intensamente a los ojos.

Su ronca confesión le dio a Gwendolyn el valor para abrirle las piernas. Cuando él se enterró en ella, le salió un ronco gemido de la garganta. Gwendolyn habría gritado si el placer de él no le hubiera parecido mucho más potente que el dolor de ella. El dolor de acomodarlo dentro fue eclipsado rápidamente por la sensación primordial de estar llena hasta los bordes por su vibrante miembro. No había manera de escapar de esa estaca, y cuando Bernard comenzó a entrar y salir de ella, hundiéndose más hondo con cada embite, ella cayó en la cuenta de que ya no deseaba escapar.

Lo rodeó con los brazos y se aferró a él como si en ello le fuera la vida. Él ya no podría mantenerse separado de ella, ni el niño al que había adorado ni el hombre al que amaba.

Se arqueó contra él, impaciente por abrazarlo todo entero, lo que había sido, era y sería, ángel y demonio, niño y hombre, bestia y príncipe, marido y desconocido. Ya no se rebelaba contra su tierna pericia sino que se regocijaba de ser una cautiva del placer que él derramaba pródigamente sobre ella.

Apoyando las palmas a cada lado de la cama, él continuó entrando y saliendo de ella, sin dejar en ningún momento de mirarla a los ojos con una urgencia tan vehemente y arrolladora como el antiquísimo ritmo que ella sentía aumentar a un crescendo entre los muslos.

—Me dijiste que en otro tiempo estuviste medio enamorada de mí —le dijo él—. Bueno, soy un cabrón codicioso y no estoy dispuesto a conformarme con la mitad. Lo quiero todo.

En ese momento, cambió el ángulo de sus embites de modo que con cada movimiento de sus caderas le rozaba el tierno botón situado en la cima de sus rizos mojados.

Las palabras que él quería oír salieron de ella en un grito, provocado por una implacable marejada de placer. El cuerpo de él se puso rígido, acometido por las mismas convulsiones de éxtasis que a ella le atormentaban el vientre.

Abajo en el valle, varios aldeanos elevaron sus ojos hacia el castillo y se hicieron la señal de la cruz en sus pechos, jurando que habían vuelto a oír el rugido del Dragón.

Gwendolyn estaba de pie sobre la mesa, con la espalda apoyada en el pecho de Bernard, rodeada por sus brazos, los dos contemplando el descenso de la luna hacia el mar. El barco que lo trajo a ella continuaba anclado en la cala, las siluetas de sus mástiles perfiladas por la luz de la luna poniente. A pesar de los heroicos esfuerzos de él, los dos sabían que la noche no duraría eternamente.

Cuando desaparecieron detrás de las olas los últimos rastros de la plateada estela de la luna, él aumentó la presión de sus brazos en su cintura. Ella apoyó la cabeza en su hombro, suspirando.

Aunque no había ninguna vergüenza en estar los dos desnudos, ella se sentía más osada en la oscuridad. Girándose en sus brazos, se deslizó hacia abajo quedando de rodillas ante él.

Cuando sus suaves labios se movieron como pétalos sobre su abdomen, él se enrolló suavemente sus cabellos en las manos.

—¿Qué haces, mujer? ¿Quieres volverme loco?

Puesto que no había palabras para decir lo que sentía en el corazón, ella le dio la única respuesta que podía darle. Él apretó los puños en sus cabellos, echó atrás la cabeza y se le tensaron los músculos del cuello al emitir un gemido de puro éxtasis. La intención de ella había sido expiar los pecados de su padre, pero descubrió que la exaltaba esa potente combinación de poder y vulnerabilidad, de Bernard y de ella. Ya no era su cautiva sino una bien dispuesta suplicante en el altar del placer de él. Su absolución era más dulce que cualquier cosa que hubiera esperado, pensó, pero no tanto como el momento en que él se arrodilló también y le apretó la mejilla contra su pecho para que sintiera los desbocados latidos de su corazón.

Aunque la rosada luz de la aurora ya empezaba a iluminar la habitación, Bernard continuó sentado en las sombras junto a la cama mirando dormir a Gwendolyn. Con sus cabellos dorados y su piel blanca era un ser de la luz, pensó, que con su sola existencia desafiaba a la oscuridad.

Se apoyó en el respaldo de la silla con la manta de tartán doblada sobre su regazo. En cualquier otra ocasión habría deseado una copa de oporto y un cigarro, pero todavía no estaba preparado para hacer desaparecer el sabor de ella de su boca.

Gwendolyn estaba acostada encima de la sábana, con la mejilla apoyada en sus manos juntas, sus labios todavía hinchados por sus besos. Sintió nuevamente la excitación. Poco antes del alba se había enterado de lo generosos que podían ser esos labios.

Se inclinó a quitarle una guedeja dorada de la frente. Por primera vez en quince años su deseo de proteger era más fuerte que su deseo de destruir. Aun cuando el peligro de que más necesitaba protegerla fuera él mismo.

Ya no podía hacer caso omiso de las manchas secas que había en la sábana ni de las manchas color orín que le salpicaban los blancos muslos.

Caiga mi venganza sobre vuestras cabezas
hasta que se derrame sangre inocente.

Con la maldición de su padre resonando en su mente, bajó la cabeza y ocultó la cara entre las manos. Había derramado la sangre de una inocente, sólo para descubrir que nada había cambiado. Le había advertido a Gwendolyn que el niño que ella amó había muerto, pero hasta ese momento él nunca había llorado su muerte.

A ese niño nunca se le habría ocurrido pensar en castigarla a ella por las transgresiones de su padre. Jamás la habría obligado a pasar por esa ridícula parodia de matrimonio. Le habría dado la boda, y la noche de bodas, que se merecía.

Ella habría tenido sábanas limpias, flores frescas y un fuego en el hogar para calentarla mientras su doncella la ayudaba a quitarse el vestido y ponerse un camisón blanco virginal. Habría estado sentada en una banqueta ante el espejo mientras la doncella le cepillaba el cabello y tal vez contestaba algunas preguntas para calmarle los temores sobre la noche que la esperaba.

Él no habría ido a ella en la oscuridad sino a la luz de las velas, le habría ofrecido una copa de vino para calmarle los nervios antes de robarle unos pocos besos castos. Después la habría llevado a la cama, acostándola suavemente entre los almohadones, para luego hacerle el amor con toda la consideración que se merecía. Ciertamente no la habría sometido a un vehemente acto sexual tras otro sin darle a su tierno cuerpo ninguna pausa para recuperarse de sus rudas atenciones.

Levantó la cabeza y recorrió la grácil curva de su espalda con su mirada desesperada. Ese niño podría haberle dado muchísimo: un hogar, sus hijos, su corazón.

Él deseaba creer que todavía podría darle todo eso. Pero no podía dejar de pensar que cada vez que la mirara recordaría el trato que hiciera su padre con el demonio y lo que le había costado a él ese trato.

Recuerdos que se le habían negado durante quince años se presentaron en tropel: el cálido y salino olor de su poni después de una lluvia fuerte; el ronco murmullo de la risa exasperada de su padre; la ternura de las manos de su madre cuando le quitaba un mechón de pelo de la frente. La traición de Alastair Wilder le había robado su pasado y al parecer le iba a robar también su futuro.

Su enemigo por fin tenía un rostro, y era el rostro de un hombre al que en otro tiempo él admiró y respetó. Un hombre al que su padre le confió su vida y la de su familia. Traicionando esa confianza, Wilder se había ganado su odio eterno.

Sin duda sólo sería cuestión de tiempo que ese odio envenenara todo lo que tocaba, incluso a Gwendolyn.

Era tal como había temido. El beso de ella, dado de buena gana, lo había condenado a caminar en la oscuridad el resto de sus días. Sólo que ahora estaba maldecido por el conocimiento de que la oscuridad no era la ausencia de la luz sino la ausencia de ella.

El Dragón vino a Gwendolyn en su sueño. Estaba acostada en una cama de sándalo y especias cuando su sombra cayó sobre ella.

No queriendo despertar, continuó con los ojos cerrados y le abrió los brazos, susurrando su nombre. Creyó que él se iba a meter entre sus muslos otra vez, para calmar ese anhelo que sólo satisfacía su presencia. Pero él la cogió en sus brazos, le besó suavemente la frente, el hoyuelo de la mejilla y la comisura de los labios.

—¿Es la mañana? —le preguntó, succionándole el cuello con los labios.

—No para mí —susurró él, estrechándola con más fuerza.

Ella se apretó más contra su cálido cuerpo.

—¿Entonces yo tengo que despertar?

—No, ángel mío, puedes dormir todo el tiempo que quieras.

Depositando un beso en sus labios, la reclinó nuevamente en la cama. Le acomodó los suaves pliegues de su manta, metiéndosela por los costados, deteniendo un momento las manos sobre todos los lugares que tocaba.

Su sombra de alejó de ella. Gwendolyn se acurrucó bajo el capullo de tartán, sintiéndose segura, sabiendo que el Dragón estaría observándola mientras dormía.

Cuando Gwendolyn volvió a abrir los ojos, había una bestia echada en su pecho. En otro tiempo habría chillado de terror al hacer ese descubrimiento, pero en ese momento simplemente pensó en lo asombroso que era que pudiera seguir respirando con tanto peso muerto encima. *Toby* le correspondió el soñoliento guiño con uno propio.

—¿Cómo te mantienes tan gordo? —le preguntó—. Sé que no es comiendo ratones. —Al verlo mover los bigotes con una expresión contrariada, tuvo que echarse a reír—. Supongo que a ti te gustaría preguntarme lo mismo.

En respuesta, él estiró las garras y empezó a rascar la manta. Haciéndolo suavemente a un lado, no fuera que le pinchara los pulmones, Gwendolyn se sentó.

Esta vez no tuvo que preguntarse cómo había entrado el gato en la torre. El panel estaba entreabierto y Bernard no estaba a la vista.

—Espero que haya bajado a buscar desayuno para los dos —dijo al gato, desperezándose para estirar los músculos agarrotados. Calculando la posición del sol por la luz que entraba por la ventana, añadió—: O el almuerzo.

Una sonrisa traviesa curvó sus labios. Ni siquiera ese severo criado de Bernard podría culparla por estar en la cama hasta medio día puesto que había sido su señor el que la tuvo ocupada la mitad de la noche.

En una cosa los aldeanos no se habían equivocado: el apetito del Dragón era realmente insaciable.

Se dejó caer en los almohadones riendo como una escolar. Las sábanas ya no olían solamente a sándalo y especias, también tenían el aroma almizclado de sus actos de amor. Hizo una inspiración profunda, saboreando los recuerdos que le evocaban.

Sonrió al mural, reflexionando en las semejanzas entre la historia de Psique y la suya. Igual que el Dragón, Cupido iba a ver a Psique solamente por la noche, haciéndola prometer que jamás le miraría la cara, pensó, tratando de recordar más de la historia que le narrara su madre una vez. Aconsejada por sus envidiosas hermanas, Psique no cumplió su promesa y miró la cara de Cupido cuando estaba dormido; pero él despertó cuando una gota de aceite caliente de su lámpara le cayó en el brazo. Enfadado por la traición, huyó, jurando no volver a verla nunca más.

Se le desvaneció la sonrisa. Se sentó, cayendo en la cuenta de lo silencioso que estaba el castillo. Puesto que *Toby* continuaba enfadado con ella por haberlo echado de su pecho, ni siquiera su ronroneo rompía el silencio.

Se levantó, se puso su arrugado vestido y se envolvió los hombros con la manta de tartán. Un infantil susurro de esperanza la hizo cerrar los ojos tal como hiciera en las ruinas de la capilla esa noche cuando salió en busca del Dragón.

Pero esta vez no sintió en los huesos la certeza de la presencia de Bernard. Sólo sintió un vacío, acentuado por el inquietante silencio que había descendido sobre el castillo.

Abriendo los ojos, atravesó corriendo la habitación y se subió a la mesa.

El barco de Bernard ya iba saliendo de la cala, con sus velas desplegadas para coger la brisa del norte.

Gwendolyn llegó sin aliento a las almenas más altas del castillo; el viento le azotó los cabellos pegándoselos a los ojos, y cegándola momentáneamente.

Se inclinó sobre la tronera y enterró las uñas en la piedra al divisar el barco ya próximo al horizonte. A través de una oleada de calientes lágrimas que le empañaban la visión, vio una figura solitaria de pie en la popa del barco, su negra capa ondeando alrededor de sus anchos hombros.

¿La vería él?, pensó. Tal vez podría ver el brillo del sol en sus cabellos dorados, pero ciertamente no vería los sollozos que le estremecían los hombros ni las lágrimas que le corrían por las mejillas. Continuó allí, negándose a desmoronarse mientras existiera la más mínima posibilidad de ser visible a sus ojos.

Cuando el barco desapareció en el neblinoso horizonte, se dejó caer de rodillas sobre la fría piedra y se cubrió la cara con las manos. No habría sabido decir cuánto tiempo estuvo así. Podrían haber sido sólo unos momentos o una eternidad. Pero cuando oyó el ruido de pasos detrás de ella, se giró a mirar, con la esperanza encendida en el pecho.

Era Tupper el que estaba ahí, con un destello de compasión en sus dulces ojos castaños.

—Fueron a dejar esto a la casa hace un rato —dijo él amablemente, extendiendo el brazo con un papel doblado en la mano—. Supongo que no quería que estuvieras sola cuando lo leyeras.

Gwendolyn alisó el cremoso papel y pasó el índice bajo el conocido sello de lacre escarlata que usaba él.

La letra de Bernard parecía desprovista de su acostumbrada elegancia. Los trazos y graciosos bucles estaban estropeados por borrones y manchas de tinta.

—«Mi señora» —leyó en voz baja—, «la maldición está anulada. Tú y Ballybliss estáis libres. Traté de advertirte que ya no era el niño que amaste. Después de lo ocurrido entre nosotros esta noche, debes creerme.»

Tupper se ruborizó, pero Gwendolyn se negó a sentir ni el menor asomo de vergüenza.

«Desde este día en adelante» —continuó leyendo—, «ningún hombre será jamás tu amo y señor, porque tú serás la MacCullough, la jefa del clan MacCullough y la señora del castillo Weyrcraig. He dispuesto que se te entreguen a ti las mil libras que recibió tu padre de Cumberland para que puedas hacer lo que consideres mejor para el clan y el castillo. Y cada año recibirás mil libras hasta el día de mi muerte.» —Se le cortó la voz, pero haciendo un esfuerzo continuó leyendo—. «Una vez me pediste la verdad y te la negué. Anoche me pediste piedad y también te la negué. Lo único que me queda por ofrecerte ahora es lo único que nunca ha sido mío para negártelo: tu libertad.» —Se obligó a leer el final en medio del torrente de lágrimas—. «Te dejo con mi apellido y con mi corazón. Siempre tuyo, Bernard MacCullough.»

Bajó la cabeza y arrugó el papel en el puño. Con la expresión casi tan triste como la suya, Tupper hurgó en el bolsillo de su chaleco, sacó un pañuelo y lo agitó ante ella.

Gwendolyn se puso de pie, rechazando el pañuelo.

—¡Maldito sea, Tupper! ¡Maldita sea su alma arrogante, demonios! —Arrebujándose la manta en los hombros se giró hacia el mar, dejando que el viento le secara los ojos—. ¿Es que se cree que todo puede volver a ser como era antes que él llegara a este lugar? ¿Se cree que yo puedo volver a fingir que los dragones no existen?

Tupper agitó la cabeza, indeciso.

—Estoy seguro de que pensó que lo que hacía era lo mejor.

Gwendolyn se giró a mirarlo.

—¿Pero tiene la cara de intentar convencerme de que ya no es el niño que yo recuerdo? ¡Pues, es exactamente ese niño! Engreído, tozudo, arrogante. Siempre tratando de decidir qué es lo mejor para los demás, sin tomarse la molestia de consultarlos. Vamos, no ha cambiado ni un ápice.

—Sí que es cabezota cuando se le mete una idea en la cabeza. Tal vez con el tiempo…

—Ya he esperado quince años. ¿Cuánto tiempo debo esperarlo esta vez? ¿Veinte años? ¿Treinta? ¿Toda una vida? —Negó con la cabeza—. ¡Ah, no! No tengo la menor intención de desperdiciar ni un momento más de mi vida esperando que Bernard MacCullough recobre el juicio.

Tupper se guardó el pañuelo en el bolsillo.

—¿Qué piensas hacer?

Gwendolyn se irguió en toda su estatura. Limpiándose las últimas lágrimas de las mejillas, se arrebujó la manta alrededor de los hombros como si fuera el manto de una antigua reina celta.

—Has oído sus palabras, Tupper. Ahora soy la MacCullough. Y con razón o sin razón, un MacCullough siempre da la batalla.

Capítulo 26

—*E*s toda una bestia, ¿no?

—Eso depende de si te refieres a su genio o a su ingenio. He oído decir que un solo latigazo de esa lengua suya puede arrancarle el pellejo al conversador más inteligente.

—Yo no sería contraria a recibir un latigazo de su lengua —dijo una seductora voz ronca—. Siempre que tenga lugar cuando mi Reginald esté en el campo, ocupado en una de sus interminables partidas de caza.

Una ronda de risitas escandalizadas celebraron la declaración.

El objeto de estos comentarios se llevó la copa de champán a los labios, simulando no estar oyendo la conversación que tenía lugar justo sobre su hombro izquierdo. Afortunadamente su anfitriona era una entusiasta partidaria del resurgimiento del estilo griego en la decoración de interiores, lo que le proporcionaba una amplia variedad de columnas para esconderse.

—Mi marido oyó el rumor de que ni siquiera es inglés —dijo otra mujer—. Al parecer ha estado haciéndose pasar por uno de nosotros simplemente para ocultar el hecho de que es —hizo una pausa para el efecto dramático—, ¡un escocés!

A juzgar por las horrorizadas exclamaciones que recibieron esa revelación, bien podría haber dicho que era un loco escapado del manicomio.

—Eso explica sus prontos de genio, ¿verdad? Los escoceses son unos salvajes, dados a violar vírgenes y decir todo lo que les pasa por la cabeza.

La mujer lo dijo como si no hubiera ninguna diferencia entre esas cosas, y las tres fueran igualmente odiosas.

—¿Os enterasteis de lo que le dijo a lady Jane cuando ella lo arrinconó en el salón y se pasó tres cuartos de hora alabando las virtudes matrimoniales de su sobrina?

El murmullo de abanicos indicó una nueva racha de excitación.

—Uy, no. Cuenta.

La narradora agudizó su estridente voz en tres octavas, en una grosera imitación de la voz de barítono de Bernard:

—«Si estuviera buscando esposa, milady, que ciertamente no lo estoy, no elegiría a una muchachita boba con más pechos que cerebro.»

Mientras las mujeres se desternillaban de risa, Bernard levantó la copa en un triste brindis por la muchacha que estaba bendecida con ambas cosas.

—Tal vez no es una esposa lo que necesita para satisfacer su apetito —sugirió la sirena de voz ronca—, sino otra.

Cuando ella y sus risueñas acompañantes se alejaron en busca de sangre fresca, Bernard volvió a llevarse la copa a los labios. Lo sorprendió encontrarla vacía. Si continuaba bebiendo ese vino espumoso de mal sabor a esa velocidad, acabaría desmoronado contra la columna en lugar de escondido tras ella.

Llevaba menos de un mes de vuelta en Londres, pero se había pasado la mayor parte de ese tiempo durmiendo muy poco y bebiendo demasiado. No era de extrañar que se estuviera ganando una reputación de comportamiento bestial; nunca había tenido paciencia con los imbéciles, pero ese último tiempo bastaba muy poco más que una mirada de soslayo para que él soltara una réplica mordaz o gruñera un exabrupto. Si lord Drummond no hubiera sido un leal inversor en su naviera y uno de los más viejos amigos del almirante Grayson, habría declinado la invitación de la duquesa, y se habría quedado en su escasamente amueblada casa acompañado por el rimero de libros de cuentas descuidados y una botella de oporto.

Deteniendo al lacayo que iba pasando, trocó su copa vacía por una llena. Ya había bebido un buen trago cuando cayó en la cuenta de que no estaba solo. De detrás del verdor del helecho en maceta que tenía junto al codo acababa de surgir una de las mujeres que habían estado los diez últimos minutos analizando sus encantos, o su falta de encantos.

—Milady —dijo con una seca inclinación de la cabeza.

—Oh, perdone, señor. Le confundí con mi marido.

La candorosa expresión de los ojos de la mujer estaba reñida con el ronco ronroneo de su voz.

—Creo entender que ése sería Reginald, ¿me equivoco? Dígame, milady, ¿sospecha su fiel Reginald que sale en busca de presas frescas cada vez que él se va de caza?

La boca pintada de la mujer formó una horrorizada «o» y luego se curvó en una sonrisa felina.

—Vamos, veo que tiene buen oído y los dientes afilados de una bestia. Si lo que pretende es espantarme, he de advertirle que soy una mujer que siempre ha sabido apreciar la franqueza en un hombre. —Su ávida mirada lo recorrió desde las puntas de sus relucientes botas hasta la brillante coronilla de su cabeza—. Entre otras cosas.

Bernard casi deseó poder corresponder la mirada de admiración. No se podía negar que la mujer era una belleza. Llevaba los cabellos oscuros recogidos en una torre de rizos sobre la cabeza, tocados por una brillante capa de polvos que hacían juego perfectamente con la piel alabastrina de su cara. Tenía los labios carnosos y rojos, y los pómulos bien cincelados. Una cinta de terciopelo negro adornaba su esbelto cuello a modo de gargantilla y en la mejilla llevaba un travieso parche de seda, en el lugar donde debería haber un hoyuelo. Debajo del corpiño llevaba un corsé que le estrechaba la cintura hasta un contorno que tal vez él podría abarcar con las manos, y el peto de encajes le subía tanto los cremosos pechos que estaban a punto de desbordarse por el amplio escote.

Sin embargo, pese a que el ancho miriñaque daba la ilusión de blandura a sus esbeltas caderas, no había forma de disimular la dureza de sus ojos. Se veía frágil, como si se fuera a romper con una sola caricia. No había nada acogedor ni sólido en ella; nada de lo que un hombre pudiera agarrarse, ni en qué hundirse…

Se apartó de la columna y por un instante creyó que se iba a tambalear.

—Me alegra que aprecie la franqueza en un hombre porque, muy francamente, debo pedirle que me disculpe.

—Pero no se puede marchar todavía, señor. ¡Aún no han servido la cena!

Bernard se quedó el tiempo suficiente para hacerle una educada reverencia.

—Me temo que no le haría justicia a esa cena, milady. Parece que he perdido el apetito.

La niebla amortiguaba el clic clac de sus tacones sobre la acera mojada. La capa se le enrollaba en los tobillos a cada paso, pero hacía muy
poco para abrigarlo. Ese no era el frío seco y crujiente de un anoche-
cer en las Highlands, sino un frío húmedo que le calaba hasta la médula de los huesos. Una sucia capa de hollín se cernía sobre los tejados
y chimeneas de ladrillo, opacando el brillo de las lejanas estrellas hasta convertirlas en tenues puntitos titilantes. El artificial silencio le hacía comprender lo mucho que echaba de menos el alegre parloteo de
Tupper.

Sacó un cigarro del bolsillo y lo encendió. En otro tiempo, el desasosiego que le inundaba el alma lo habría impulsado a hacer una
ronda nocturna. Pero esas casas que solía frecuentar y las mujeres que
las habitaban ya habían perdido todo su atractivo, víctimas de esas pocas y dulces horas pasadas en los brazos de Gwendolyn.

Oyó un apagado ruido de pisadas detrás de él. Se giró a mirar, pero
vio que la calle estaba desierta y envuelta en la oscuridad. Las lámparas sólo lograban introducir un borroso resplandor a través de la niebla. Ladeó la cabeza, aguzando el oído, pero el único sonido que oyó
fue el del tenue chisporroteo del cigarro encendido que llevaba en la
mano.

Afirmándose el cigarro en la comisura de la boca, reanudó la marcha. No llevaba tanto tiempo en Londres como para hacerse de nuevos enemigos, pensó, a no ser, claro, que hubiera insultado a la esposa
de un hombre que él había creído otro con alguna de sus mordaces ré-
plicas.

Pero lo más probable era que un marido ultrajado lo retara a duelo, no que lo siguiera por la noche hasta su casa. Y ciertamente él no le
negaría el privilegio. Por lo menos morir de una bala de pistola en un
duelo sería más rápido y más honorable que matarse bebiendo.

Aminoró el paso cuando dio vuelta la esquina y entró en la calle
donde vivía. ¿Quién habría pensado que una casa de ciudad en Londres situada dentro de los límites de la pulcra Berkeley Square podía
arreglárselas para verse más solitaria e inhóspita que una ruina asentada al borde de un acantilado de las Highlands? Lámparas encendidas
ofrecían una acogedora bienvenida en las ventanas de las casas vecinas.
En una de ellas se abrió y cerró una puerta, dejando escapar por un
instante el alegre tintineo de un piano y la risa de un niño. La casa de
él lo esperaba al final de la calle, oscura y silenciosa.

Empezaba a subir la escalinata de entrada cuando le llamó la atención un parpadeo de luz en una de las ventanas de la tercera planta.

Se detuvo con la mano apoyada en la baranda de hierro forjado. Habría jurado que le había dado la noche libre a Jenkins. Se quedó varios minutos allí esperando, mirando fijamente los oscuros cristales de las ventanas, pero no volvió a aparecer esa parpadeante luz fantasmal. Agitando la cabeza, metió la llave en la cerradura y abrió la puerta, prometiéndose no volver a trocar oporto por champán nunca más en su vida.

Después de tomar una cena fría de carne con pan se encerró en su estudio, y allí se quedó trabajando en su libro de cuentas hasta cuando las ordenadas hileras de cifras empezaron a bailar borrosas ante sus cansados ojos. El agotamiento le hizo pesados los pasos al subir la escalera en dirección a su dormitorio, pero ya era bien pasada la medianoche cuando por fin logró conciliar un inquieto sueño.

Despertó sobresaltado por un misterioso lamento. De un salto se sentó bien erguido, al reconocer la melancólica música de una gaita. La melodía cesó repentinamente, dejándolo con la duda de si no estaría soñando.

Ruido de pasos de nadie, misteriosos parpadeos de luz en una casa vacía, el plañidero lamento de una gaita en el corazón mismo de Londres.

Si no estaba soñando, se estaba volviendo loco, pensó. Buscó la vela y la caja de cerillas que había dejado en la mesita de noche. En el preciso momento en que comprobó que no estaban, comprendió otra cosa también.

No estaba solo en la habitación.

Había alguien allí con él, una persona cuya respiración era un murmullo de contrapunto a los atronadores latidos de su corazón. Sigilosamente metió la mano debajo de la almohada y sacó la pistola que siempre guardaba ahí.

Apuntó la boca del arma hacia las sombras.

—¿Quién diablo eres? ¿Y qué haces en mi casa?

Oyó raspar una cerilla y se encendió la mecha de una vela.

—Hay quienes me llaman la jefa del clan MacCullough, hay otros que me llaman la señora del castillo Weyrcraig, pero tú, señor, puedes llamarme milady Dragón.

Capítulo 27

Ver surgir a Gwendolyn de las sombras fue para Bernard como ver aparecer el sol por entre negros nubarrones de tormenta. El inesperado resplandor le hizo doler los ojos. Ella era toda una visión en seda color lavanda. Los vaporosos pliegues del vestido con canesú abullonado a la espalda complementaban las voluptuosas curvas del cuerpo que había debajo. Los cabellos le caían en ondulante cascada enmarcándole la cara con suaves rizos dorados, y sus ojos brillaban de simpatía.

—Ahora sé que estoy soñando —musitó.

Cerró los ojos, pero cuando los volvió a abrir ella seguía allí, contemplándolo con aturdida tolerancia.

—Será mejor que bajes eso antes que se dispare.

A Bernard le llevó un instante de confusión comprender que ella se refería a la pistola. La bajó lentamente.

—No fuiste muy inteligente al robarme la vela pero no la pistola. Podría haberte disparado.

—No —dijo ella, ahondando los hoyuelos de las mejillas—. No está cargada.

Molesto más consigo mismo que con ella, dejó la pistola en la mesilla.

—¿Y dónde has escondido a Tupper con su gaita? ¿En el ático?

—En el sótano. Pero no te preocupes por él. Dejé a Kitty allí para que le hiciera compañía. Están de luna de miel, ¿sabes? Los convencí de que acompañarme a Londres sería una aventura más interesante que ir a Edimburgo.

—Trajes nuevos, luna de miel para tus familiares. Me alegra saber que has hecho buen uso esas mil libras que te dejé.

—¿Y por qué no iba a hacerlo? —preguntó ella arqueando una ceja—. Me las gané, ¿no?

Bernard se quedó sin habla un momento.

—¿Por eso crees que te dejé el oro? ¿En pago a tus servicios?

Ella se encogió de hombros.

—¿Qué otra cosa podía pensar? Cuando desperté esa mañana, tú te habías marchado y el oro estaba ahí.

Bernard estaba a punto de echar atrás la sábana para levantarse a pasearse por la habitación cuando recordó que nunca le había gustado usar camisón de dormir. Las calzas estaban colgadas en el respaldo de la silla cerca de la puerta. A no ser que Gwendolyn se las hubiera robado también.

Cruzándose de brazos, la miró ceñudo.

—Algunos tesoros, mi señora, no tienen precio.

Era posible que ella se hubiera ruborizado, pero la parpadeante luz de la vela le hacía imposible distinguirlo.

—O tal vez sólo valen lo que uno está dispuesto a pagar por ellos.

Bernard la miró receloso.

—¿Entonces por qué estás aquí, milady Dragón? ¿Has venido en busca de un sacrificio de virgen?

—Si fuera así, me habría equivocado al venir aquí, ¿verdad? —Se sentó al pie de la cama, justo fuera del alcance de él—. En realidad, no busco una virgen sino un abogado digno de confianza.

—No se me ocurre para qué podrías tener necesidad de un abogado. A no ser, claro, que tengas pensado hacer una costumbre de allanar moradas al ritmo de música de gaita.

Ella le dio una afectuosa palmadita en el pie.

—No seas tonto. Quiero ver la posibilidad de obtener la anulación del matrimonio, o el divorcio si fuera necesario.

Bernard se apoyó en la cabecera de la cama, pues no estaba preparado para el escalofrío que le bajó por el espinazo.

—¿Quieres divorciarte de mí?

—¿Y por qué no? Me ofreciste mi libertad, ¿verdad? Supongo que no habrás pensado que me contentaría con enmohecerme en ese húmedo montón de piedras todo el resto de mi vida. Puede que tú no desees volverte a casar, pero yo no tengo la menor intención de pasarme sola el resto de mis días —lo miró provocativa por el rabillo del ojo—, ni de mis noches.

—Sólo he estado lejos unas pocas semanas. ¿Ya has elegido a mi sucesor?

Ella se encogió de hombros.

—He descubierto que no hay escasez de pretendientes en Ballybliss. Está Ross, por ejemplo.

Bernard casi se bajó de un salto de la cama, las calzas al cuerno.

—¡¿Ross?! ¿Es que has perdido tu maldita chaveta? Te llevó a un dragón para que te comiera e intentó quemarte en la estaca.

Gwendolyn se ahuecó la falda, como si no viera su consternación.

—Puede que eso sea cierto, pero desde que me convertí en la Mac-Cullough le he visto un lado mucho más amable. Se ha mostrado muy atento. —En su boca se dibujó una remilgada sonrisa—. No pasa un solo día sin que me lleve un ramillete de brezo o algún otro obsequio para demostrarme su afecto. Claro que si Ross no me va bien, siempre está Lachlan. El muchacho ha estado muy abatido desde que Nessa lo dejó por el sobrino del hojalatero.

—Por el amor de Dios, mujer, ¡no puedes casarte con Lachlan! Le salen pelos por las orejas.

Gwendolyn lo miró pestañeando.

—¿No es eso un signo de virilidad?

Bernard habría jurado que ya había dejado de ser una bestia pero estuvo a punto de gruñirle.

—En un gorila tal vez.

Gwendolyn frunció el ceño, se levantó y comenzó a pasearse junto a la cama.

—Tal vez tienes razón, señor. Me temo que estaba a punto de cometer un terrible error. Me has dado mucho en qué pensar.

—Gracias a Dios —masculló él.

Después de pasearse otro minuto, ella se volvió a mirarlo.

—Tal vez sería mejor que buscara un pretendiente aquí en Londres, ¿verdad? Antes no habría tenido la confianza en mí misma para hacer eso, pero tú fuiste el que me convenció de que tengo mucho para ofrecer a un hombre. Y no eres el único que piensa así. —Se cogió las manos como para recitar una frase de un silabario—: La moda actual puede dictaminar que la mujer ha de ser delgada como una sílfide, pero un hombre con discernimiento siempre apreciará a una sana criadora.

Bernard se echó hacia delante, listo para retar a duelo al canalla culpable de meterle esa escandalosa idea en la cabeza a su mujer.

—¿Quién te dijo eso?

—Pues, Taffy, la tía abuela de Tupper, desde luego. Tuvo la gran amabilidad de recibirnos a todos en su casa cuando el padre de Tupper lo repudió por haberse casado con una escocesa sin un céntimo. Taffy se enfureció tanto con el vizconde que decidió desheredarlo. Cuando se muera, toda su fortuna pasará directamente a Tupper.

—Si la sobrevive —dijo Bernard, con gesto implacable, pensando que esa perspectiva tenía pocas probabilidades dada la participación de su amigo en esa emboscada. Cansado de verla danzar justo fuera de su alcance, sacó la sábana de los bordes del colchón y se la ató a la cintura—. ¿Y cómo te propones conocer a esos futuros pretendientes? ¿Te los presento yo? —Se inclinó en una profunda reverencia ante un poste de la cama—. Hola, David, muchacho. Te presento a mi mujer. ¿Te gustaría casarte con ella?

Gwendolyn se echó a reír.

—Los ahuyentarías a todos con esa terrible expresión enfurruñada.

Él dio un paso hacia ella.

—No he hecho bien el trabajo de ahuyentarte a ti, ¿eh?

—Todo lo contrario. Fuiste tú el que huyó de mí. ¿Y eso por qué? —Se dio unos golpecitos en los labios con un dedo, simulando que buscaba en su memoria—. Ah, sí, fue porque ya no eras el niño que yo amé en otro tiempo. Pero olvidaste tomar en cuenta un pequeño detalle. Yo ya no soy una niña. —Le puso las palmas sobre el pecho, produciéndole un estremecimiento en los tensos músculos del abdomen—. No necesito un niño, necesito un hombre.

Su osadía era irresistible. Le cogió una muñeca y le deslizó la mano hacia abajo por la sábana hasta detenerla sobre la ardiente erección de la entrepierna.

—Entonces no te has equivocado al venir aquí.

Ella tensó los dedos. Lo miró a través de las pestañas, con la respiración tan entrecortada y rápida como la de él. Estrechándola en sus brazos, bajó los labios hasta los suyos. Su boca estaba llena, dulce y madura, como fresas calentadas al sol rociadas con nata fresca. Bernard emitió un gemido cuando la lengua de ella buscó la suya, enloqueciéndolo de urgencia.

Cuando cayó de espaldas en la cama con ella encima a horcajadas, todas sus nobles resoluciones de hacerlo lento, de ser suave y tierno habían sido reemplazadas por un deseo abrasador.

De estar dentro de su mujer.

Aún no había acabado el tercero de los largos y apasionados besos con las bocas abiertas cuando él ya había metido las manos debajo de las enaguas para subírselas. Después, en lugar de bajarle los calzones de seda por los muslos, simplemente empleó los dedos para ensanchar la estrecha abertura en la entrepierna de la prenda. Otros dos besos y esos mismos dedos ya estaban entrando y saliendo de ella a un ritmo que su cuerpo ansiaba reproducir. Ella se movió siguiendo el ritmo impuesto por él, arqueándose instintivamente hacia el placer que él le procuraba.

Bernard echó a un lado la sábana, y la siguiente vez que ella bajó el cuerpo sobre él, no fueron sus dedos los que se introdujeron hasta el fondo de ella.

Gwendolyn se estremeció, apretando su tierno y joven cuerpo en torno a él en unas tenazas del más puro placer. Había deseado un hombre y él le había dado uno completo.

Él le acarició la ardiente mejilla.

—Podemos ir más lento, ángel mío. Quiero que goces de esta cabalgada tanto como pretendo gozar yo.

Resuelto a hacer todo lo que estuviera en su poder para darle placer, se llenó las manos con sus caderas y la guió en un ritmo todo lo lento y sinuoso posible para enloquecerlos a los dos. El esfuerzo le hizo brotar un febril sudor en todo el cuerpo, pero supo que había valido la pena cuando vio que empezaban a pasar destellos de éxtasis por su hermosa cara.

Esperó hasta que ella echó atrás la cabeza y de sus labios entreabiertos salió un ronco gemido gutural, entonces metió una mano debajo de la falda. Lo único que necesitó para convertir el gemido en un grito de placer fue la seductora caricia sobre el botón de vibrante carne con la yema de un dedo.

Entonces se quebró totalmente su autodominio. Levantó las caderas, ya renuente a, o incapaz de, refrenar el ritmo de sus embites. El deseo de estar dentro de ella había sido reemplazado por una necesidad mucho más potente y primitiva. Y tuvo que apretar los dientes para amortiguar el salvaje rugido cuando se derramó su simiente en una cegadora oleada de éxtasis.

Cuando Gwendolyn se desmoronó sobre él, la rodeó con los brazos, abrazándola como para no soltarla jamás.

Capítulo 28

—¿*D*ónde está? —preguntó Bernard entrando en el comedor de la mansión de Taffy Tuppingham en Mayfair.

Tupper se quedó inmóvil con un panecillo con mantequilla y mermelada a mitad de camino hacia la boca. Kitty se limpió delicadamente la boca con su servilleta de lino. El vestido de mañana de popelina a rayas y la cofia de encajes la hacían verse extraordinariamente elegante y madura para ser una muchacha de las Highlands que acababa de cumplir los dieciocho. En lugar de estar sentados en los extremos opuestos de la mesa como era la costumbre, los recién casados estaban muy juntos, lo suficiente para que Kitty pusiera su pie con sólo la media en la pantorrilla de Tupper.

Un nervioso lacayo entró corriendo en el comedor detrás de Bernard.

—Perdone, señor. Le dije que su tía jamás se levanta antes del mediodía y que se niega rotundamente a recibir visitas antes de las dos, pero el caballero no quiso escucharme.

—No te preocupes, Dobbins —dijo Tupper al nervioso lacayo, haciéndole un gesto de asentimiento—. Este no es un caballero.

Una vez que el lacayo salió cabizbajo de la sala, Bernard plantó las manos sobre la brillante mesa, sintiéndose bestia de la cabeza a los pies, con los cabellos revueltos y la corbata colgando sin anudar.

—¿Dónde está? ¿Qué habéis hecho con mi mujer?

Tupper se llevó a los labios la taza de delicada porcelana Wedwood y bebió un sorbo de chocolate.

—¿La has extraviado?

—Cuando desperté esta mañana no estaba en mi cama.

—Eso es extrañísimo —comentó Tupper, ceñudo—. Nunca antes has tenido ningún problema para retener a las mujeres en tu cama.

—Tampoco me he casado nunca antes, ¿no? —bramó Bernard.

Tupper agitó la cabeza.

—Sencillamente no puedo permitir que le estropees la delicada digestión a mi esposa con esos gruñidos y enseñando los dientes. Si quieres saberlo, Gwendolyn partió hacia Ballybliss antes del amanecer.

Bernard se enderezó.

—¿Ballybliss? ¿Ballybliss? ¡No puedo creer que hayas sido tan imbécil para dejarla marcharse!

—¡Y yo no puedo creer que tú hayas sido tan imbécil para abandonarla! —replicó Tupper.

Bernard apartó la silla del frente y se sentó, frotándose la nuca.

—Para ser sincero, yo tampoco. Aunque por lo menos yo tuve la decencia de dejarle una nota.

Después de intercambiar una mirada con su marido, Kitty sacó un papel vitela doblado del bolsillo de su falda.

—Antes de partir, mi hermana me pidió que le entregara esto.

Bernard cogió la misiva y reconoció su papel de cartas. Gwendolyn debió cogerlo de su estudio antes que él llegara a casa la noche anterior. No lo sorprendió descubrir que su letra era tan graciosa y precisa como ella.

—«Si alguna vez deseas pasar otra noche en mi compañía» —leyó—, «te costará más de mil libras.» —Agitó el papel ante la cara de Tupper—. ¿Y qué he de entender con esto?

—Lo que tú decidas, supongo —contestó su amigo llevándose a la boca un tenedor lleno de arenque ahumado.

Bernard seguía mirando el papel cuando Kitty le dio un suave tirón en la manga.

—Perdone mi impertinencia, milord, pero sencillamente tengo que preguntarlo. ¿Por qué abandonó a mi hermana?

A Bernard le resultó difícil seguir aferrado a su rabia ante la sinceridad que vio en los grandes ojos de Kitty. Y más difícil aún al recordar que ella también era hija del hombre que había destruido su vida. No podía decirle que había tenido miedo de pasar el resto de su vida castigando a Gwendolyn por el pecado de su padre.

Abrió la boca para mentir, pero se sorprendió diciendo una verdad que se había ocultado incluso a sí mismo:

—Supongo que pensé que nunca sería digno de ella.

Tupper se echó a reír y acarició la mejilla de su mujer, ganándose una sonrisa de adoración.

—Entonces eres más estúpido de lo que me imaginaba. ¿Desde cuándo un hombre es digno de la mujer que ama? Es sólo por la gracia de Dios que ellas nos aman a pesar de lo que somos.

Bernard dobló suavemente la nota de Gwendolyn y se la metió en el bolsillo de la chaqueta.

—¿Y si es demasiado tarde, Tupper? ¿Y si a Dios no le queda ya ninguna gracia para los hombres como yo?

—Sólo hay una manera de descubrirlo, amigo mío.

Bernard estuvo varios minutos sentado en silencio y de pronto se levantó y echó a andar hacia la puerta.

—¿Adónde vas? —le preguntó Tupper, levantándose también.

Bernard se giró a mirarlo desde el umbral.

—A casa, Tupper, me voy a casa.

La música de gaita lo llamaba a casa.

Volando por los pasos de montaña y los valles solitarios, oía la música por encima del rítmico retumbo de los cascos de su caballo. Ya no sonaba como un gemido para lamentar todo lo que había perdido sino que se elevaba en una melodía jubilosa para celebrar todo lo que esperaba ganar.

Por fin había logrado ponerle nombre a la desesperación que lo había atormentado esos quince años: añoranza, nostalgia del hogar. Añoraba el picor salino del viento que soplaba del mar, la ondulante música de los riachuelos que burbujeaban sobre sus lechos de roca, la melodía del idioma hablado con un armonioso canturreo gutural. Incluso añoraba el ventoso castillo que había llegado a simbolizar la ruina de todos sus sueños.

En la distancia aparecieron las siluetas de las torres del castillo Weyrcraig, perfiladas contra el cielo nocturno. Tiró de las riendas para detener al caballo, recordando todas las veces que sus padres lo habían estado esperando cuando llegaba a casa; las veces cuando su madre lo reprendía por quedarse tanto tiempo en la humedad, mientras su padre le revolvía el pelo y lo retaba a una partida de ajedrez o lo invitaba a leer algún poema épico gaélico. No tuvo la oportunidad de despedirse de ninguno de los dos, pero contemplando el castillo a través del valle iluminado por la luna, sintió que por fin estaba libre para dejarlos reposar en paz.

Durante todos esos años que pasó planeando su regreso a Ballybliss, ni una sola vez lo consideró un volver a casa, porque creía que nadie lo estaría esperando cuando llegara allí.

Pero estaba equivocado.

Una niña lo había estado esperando. Una niña que creció y se convirtió en una mujer bondadosa, valiente y de corazón fiel. En lugar de lástima ella le ofreció compasión. Aunque tembló de miedo bajo sus manos se entregó a sus brazos de buena gana. Tuvo piedad de él cuando él no había tenido piedad para ofrecerle, y templó su furia con ternura.

Sólo podía rogar que ella aún no hubiera renunciado a él.

El pueblo de Ballybliss dormía apaciblemente a la sombra del castillo. Cuando llevaba al paso a su caballo por las desiertas calles, vio una ventana iluminada en la casa principal del pueblo.

Tiró de las riendas, deteniendo a su montura. El acogedor cuadradito de luz parecía burlarse de sus intenciones. Antes de darse cuenta de lo que iba a hacer ya estaba bajo el pórtico de la casa, con la mano lista para golpear.

Izzy abrió la puerta antes de que él alcanzara a poner el puño en ella. Su primera reacción fue la de esquivar un golpe, pero se refrenó al ver que ella no estaba armada.

—¿Qué es lo que quieres, muchacho? Si te esperas unas pocas semanas, no tendrás necesidad de acabar lo que empezaste. El buen Señor lo hará por ti.

—Sólo deseo verlo —dijo él.

Después de mirarlo fijamente durante un rato, ella se hizo a un lado para que pasara. Cogiendo la cesta de ropa para remendar, volvió a sentarse en su mecedora, haciendo crujir sus articulaciones. Aunque ella parecía contentarse con remendar calcetines a la luz del fuego de la cocina, la habitación contigua estaba muy bien iluminada por una lámpara encendida.

Alastair Wilder estaba acurrucado de costado como un niño; se había echado atrás las mantas, dejando al descubierto un cuerpo desprovisto de todo aparte de fibras y huesos. Abrió los ojos cuando la figura de Bernard dejó en la sombra la cama.

Tardó un momento en enfocar la vista, pero cuando lo vio brilló un destello de ira en sus ojos ribeteados de rojo.

—Tienes que haber hecho un trato con el diablo, Ian MacCullough, para mantener tu juventud y vigor mientras yo me marchito como la polla de un viejo.

Bernard no logró encontrar ningún motivo para quitar al anciano la idea de que estaba hablando con su amigo muerto ya hacía tanto tiempo. La verdad es que se sintió como si fuera su padre el que hablaba por él.

—Fuiste tú, no yo, Alastair Wilder, el que hizo un trato con el diablo. Vendiste tu alma y la mía por mil libras en oro.

—Y lo he estado pagando cada minuto de cada día desde entonces —escupió Wilder.

—Igual que yo —replicó Bernard.

Wilder ladeó la cabeza y lo miró con algo más de un asomo de astucia.

—¿Entonces a qué has venido? ¿A cobrarte tu venganza en un viejo bobo?

Antes que Bernard tuviera tiempo para reflexionar sobre esa pregunta, las nudosas manos del anciano se cerraron en sus muñecas con sorprendente fuerza. Tironeándolas le puso las manos alrededor de su cuello.

—¿No te gustaría apretar las manos alrededor de mi flaco pescuezo? ¿No te da placer imaginarme exhalando mi último suspiro mientras me extraes la vida?

Hipnotizado por la canturreada proposición del viejo, Bernard se miró las manos como si fueran las de un desconocido. Ni siquiera tendría que usar las manos. Le bastaría con presionar la almohada rellena con brezo sobre la presumida cara del viejo sinvergüenza y mantenerla ahí hasta que...

—Adelante, muchacho —le susurró Wilder, como si le hubiera leído el pensamiento—. Izzy no se lo dirá a nadie. Está impaciente por librarse de mí. Incluso podría ayudarte a convencer a mis hijas de que morí mientras dormía.

Sus hijas.

Gwendolyn.

Bernard desvió la mirada de los ojos de Wilder; no le brillaban de miedo, sino de esperanza.

Negando con la cabeza, se liberó de las manos del anciano.

—No voy a ayudar al diablo en su trabajo. Creo que tendrás que esperar hasta que él venga a buscarte.

Cuando dio la espalda a la cama, Wilder dio un salto en la cama, sus ojos llenos de lágrimas de rabia impotente.

—¡Sé que me quieres muerto! ¡Lo veo en tus ojos! ¡Siento hervir el odio en tus venas, como ácido!

En la puerta, Bernard se volvió a mirarlo.

—No eres digno de mi odio, Alastair Wilder. Lo único que siento por ti es lástima.

Acto seguido salió de la habitación, sin ver el rictus de amargura en los labios del anciano al mascullar:

—Entonces eres el grandísimo tonto que siempre supe que eras, Ian MacCullough.

No vendría.

Gwendolyn estaba acurrucada entre dos merlones en la almena superior del castillo Weyrcraig, con los pies recogidos debajo de ella y los hombros envueltos en la manta de tartán de Bernard.

Durante esa semana, cada día había hecho el arduo ascenso a los parapetos y pasado ahí largas horas contemplando el mar. Y esa noche, la séptima de su vigilia, todavía no había señales de barco en el horizonte.

Una glacial ráfaga de viento la hizo estremecerse.

Tal vez Bernard no vendría, pero el invierno sí, y se imaginaba que iba a ser el invierno más largo y frío de su vida. Esos últimos días se había atrevido incluso a imaginar que podría pasarlo acurrucada en la lujosa cama de la torre, abrigada por un rugiente fuego en el hogar y el calor de los ojos de su marido. Arrebujándose más la manta, levantó la cabeza para mirar las estrellas. Brillaban como trocitos de hielo, tan cerca y sin embargo siempre fuera de su alcance.

En ese mismo sitio estaba cuando le dijo a Tupper que con razón o sin razón un MacCullough siempre da la batalla.

Bueno, había dado la batalla y la había perdido, y su sensación de derrota le sabía más amarga de lo que habría imaginado. Se sentía más o menos igual que todas aquellas veces cuando Bernard pasaba cabalgando en su poni por debajo del roble sin mirar jamás hacia arriba para ver a la niñita acurrucada en sus ramas; la niñita que le habría dado su corazón sólo por una sonrisa o una palabra amable.

Bajando las piernas entumecidas, se puso de pie y miró una última vez hacia el mar. No había ni siquiera una lucecita que rompiera la negrura de las olas. Inclinando la cabeza, se giró hacia la escalera.

Se le quedó atrapado el aire en la garganta. Había un hombre allí, oculto en las sombras. Si no hubiera sido porque el viento le hacía ondear la capa, igual ni lo habría visto. No tenía ninguna manera de saber cuánto tiempo llevaba allí observándola.

—¿Qué clase de cobarde espiaría a una mujer desde las sombras? —dijo en voz alta, mordiéndose el tembloroso labio.

—Sólo el de la peor calaña, me temo —contestó él, avanzando hacia la luz de la luna—. La clase de cobarde que se ha pasado la mitad de su vida huyendo de fantasmas. El fantasma de su pasado, los fantasmas de sus padres; incluso el fantasma del niño que fue.

—¿Estás seguro de que no es de mí que huyes?

Bernard negó con la cabeza, con gesto de impotencia, sus oscuros cabellos agitados por el viento.

—Jamás podría escapar de ti, porque estás aquí —dijo, llevándose la mano al corazón—, en mi corazón.

A Gwendolyn se le llenaron de lágrimas los ojos. Estaba a punto de correr a sus brazos cuando apareció una fantasmal figura blanca en la escalera.

—¡Papá! ¿Cómo llegaste hasta aquí? ¿Dónde está Izzy?

Su padre se afirmó en la pared de piedra; estaba descalzo y sólo llevaba su desteñido camisón de dormir.

—Puede que no camine muy bien —dijo, resollante, tratando de recuperar el aliento—, pero todavía soy lo bastante hombre para pasar junto a una vieja dormida y robarme un caballo.

—Debe de haberme seguido —dijo Bernard—. Pasé a la casa de camino hacia aquí.

—¿Para qué? —le preguntó Gwendolyn, recelosa de la reservada expresión de sus ojos—. Es un poco tarde para pedirle su bendición para casarnos, ¿no crees?

Cualquier otra pregunta quedó olvidada porque en ese momento su padre dio un tambaleante paso y ella vio la espada en su mano.

Capítulo 29

Por una vez, la mano de su padre no flaqueaba. La sostenía firme y certera, avanzando hacia Bernard con la letal espada apuntada a su corazón.

Bernard retrocedió hacia ella, abriéndose la capa para hacer más ancho el blanco.

—Suelta esa espada, viejo. Tus batallas acabaron hace mucho tiempo.

—Podrían haber acabado cuando viniste junto a mi cama a mirarme con esos ojos diabólicos tuyos. Lo único que tenías que hacer era acabar con mi vida. Pero no, preferiste escupirme a la cara.

Cuando Bernard estuvo a su alcance, Gwendolyn le cogió la parte de atrás de la capa.

—No entiendo, papá. ¿Qué te hizo?

—Me ofreció su lástima, muchacha, eso fue lo que hizo. ¡Como si tuviera algún derecho! —Miró despectivamente a Bernard con los labios torcidos en una sonrisa burlona—. No tengo ninguna necesidad de tu piedad, Ian. Puedes ser el señor del clan MacCullough, pero no eres Dios.

Acto seguido se abalanzó, cerrando el espacio que los separaba.

Bernard extendió el brazo para mantener a Gwendolyn detrás, pero ella pasó por debajo y ocupó su legítimo lugar al lado de su marido.

—No es Ian, papá. Es Bernard, el hijo de Ian. Y no debes lastimarlo. Yo no lo toleraré.

Alastair miró atentamente la cara de Bernard y su ira fue dando paso a la perplejidad.

—¿Bernard? No puede ser. El muchacho murió.

—No, papá, sobrevivió al ataque de Cumberland. Y se ha convertido en un hombre magnífico; noble, fuerte, leal y amable. —Miró de reojo a Bernard y vio que él la estaba mirando con los ojos brillantes de emoción—. Es todo lo que siempre esperé que fuera.

Su padre soltó la espada, que cayó sobre la piedra con un sordo ruido metálico, y la miró con la cara arrugada:

—Supongo que tengo que aceptar tu palabra, muchacha. Eres una buena niña, Gwennie —dijo, con una triste sonrisa y los ojos despejados, en uno de sus raros momentos de lucidez—. Siempre lo has sido. —Sus ojos continuaron despejados al volverlos hacia Bernard—. Puede que sea un viejo bobo, pero tenía razón en una cosa. Sólo Dios puede ofrecerme piedad.

Se giró, pero en lugar de cojear hacia la escalera, como ellos suponían que haría, se abalanzó hacia el parapeto. Gwendolyn se quedó paralizada, clavada al suelo de piedra. Por una fracción de eternidad, Bernard no movió ni un solo músculo, pero al ver la cara afligida de ella, se tragó una maldición y corrió hacia el anciano.

Alcanzó a cogerlo por las pantorrillas justo en el momento en que el anciano se echaba sobre la tronera entre dos merlones. Podría haber sido fácil dominarlo, pero la desesperación del anciano por poner fin a la vida que le había traído tanta desgracia parecía infundirle una fuerza sobrehumana. Mientras los dos hombres forcejeaban en el borde del muro, la capa de Bernard ondeaba encima de ellos azotada por el implacable viento.

Y allí continuaron, oscilando entre el pasado y el futuro.

Roto el hechizo del terror que la había inmovilizado, Gwendolyn corrió hacia ellos, temiendo que los dos cayeran al precipicio. Logró coger la capa y tiró hacia atrás con todas sus fuerzas; pero el viento soplaba en sentido contrario, como intentando desprenderle la pesada tela de las manos.

Su padre cayó por el borde; se hincharon los músculos del cuello de Bernard con el esfuerzo por impedir que el anciano cayera en el rugiente mar. De pronto también él comenzó a deslizarse por la tronera detrás de Alastair, ya sin fuerzas para batallar contra el viento y contra el peso muerto. Gwendolyn se aferró a su espalda, pero tratando con dificultad de no soltar la capa. La inundó un terror cegador. Lo único que podía hacer Bernard era soltar a su padre; si no lo soltaba, los perdería a los dos.

Ya casi no le quedaban fuerzas cuando sintió pasar por su costado un macizo brazo forrado en músculos por toda una vida de acarrear ollas de hierro y pesadas tinajas. El brazo pasó por el hombro de Bernard y le rodeó el pecho. Antes que Gwendolyn alcanzara a recuperar el aliento, Izzy ya los tenía a todos a salvo.

Ella y Bernard cayeron desplomados al pie del parapeto. Su padre continuó debatiéndose, hasta que Izzy echó atrás su macizo puño para darle impulso y se lo enterró en la mandíbula, arrojándolo al suelo, donde quedó desvanecido como un montón de trapos.

—Deberías haberme dejado hacer eso a mí —dijo Bernard, masajeándose el brazo—. Aunque tal vez yo lo habría disfrutado más de lo estrictamente necesario.

Izzy negó con la cabeza, agitando los harapos con que se envolvía el pelo como si fueran las serpientes de la Medusa.

—No creas que no lo disfruté, muchacho. Este bobo sinvergüenza ya debería saber que no le conviene escapar de mí.

Sin dejar de mover la cabeza, se echó a Alastair al hombro como si no pesara más que un saco de patatas, y echó a andar hacia la escalera.

Las lágrimas le corrían por las mejillas a Gwendolyn, mientras asimilaba todo lo que acababa de ocurrir.

Bernard había arriesgado su vida por salvar la de su padre.

Había elegido el futuro por encima del pasado.

La había elegido a ella.

Riendo a través de las lágrimas, le dio un fuerte remezón.

—Maldito seas, Bernard MacCullough. Estoy harta de que casi te me mueras. Si vuelves a hacerlo, ¡te mataré yo misma!

Él sonrió, su cara igual a la del niño del que ella se había enamorado hacía tantos años.

—No tuve miedo ni por un minuto. ¿No sabes que los dragones vuelan?

—Así que vuelves a ser milord Dragón, ¿eh? —dijo ella, acariciándole la mejilla.

Bernard se puso serio y la miró a los ojos.

—Por primera vez en mi vida, sé exactamente quién soy. Soy el hombre que te ama, el hombre que desea pasar el resto de su vida haciéndote feliz.

En lugar de derretirse en sus brazos como él esperaba, ella lo miró enfurruñada.

—¿Por qué demonios me miras así?

—Estaba pensando si te habrías casado conmigo si Izzy no se te hubiera puesto delante con esa hacha.

—Sólo hay una manera de descubrirlo. —Le envolvió tiernamente la mano en la suya—. Gwendolyn Wilder…, mmm…, MacCullough, ¿quieres casarte conmigo?

Ella bajó la cabeza mirándolo recatadamente por debajo de las pestañas.

—Si quieres volver a hacerme tu esposa, hay una cosa que debo confesarte. Me temo que un malvado sinvergüenza me robó mi virtud. No soy doncella.

—Maravilloso —declaró él, estrechándola en sus brazos—. Así no me sentiré tan bestia por llevarte de nuevo a mi guarida y hacerte el amor como un loco.

—Mi bestia —susurró ella, cogiéndole la cara entre las manos.

Y cuando se encontraron sus labios en el más encantado de los besos, Gwendolyn casi habría jurado que oyó la melodía de la gaita elevarse por encima del castillo en alas de júbilo. Abajo en el pueblo, varios de sus habitantes se sentaron bruscamente en sus camas, oyendo pasmados la jubilosa melodía que resonaba por el valle.

A lo largo de muchísimos años después de esa noche, los hijos y las hijas de todos los que oyeron esa música de otro mundo les hablarían a sus hijos e hijas de ese emocionante tiempo cuando un fiero dragón le entregó su corazón a una valiente y hermosa doncella, ganándose un final feliz para todos.

Acerca de la autora

Recientemente, la novelista Teresa Medeiros, cuyos libros están en la lista de bestsellers de *USA Today* y *Publishers Weekly*, fue elegida una de las «Top Ten Favorite Romance Authors» por la revista *Affaire de Coeur* y ganó el «Choice Award» de los críticos de *Romantic Times* para la «Mejor Novela Histórica de Amor y Risa». Ex chica del ejército y enfermera titulada, escribió su primera novela a los veintiún años, y ha continuado escribiendo, ganándose los corazones de críticos y lectores por igual. Autora de doce novelas, Teresa vive en Kentucky con su marido y dos gatos. Los lectores pueden visitar su website en ww.teresamedeiros.com

Otros títulos de
Titania Romántica-Histórica

El prisionero
por Karyn Monk

Él era un fugitivo de la justicia… Ella aprisionó su corazón. En el pasado fue un hombre poderoso. Ahora es sólo un asesino convicto. Haydon Kent, marqués de Redmond, sabe que no hay forma posible de librarse de la soga del verdugo. Pero está equivocado y una misteriosa mujer aparece en su tenebrosa celda y al amparo de las sombras de la noche, consigue escapar. Sólo quiere probar su inocencia, pero ahora que conoce a esa mujer de turbadora belleza, también quiere probar a dejarse llevar por la pasión…

Lady Escándalo
por Jo Beverley

¿Quién es en realidad ese salteador de caminos que acaba de abordar el carruaje de Cyn Malloren y le exige que le lleve a un caserón lejano? A él no le engañan sus ropas ni sus falsos ademanes de hombre rudo: no hay duda de que se trata de una mujer. Y no se equivoca, pues acaba de cruzarse en la vida de lady Chastity Ware que, desesperada por ayudar a su hermana y a su sobrino a escapar de una muerte más que probable, se ha embarcado en una aventura que va a resultar más fascinante y deliciosa de lo que jamás soñó. Por fin está aquí la primera entrega de las andanzas de los Malloren, que ya se ha convertido en todo un clásico de la novela romántica.

La doncella de la espada
por Susan King

Según una leyenda, Eva MacArthur debe proteger la isla de Innisfarna con la fuerza de su espada. Y parece que le ha llegado la hora de demostrarlo. Dicen que su padre ha sido ejecutado y su hermano está en prisión. Si no se casa con Colin Campbell, él también morirá. El único capaz de ayudarla es Lachlann MacKerron, por el que siente una pasión que no ha hecho más que crecer con los años y que ha resistido todos los embates de la vida. De su «Espada de Luz» depende el destino de su pueblo. Aunque Lachlann se ha jurado a sí mismo no forjar más armas mágicas, el amor por Eva y por su país le llaman a fundir de nuevo los metales de la libertad.

Magia Blanca
por Jaclyn Reding

En el Londres de la Regencia, lady Augusta Brierley ha decidido no seguir las normas y vivir a su manera. Hace cosas que una dama no debe hacer, provoca el escándalo de la alta sociedad, se interesa en el estudio de los astros. Se dice que practica la brujería. Lo que ni ella misma sabe es que está a punto de conocer a Noah Edenhall, que la seduce con su fiereza y su sensualidad, pero que se revela partícipe de una oscura misión que amenaza con poner en peligro su estabilidad futura...

Viento Salvaje
por Patricia Ryan

Hace nueve años, Alexandre de Perigeaux se enamoró de una joven dama, Nicolette de Saint Clair. Pero ella lo traicionó y se casó con su primo. Alex juró que nunca más volvería a caer en las garras del amor. Ahora Alexandre es un fiel servidor de su rey y lo llaman El Lobo solitario. Ha regresado a Francia convertido en héroe. Justo cuando parece vivir sus mejores momentos, la mujer que le rompió el corazón se cruza en su destino una vez más. Su encuentro desatará el viento salvaje de una pasión que nunca murió del todo y que amenaza con arrojarlos a una condena eterna o con entregarlos a las llamas de un amor puro e imposible.

Un caballero peligroso
por Julia London

Tras provocar la muerte de su primo en un duelo, lord Albright regresa a la mansión de Kealing en busca de un poco de paz. Sin embargo, el joven aristócrata ha colmado la paciencia de su padre y, en vez de consuelo, recibe la noticia de que será desheredado. El destino le brinda la oportunidad de vengarse desposando a lady Lilliana Dashell, prometida de su hermano. Pero se equivoca. Lilliana no es una mujer cualquiera. Y, por primera vez, el orgulloso caballero sabrá lo que es sentir... un verdadero amor.

La doncella cisne
por Susan King

Más indómita que las montañas de su Escocia natal, Juliana Lindsay posee una belleza delicada y un noble espíritu. Aunque ha sido capturada y conducida a la corte enemiga vestida de legendaria doncella cisne, nada parece capaz de detenerla en su empeño por defender la libertad de su país. Ni siquiera Gawain Avenel, un hombre con el que comparte un peligroso pasado y con quien el rey de Inglaterra le obliga a casarse con la esperanza de aplacar su rebeldía.

www.titania.org

Visite nuestro sitio web y descubra cómo ganar
premios leyendo fabulosas historias.

Además, sin salir de su casa, podrá conocer
las últimas novedades de
Susan King, Jo Beverley o Mary Jo Putney,
entre otras excelentes escritoras.

Escoja, sin compromiso y con tranquilidad,
la historia que más le seduzca
leyendo el primer capítulo de cualquier libro
de Titania.

Vote por su libro preferido y envíe su opinión
para informar a otros lectores.

Y mucho más…